BASTEI
LÜBBE
TASCHENBUCH

Über den Autor:

Helge Thielking, 1975 in Bremen geboren, machte seine Reiseleidenschaft zum Beruf und studierte Tourismuswirtschaft und Marketing. Noch während des Studiums entdeckte er seine zweite Leidenschaft: das Schreiben. Nach Zwischenstationen in Wilhelmshaven, Los Angeles und Köln lebt er heute wieder in seiner Geburtsstadt.

Helge Thielking

DAS GUTE KIND

Kriminalroman

BASTEI
LÜBBE
TASCHENBUCH

BASTEI LÜBBE TASCHENBUCH
Band 17214

MIX
Papier aus verantwortungsvollen Quellen
FSC® C083411

Dieser Titel ist auch als E-Book erschienen

Originalausgabe

Lektorat: Karin Schmidt
Textredaktion: Dorothee Cabras
Titelillustration: © shutterstock/pashabo; © shutterstock/Edward Fielding; © shutterstock/Nik Merkulov
Umschlaggestaltung: Massimo Peter
Satz: two-up, Düsseldorf
Gesetzt aus der Minion
Druck und Verarbeitung: CPI books GmbH, Leck – Germany
Printed in Germany
ISBN 978-3-404-17214-6

1 3 5 7 6 4 2

Sie finden uns im Internet unter www.luebbe.de
Bitte beachten Sie auch: www.lesejury.de

DAS GUTE KIND

1

»Das ist unmöglich, Sie sind seit achtzehn Jahren tot!«

Wie absurd meine Worte klangen, war mir gar nicht aufgefallen. Stattdessen musterte ich teils verblüfft, teils ängstlich die junge Frau, die tropfnass und zitternd vor mir stand und behauptete, eine Tote zu sein.

Über Nacht war ein Tief von Schottland her über die Nordsee gezogen und hatte Teile der Küste mit tobenden Stürmen und kübelweise Regen überzogen. Der ungezügelte Tanz der Naturgewalten war im Winter hier oben nicht unüblich. Was die Touristen zu dieser Jahreszeit fernhielt, zog Romantiker wie Melancholiker magisch an. Ich zählte zwar weniger zur ersten Gruppe, doch seit Pauls Tod verkroch ich mich mit zunehmender Regelmäßigkeit im Ferienhaus meiner Eltern.

Der Unbekannten lief das Wasser in breiten Rinnsalen das Gesicht hinab.

Die Augen. Die Nase. Ich suchte nach etwas Vertrautem. Die Stirn. Das Kinn. Irgendein Hinweis, der die ungeheuerlichen Worte zu untermauern vermochte. Doch da war nichts. Vom Alter einmal abgesehen. Die Frau war fast noch ein Teenager, klein und schmal, mit schulterlangem, kastanienbraunem Haar und blassem Teint. Sie trug eine für diese Jahreszeit viel zu kurze Kunstlederjacke zu groben schwarzen Gummistiefeln. Der Regen hatte ihre hellgraue Jeans dunkel gefärbt.

»Sie sind doch Femke Sundermann?«

Ich nickte skeptisch.

»Ich bin Lena Weitz«, wiederholte die durchnässte Fremde. Vier Worte, die alles über den Haufen warfen, an das ich die vergangenen achtzehn Jahre geglaubt hatte. Irgendwann war die Hoffnung gestorben. Irgendwann hatten sie aufgeklärt, wie Lena ums Leben gekommen war. Es gab einen Ermittlungsbericht. Es gab einen Täter. Es gab ein Urteil. Später, viele Therapiesitzungen später, aber irgendwann, hatte ich Frieden gefunden und konnte meinem Bewusstsein mit Überzeugung verkünden: Lena ist tot. Tot. Tot. Tot!

Weil ich der Standfestigkeit meiner Beine nicht traute, umklammerte ich den Rahmen der morschen Holztür.

»Ich kann verstehen, dass es Ihnen schwerfällt, mir zu glauben …«, stammelte die Frau. »Aber bitte hören Sie mir zu!« Sie wirkte verängstigt. Ihre Augen wanderten unruhig hin und her, sahen abwechselnd flehend auf mich und suchend in die unaufgeräumte Ferienwohnung hinter mir. Wild, fahrig, verschüchtert. Wie ein gehetztes Tier.

Zu meinem Schock gesellte sich eine nervöse Unruhe. »Wie haben Sie mich gefunden?«

»Die Adresse habe ich von Ihrem Mann.«

Jörg! Wir waren nicht verheiratet, aber woher sollte sie das wissen?

»Was wollen Sie?« Ich erschrak angesichts meines barschen Tonfalls, in dem jedoch ein Zittern mitschwang, wie mir auffiel. Normalerweise beherrschte ich die gesamte Klaviatur der Stimmmelodien. Abgebrühte Alphamännchen konnte ich anbellen, bis sie eingeschüchtert gestanden. Und wenn ich wenige Minuten später ein zehnjähriges Mädchen befragte, das den Tod der Eltern hatte mit ansehen müssen, konnte ich mitfühlend und verständnisvoll klingen wie Jürgen Domian. An diesem Februarabend aber versagte mein Repertoire. Meine Nervosität hatte schon im Laufe des Tages stark zugenommen. Einen ungünstigeren Zeitpunkt hätte sich die junge Frau nicht aussuchen können. Doch das konnte sie nicht ahnen. Oder konnte sie?

»Ich wollte Sie nicht erschrecken«, flüsterte sie, als hätte sie meinen Selbstschutz als solchen entlarvt. Ich musste zugeben, dass sie genau das geschafft hatte. Natürlich versuchte ich, es mir nicht anmerken zu lassen. »Sagen Sie, was Sie von mir wollen!«

»Mit Ihnen reden.« Und als ich nicht reagierte, schob sie ein leises »Bitte« hinterher.

Unaufhörlich überflutete Adrenalin meinen Körper. Eine Totgeglaubte stand vor meiner Tür und wollte mit mir reden! Das war nicht möglich. Es war doch alles so klar gewesen … Und doch … Es wäre einfach zu schön … Es würde alles über den Haufen werfen … Alles infrage stellen … Alles wieder hochholen … Mein Leben und das Leben Vieler auf den Kopf stellen … Es würde … Nein. Das war nicht möglich! Ich widerstand dem Drang, das Mädchen in die Arme zu nehmen und an mich zu drücken.

Es – war – klipp – und – klar – nicht – möglich!

Ich war wieder ganz bei mir. Kontrolliert. Überlegt. Nüchtern. »Ich glaube nicht, dass ich Ihnen weiterhelfen kann.«

Leise sagte sie: »Lena Weitz ist mein Name. Ich wurde vor etwas mehr als achtzehn Jahren als Tochter von Anja Weitz in Bremen geboren.«

»Das ist eine Lüge.«

»Nein, das ist die Wahrheit. Ich muss mit Ihnen reden.« Die Frau wiederholte die Worte abwesend wie ein Roboter. »Bitte!«

»Warum mit mir?«

»Sie wissen mehr als alle anderen. Sie sind die Einzige, an die ich mich wenden kann.« Ihre Augen flehten. Sie sah an sich hinab auf die klamme Kleidung. »Darf ich reinkommen?« Allein wegen ihres Zustandes hätte ich sie hereinlassen müssen. Aber weder mein Beruf noch meine Persönlichkeit ließen sentimental motivierte Handlungen zu. Sie konnten tödliche Folgen haben. Menschen konnten Vorwände ersinnen, Fakten zusammensuchen, mit denen sie sich Vertrauen erschlichen. Alles war möglich. Erst recht, nachdem mein Name vor Kurzem in allen Zeitungen stand.

Noch einmal überprüfte ich die Gesichtszüge und verglich sie mit den fernen Überresten einer jahrzehntelang nicht mehr abgerufenen Erinnerung. Etwas Vertrautes war da, ein kleines bisschen. Vielleicht doch …? Nein, nur ein Hoffnungsschimmer, den ich schon vor Jahren hatte ziehen lassen. Zu lange her. Lena Weitz war ein Baby gewesen, als ich sie das letzte Mal gesehen hatte.

Ich blieb dabei: »Ich glaube Ihnen nicht. Lena Weitz ist vor achtzehn Jahren gestorben. Hören Sie auf, mich zu belästigen!« Ich schloss die Tür und ließ die Frau im eisigen Küstenregen stehen.

Eine gefühlte Ewigkeit lehnte ich mit dem Kopf an der Tür. So lange, bis Schritte zu hören waren, die sich erst zögerlich, dann entschlossener entfernten und bald vom Getöse des Gewittersturmes verschluckt wurden.

Mein Atem ging schnell und schwer. Ich ahnte, dies war erst der Anfang. Ich wusste, es waren Entscheidungen zu treffen.

*

Heute, Monate, nachdem es vorbei ist, und fast neunzehn Jahre, nachdem alles begann, schreibe ich diese Geschichte nieder, so vollständig und erschöpfend es geht. Ich werde, so gut ich kann, aus meiner eigenen Erinnerung schöpfen, werde Erzählungen von Ermittlerkollegen, Zeugen, Verwandten und Freunden verwenden und so originalgetreu wie möglich wiedergeben. Dokumente werde ich beilegen, sofern ich Zugriff auf sie habe und sie in den Gesamtkontext passen. Ich will, dass Sie sich ein umfassendes Bild machen. Vielleicht hilft mir das Niederschreiben, einiges zu erklären, plausibel zu machen, anderes zu revidieren. Vielleicht hilft es mir, das, was geschehen ist, endlich zu verarbeiten und meinen Frieden zu finden.

Aber zunächst sollte ich mich vorstellen. Ich heiße Femke Sundermann, in ein paar Wochen werde ich neununddreißig. Fast zwei Jahrzehnte lang habe ich im Polizeidienst gearbeitet. Als Kriminalhauptkommissarin war ich vor sechs Monaten zum letzten Mal auf dem Revier, ein letztes Mal an einem Tatort.

In dieser Rolle ein letztes Mal für immer.

Denn ich habe mein Kind getötet.

2

In der Nacht bevor mich die junge Frau, die ich für eine Hochstaplerin hielt, an meinem Zufluchtsort aufsuchte, fraß sich hundertvierzig Kilometer von Neuharlingersiel entfernt ein Flammensturm durch einen 1998er VW Passat.

Bei einem Pkw-Brand können Temperaturen von eintausend Grad Celsius oder mehr entstehen. Das ist in etwa die Temperatur, der ein menschlicher Körper für ein bis zwei Stunden ausgesetzt sein muss, um zu zerfallen und sich in einen zwei Kilogramm leichten Aschehaufen zu verwandeln.

Die Flammen durchdringen zuerst die oberen Hautschichten, und auf unserem empfindlichen Schutzmantel bilden sich Blasen, die übel riechendes Sekret absondern. Ist erst einmal die gesamte Haut betroffen, sehen die Wunden bereits weiß und lederartig aus. In diesem Stadium empfindet man schon keine Schmerzen mehr, da die Nervenenden längst zerstört sind. Erst ab dem vierten Verbrennungsgrad schreitet die Vernichtung des Gewebes unter der Haut voran. Im fünften und sechsten Grad schließlich zerstören die Flammen Fettgewebe, Knochen und Muskulatur. Der Mensch oder das, was er einmal war, verkohlt.

Bei Bränden in geschlossenen Räumen töten selten die Flammen. Der Sauerstoffanteil der Luft sinkt rapide, im glücklichsten Fall führt schon das Einatmen der Rauchgase zu einer Kohlenmonoxidvergiftung. Das Opfer erstickt schnell. Überlebt es zunächst den Angriff der Flammen, tritt nicht selten ein Schock als Folge des Wasserverlustes ein. Im ungünstigsten Fall aber überlebt das Verbrennungsopfer längere Zeit. Eine Mauer aus Fett und körpereigenem Wasser schützt die Innereien vor der enormen Hitze. Schließlich werden Nieren und Leber vergiftet, die Organe versagen, und das Opfer krepiert qualvoll von innen. Die Flammen besorgen schließlich den Rest und vernichten die Körperhülle.

Dass diese an jenem Winterabend in dem Passat trotz der krematorischen Temperaturen nicht vollständig zerfiel, war auf die geplatzten Scheiben und das gerade einsetzende Unwetter zurückzuführen.

*

Als die Regenwolken am nächsten Vormittag weitergezogen waren, wagte sich Caroline Sefzyk ein erstes Mal an diesem düsteren Sonntag vor die Tür. Den Ermittlungsakten hatte ich später entnehmen können, dass sie vierundzwanzig Jahre alt war, auf einem Bauernhof in Mecklenburg-Vorpommern aufgewachsen war und an der Bremer Universität im achten Semester Biologie studierte. Statt im Wohnheim oder in einer Studenten-WG im Steintorviertel war sie bei einer alleinstehenden Bäuerin im Oberblockland untergekommen. Mit dem Fahrrad waren es mit Rückenwind nur etwas mehr als zehn Minuten zur Uni. Ein Teil der ohnehin günstigen Miete erließ die Landwirtin ihr, weil Caroline Sefzyk hin und wieder Arbeiten auf dem Hof verrichtete. Ganz offensichtlich war sie anders als andere junge Frauen ihres Alters und zog die Einsamkeit der Natur dem Stadtleben vor. Ihre tägliche Joggingstrecke führte sie ein kurzes Stück auf dem geteerten Deich entlang, der den Unterlauf der Wümme flussaufwärts begleitete. Dann weite Strecken durch das flache Marschland, das in den ersten Monaten des Jahres häufig überschwemmt war, vorbei an vereinzelten Waldinseln und einsamen Gehöften auf den künstlich aufgeschütteten Wurten.

Ich stelle mir vor, wie sie versuchte, der raschen Auskühlung ihres Körpers entgegenzuwirken und ein durchgehend hohes Tempo zu halten, denn die Temperaturen lagen an diesem Vormittag nur knapp über null. Kurz hinter dem Scheitelpunkt ihrer einsamen Joggingstrecke nahm sie durch die klare, von den nächtlichen Schauern gereinigte Winterluft zum ersten Mal den Geruch wahr. Ein Geruch, ganz anders als der der Öfen, die auf den alten Gehöften in diesen Monaten unter Volllast brannten. Und auch nicht vergleichbar mit dem der Osterfeuer, die hier ein paar Wochen später im Abstand weniger Hundert Meter lodern und die Umgebung mit hölzern verkohltem Mief überziehen würden. Der flüchtige, nur nach kräftigen Windstößen wahrnehmbare Geruch, den Caroline Sefzyk bemerkte, war eine widerwärtige Mischung aus verschmortem Plastik, gegrilltem Steak und verfaultem Obst.

Instinktiv verlangsamte sie ihren Lauf. Als sie die dichte Ansammlung von Schwarzerlengeäst und Hagebuttensträuchern passiert hatte und auf den sandigen Feldweg einbog, entdeckte sie, was eintausend Grad heiße Flammen von geformtem Blech und einem menschlichen Körper übrig gelassen hatten.

*

Um kurz nach eins klingelte das iPhone von Dr. med. Lennart Maaß. An seinem Standby-Wochenende saß er als einer der wenigen Mittagsgäste in einem Pub im alternativ geprägten Ostertorviertel, das die Bremer nur liebevoll »Viertel« nannten, und flirtete mit einer seiner attraktiven, ständig wechselnden Begleiterinnen. Mit seiner Statur und dem kantigen Kinn hätte er für eine Anzugkollektion modeln können. Stattdessen versteckte er seine auf Mainstream-Frauen anziehend wirkende Attraktivität hinter schwarz gefärbten Haaren, Dreitagebart, Piercings und Oberarmtattoos.

Lennart zog das Telefon aus der Lederjacke. »Ja?«

Der Anrufer gab sich als Mitarbeiter der Staatsanwaltschaft zu erkennen. Diese outeten sich selten als Freunde ausschweifender Worte. »Im Blockland ist in einem ausgebrannten Pkw eine Leiche gefunden worden. Wenn Sie bitte einen Ihrer Mitarbeiter schicken würden?«

Als Oberarzt des Instituts für Rechts- und Verkehrsmedizin vertrat Lennart den schon seit mehreren Monaten erkrankten Institutsleiter. »Keine Chance. Die Kollegen bauen entweder ihren Resturlaub ab oder sind krank.« Lennart war immer wieder aufs Neue verwundert, wie er trotz einer großzügigen Institutsausstattung mit immerhin vier Ärzten und zwei Assistenzärzten und einer ausgefeilten Schichtplanung schon wieder vor diesem Dilemma stehen konnte. So wusste er, was das bedeutete. »Wohin muss ich kommen?«

Der Anrufer gab den genauen Fundort durch.

»In zehn Minuten bin ich da.«

»Das schaffen Sie nicht.«

»Das lassen Sie mal meine Sorge sein.«

Lennart besänftigte seine schmollende Begleiterin, verabschiedete sich von den Kneipenkumpels und lief die wenigen Hundert Meter zu seiner Dachgeschosswohnung gegenüber der Sielwall-Kreuzung, an der sich vereinzelte Dealer und Döner-Wirte von Samstagnacht erholten. Oben in seiner Wohnung schnappte er sich zielstrebig seine Instrumente, stopfte sie in die lederne Motorradtasche, rannte hinunter in den Innenhof und schwang sich auf seine Kawasaki.

Ob er laut fluchte? Bestimmt. War sein Groll von Dauer? Ganz sicher nicht. Lennart Maaß verband eine überaus innige Leidenschaft mit seinem Beruf. Er war erst seit einem halben Jahr in der Stadt, und seine Präsenz war längst so legendär, dass niemand ernsthaft überrascht gewesen wäre, wenn er seine Wohnung nie bezogen und sich stattdessen auf dem Dachboden des Instituts eingerichtet hätte.

Die Strecke von der Stadtmitte ins ländliche Randgebiet wäre mit dem Dienstwagen nicht zu schaffen gewesen. Lennart beschleunigte seine Kawasaki auf hundertfünfzig Stundenkilometer, um Wort zu halten. Zum ersten Mal seit seinem Umzug nach Bremen kam er ins Blockland – ein Gebiet an der niedersächsischen Landesgrenze, das sich noch nicht einmal Stadtteil nennen durfte und in dem nur wenige Hundert Menschen weit verstreut wohnten. Viele Bremer kamen an sonnigen Wochenenden mit ihren Fahrrädern und Inline-Skates hier heraus und setzten sich zum Eisessen vor die Bauernhäuser, deren Besitzer sich mit kleinen Cafés ein Zubrot verdienten.

An der Abzweigung von der Hauptstraße auf den verschlungenen Feldweg stand ein Löschzug der Feuerwehr. Die Einsatzkräfte, die ihre Arbeit offenbar bereits beendet oder gar nicht erst aufgenommen hatten, lieferten Lennart die finale Wegbeschreibung.

Kriminalhauptkommissar Lothar Hemmer sah ungläubig auf die Uhr, als Dr. Lennart Maaß die Maschine vor ihm zum Stehen brachte.

Lennart bockte die Kawasaki auf und streifte den Helm ab. »Schneller ging's nicht.«

Lothar Hemmer runzelte die Stirn. »Passt schon.« Er reichte ihm die Hand. »Hemmer. Wir sind uns noch nicht persönlich begegnet.«

Böse Kollegen lästerten, dass Hemmer schon mit dreißig das Gesicht eines Fünfzigjährigen gehabt hatte. Er konnte so viele Diäten und Sport machen, wie er wollte: Sein Hitchcock-Profil wurde er nicht los. Mit nun über sechzig sah man ihm an, dass er es schon vor Jahrzehnten aufgegeben hatte, unerreichbaren Idealen hinterherzuhecheln.

»Was ist mit der kleinen Blonden?«, wollte Lennart wissen.

»Femke Sundermann? Momentan nicht im Dienst.«

Lennart deutete auf das schwarze Fahrzeuggerippe, das sich in einem Baumstamm verkeilt hatte. Der Baum war bis zur Krone ebenfalls verkohlt, der Rasen darunter versengt. Die Fensterscheiben des Autos waren geborsten und die Reifen komplett geschmolzen. »Kein Löschschaum?«

»Der Wagen ist völlig ausgebrannt.« Lothar Hemmer begleitete ihn zu den Überresten.

»Keine Zeugen, was?«

»Im Umkreis von drei Kilometern liegen nur zwei Gehöfte. Niemand dort fährt einen Passat oder kennt jemanden, der einen fährt. Die Bewohner haben weder eine Explosion vernommen noch Flammen gesehen. Angesichts der Abgeschiedenheit des Fundortes und der Jahreszeit kein Wunder. Vermutlich wäre das Wrack tagelang nicht entdeckt worden, hätte es nicht auf der Joggingstrecke der Zeugin gelegen.«

»Wie geht es ihr?«, erkundigte sich Lennart, den das nicht interessieren müsste, der aber eben Arzt war.

»Ein leichter Schock, doch ansprechbar. Denkt rational.«

»Was wisst ihr über sie?«

»Mitte zwanzig, Biologiestudentin.«

»Na, dann sind ihr biologische und chemische Abläufe ja nicht fremd.«

Lothar Hemmer machte keinen Hehl daraus, dass ihn Lennarts altkluge Fragerei nervte. Andere bemühten sich, seinen Ansatz zu verstehen. Es war einfach etwas viel verlangt, isoliert aus den Überresten der Toten lesen zu können.

Sie standen vor dem Wrack, dessen Innenraum von den Brandermittlern und den Kollegen der Spurensicherung untersucht wurde, und betrachteten den bis zur Unkenntlichkeit verkohlten, puppengleichen Leib hinter dem Steuer.

Während sich die Feuerwehr tagaus, tagein mit Bränden beschäftigte, hatte die Mordkommission äußerst selten damit zu tun. Brände mit Todesfolge waren meistens auf Unfälle zurückzuführen. Erst wenn ein Tötungsdelikt nicht mehr auszuschließen war, kamen die Mordermittler hinzu. Ein undankbarer Job. Brandleichen sonderten den mit Abstand unangenehmsten Geruch ab, mit dem man in diesem Beruf konfrontiert wurde. Die erste hatte bisher bei fast jedem Beschauer alle Reflexe außer Kontrolle gesetzt und ihn direkt vor die schwarz verkohlten Füße der Leiche kotzen lassen. Irgendwann lernte man, diesen bestialischen Geruch zu ertragen und die jedes Mal aufs Neue aufwallende Übelkeit zu unterdrücken. Gewöhnen konnte man sich daran kaum.

Auch Hemmer kam mehr schlecht als recht damit klar. »Gut, dass Winter ist«, kommentierte er. »Wäre ich heute Abend zum Grillen eingeladen gewesen, hätte ich abgesagt.«

Lennart sah das entspannter. »Ich grille auch im Februar.«

»Wie bitte?«

»Eisgrillen.«

»Eisgrillen?«

»Egal.« Lennart ging vor dem Fahrersitz in die Knie und sah sich einen schimmernden Gegenstand an, der auf einer Schuttstrecke lag, die mal der Fußraum der Rückbank gewesen war. Die Metallplakette war stark verrußt, hatte dem Feuer aber standgehalten.

Lennart sah zu Lothar Hemmer auf: »Was sagen eure Kaffeesatzleser?«

»Sind noch dabei.« Sie sahen zu, wie die in weiße Ganzkörperanzüge gehüllten Ermittler Brandschuttproben in durchsichtige Plastikröhrchen füllten und diese in ihren Asservatenkoffern verstauten.

»Kanister haben wir keine gefunden«, referierte Hemmer. Damit musste sich das Labor auf die Suche nach möglichen Brandbeschleunigerspuren machen.

»Also die bekannten Fragen?«

»Die bekannten Fragen.«

Und die erste lautete immer: Unfall, Suizid oder Mord?

Lennart deutete auf den mit dem Baum vereinigten Kühler. »Nicht gerade eine Rennstrecke. Wer verfährt sich überhaupt hier?«

Lothar Hemmer antwortete belehrend: »Autos explodieren nur im Fernsehen.«

»Ach?«

Hemmer konnte mit Lennarts ironischer Arroganz, die dieser gern mit einem ernsten Gesichtsausdruck kombinierte, nicht umgehen und geriet schon mal ins Stottern, wenn Antworten nicht seiner Erwartung nach ausfielen.

»Nur f-fürs P-Protokoll«, versuchte er vergeblich zu kontern.

Das gelegentliche Stottern war Folge einer posttraumatischen Störung und hatte mehr Ähnlichkeit mit einem trockenen Husten als mit einer Wortfindungsstörung.

Lennart sagte: »Schon klar, dass die meisten Fahrzeugbrände auf Defekte im Motorraum zurückzuführen sind. Aber bis ein Wagen komplett in Flammen steht, vergehen doch bestimmt fünf bis zehn Minuten. Die Zeit sollte reichen, um sich aus dem brennenden Fahrzeug zu retten.«

»Sollte. Unsere Brandermittler haben den Brandherd im vorderen Fahrgastraum lokalisiert. U-und Ihnen ist … ist s-sicher n-nicht entgangen, dass die Kennzeichen fehlen.«

»Es gibt ja noch die Fahrgestellnummer.«

»Fehlanzeige.«

»Oha.« Lennart blickte auf. »Der Wagen war gestohlen?«

»Das können wir erst beantworten, wenn wir wissen, mit welchem Fahrzeug wir es zu tun haben. Aber eins steht fest: Einen

Unfall können wir ausschließen. Jetzt seid ihr an der Reihe. Und damit wären wir bei der zweiten bekannten Frage.«

Und diese lautete: Tod durch Brand oder Brand nach dem Tod?

Mordbrand, also Brandstiftung mit dem Ziel, einen Menschen zu töten, kam äußerst selten vor. Dass ein Mörder sein Opfer nach der Tat verbrannte, um Spuren und Leiche verschwinden zu lassen, dagegen schon häufiger. Aber wer würde sein Opfer dafür umständlich hinter das Steuer eines Autos setzen?

Lennart öffnete die Heckklappe eines Streifenwagens und begann, seine Arzttasche auf der Ladefläche des Kombis zu entleeren.

Lothar Hemmer hatte die Hände in den Taschen der für seinen Bauchumfang viel zu engen Jeans versenkt. »Wenn unsere Jungs keine weiteren Spuren finden – und davon können wir angesichts des reinigenden Unwetters ausgehen, und wenn in den nächsten vierundzwanzig Stunden kein Passat-Fahrer oder keine -Fahrerin als vermisst gemeldet wird, sehe ich schwarz, was Identifizierung und Rekonstruktion des Tathergangs angeht.«

Lennart gab sich unbeeindruckt: »Das wollen wir doch erst einmal sehen.«

Seine als Arroganz getarnte Coolness hatte einen Grund, den nur wenige kannten. Zum Zeitpunkt des Auffindens der Blockländer Brandleiche wusste kaum jemand etwas über Lennart Maaß – außer dass er sich mit zahlreichen wissenschaftlichen und populärwissenschaftlichen Veröffentlichungen einen Namen gemacht hatte. Mit Mitte dreißig – einem Alter, in dem die meisten noch auf Assistenzarztstellen um die Aufmerksamkeit ihrer Oberärzte buhlten, war Lennart Maaß bereits selbst einer.

Später hat er immer wieder von seinen ersten Eindrücken und Empfindungen beim Bergen und Beschauen der Brandleiche erzählt. Fast so, als wollte er durch endlose Wiederholungen das Unbegreifliche begreifbar machen. Als könnte er in den hintersten Windungen seines Gedächtnisses Anhaltspunkte finden, die ihm Gewissheit gaben, lediglich etwas Elementares übersehen zu haben.

Doch damals, an jenem stürmischen, kalten Sonntagnachmittag im Nordbremer Marschland konnte weder Lennart Maaß noch irgendjemand sonst die fürchterliche Tragweite dieser routinemäßigen Entdeckung auch nur annähernd einschätzen.

3

Etwas später fanden die ersten klaren Gedanken ihren Weg zurück. Meine Hände zitterten nicht mehr. Panik und Entsetzen verschwanden und mit ihnen die Übelkeit. Vergeblich versuchte ich, das Gesicht der jungen Frau zurückzuholen. Nicht mehr als diffuse Schattierungen waren geblieben. Und ein Gefühl, das irgendwo zwischen Hoffnung und Furcht angesiedelt war.

Ich verließ den Ohrensessel vor dem Kamin, ging zur Garderobe, zog einen Regenmantel über und trat vor die Tür.

Das Ferienhaus stand auf dem Festland, in Neuharlingersiel, einem alten Fischerdorf, nur wenige Schritte von der Harlebucht entfernt. An Sommerwochenenden ging ich am Innenhafen mit seinen altertümlichen Krabbenkuttern spazieren und schaute den nach Spiekeroog auslaufenden Schiffen im neuen Fährhafen nach.

An sonnigen Tagen sah es hier aus, als stünde die Welt seit der Dorfgründung vor dreihundert Jahren still. Ein idyllisches Fleckchen Erde, wie aus einer Postkartenvorlage erbaut.

Trotzdem stand der Bungalow die meiste Zeit des Jahres leer. Er gehörte meinen Eltern, die vor mehr als dreißig Jahren während eines Kurzurlaubs an der Küste das *Zu verkaufen*-Schild im Vorgarten entdeckt und sich innerhalb einer Woche zum Kauf entschlossen hatten. Die Nachbarn waren distanziert, aber freundlich, das Meer war in Laufnähe, und in den pittoresken Gassen fand man alles, was man in den Sommermonaten benötigte. Die Ferien meiner halben Kindheit verbrachte ich in Neuharlingersiel.

Mittlerweile hatten meine Eltern die siebzig überschritten.

Nach zwei Schlaganfällen traute sich mein Vater die Autofahrt nicht mehr zu, auch wenn es nicht einmal zwei Stunden Fahrtzeit waren. Zum Verkauf konnten sie sich nicht durchringen, was mir nicht unrecht war. Seit Pauls Tod und meiner Suspendierung vom Polizeidienst verbrachte ich trotz der Wintermonate mehr Zeit an der Küste als in unserer Bremer Wohnung.

*

Es war dunkel geworden in Neuharlingersiel. Der Sturm war in einen Orkan übergegangen. Die Nachbarn hatten sich in ihren Häusern verbarrikadiert. Der Wind peitschte mit sich steigernder Wucht um den Bungalow und schien kein Höchstmaß zu kennen. Ich hörte, wie wenige Hundert Meter entfernt Mülltonnen die Straße entlanggetrieben wurden und Blumenkübel zersprangen.

Das Mädchen konnte noch nicht weit gekommen sein.

*

Heute weiß ich nicht mehr genau, was mich bewogen hatte, mich auf die Unbekannte einzulassen. Bestimmt hatte es mit Verantwortungsgefühl zu tun, das mir schon von Berufs wegen auferlegt war. Sehr wahrscheinlich auch mit den Selbstvorwürfen und dem quälenden Wunsch nach Wiedergutmachung, der mich befallen hatte, seit ich für Pauls Tod verantwortlich war.

Der Schmerz über den Verlust des eigenen Kindes lähmt bis zur Bewegungsunfähigkeit. Wortwörtlich. Zentnerschwere Gewichte lasten auf meinen Gliedmaßen. Jede Bewegung tut weh – sofern ich überhaupt in der Lage bin, mich unter der Last zu regen. Wie eine unsichtbare Kralle legt sich die Trauer um meinen Hals. Mit jeder Trauerwelle wird er ein Stück mehr zusammengepresst, bis ich fast nicht mehr fähig bin zu atmen und mein Kreislauf kurz vor dem Zusammenbruch steht.

Das alles vollzieht sich nicht nur im Kopf. Das sind reale Empfindungen, Schmerzen, wie sie ein in den Eingeweiden rotierendes Messer nicht intensiver verursachen könnte. Echte körperliche Schmerzen.

Zweimal habe ich sie erfahren.

Zum ersten Mal vor fast neunzehn Jahren, als Anja starb, meine beste Freundin, und mit ihr ihre erst wenige Wochen alte Tochter. Mein Patenkind, Lena.

Zum zweiten Mal vor einem halben Jahr, als Paul ums Leben kam. Mein einziger Sohn. Mein Wunschkind. Mein Engel.

*

Die Verhandlung stand mir noch bevor. Mein Anwalt nahm sein Mandat sehr ernst. Alles andere als ein Freispruch würde er als Niederlage verbuchen, behauptete er. Für ihn war es ein tragischer Unfall. Einige Verwandte und ein paar sogenannte »Freunde« sahen die Sache etwas anders, auch wenn niemand sich traute, es offen auszusprechen. Die Anfeindungen waren subtil. Zumindest nahm ich sie so wahr; vielleicht bildete ich sie mir auch nur ein. Aber selbst dann hatte ich mit ihnen zu leben. Denn auch wenn sie nicht der Wahrheit entsprachen, so waren sie in ihrer Wirkung gerecht. Ich brauchte keinen Prozess, ich hatte mich längst schuldig bekannt.

Das Urteil hatte ich lange vor der Gerichtsverhandlung zu ertragen. Jede Sekunde, in der ich an Paul dachte, ergriffen Schmerz und Dunkelheit Besitz von mir. Ein schwarzes Loch, das mich umgab, in das ich hinuntergezogen wurde. Ein Verlies, in das ich eingesperrt war, um für meine Schuld zu büßen.

In diesen Momenten – und sie konnten Tage andauern –

nahm ich nichts und niemanden um mich herum wahr. Nichts existierte. Dann war ich allein mit Paul und meiner Trauer. Nichts würde mehr so sein wie früher. Kein Lachen mehr, kein Ärger, keine Freude.

Die Dunkelheit, die Bewegungsunfähigkeit und die Schmerzen holten mich mehrmals am Tag ein. Nicht immer gleich häufig und nicht immer von gleicher Intensität. Aber an jedem einzelnen Scheißtag. Und wenn sie jede noch so winzige Pore erreicht hatten, wenn kein Platz mehr in mir war, weil die Traurigkeit meinen ganzen Körper eingenommen hatte, kamen endlich die Tränen.

*

Ich zog die Kapuze bis zur Nase herunter, um den Sprühregen, der von allen Seiten kam, abzuwehren, und versuchte, die Eiseskälte, die sich durch die nasse Kleidung in meine Haut biss, so gut es ging, zu ignorieren. Der Orkan blies so stark, dass ich mich gegen den Wind lehnen musste, um überhaupt ein paar Schritte vorwärtszukommen. Ich lief in Richtung Hafen, der einzig nachvollziehbare Weg, den eine Fremde nehmen würde. Doch sie war verschwunden. Keine Spur von dem Mädchen. Zwei Feuerwehrmännern, die von ihrem Löschzug sprangen, um einen der vollgelaufenen Keller leer zu pumpen, war sie nicht begegnet. Gerade noch konnte ich mich selbst davon abhalten, laut ihren Namen zu rufen. Der war ja sehr wahrscheinlich noch nicht mal echt. Was tat ich hier? War ich jetzt vollkommen durchgeknallt?

Nach einer halben Stunde war meine Kleidung vollends durchweicht, und ich beschloss, die Suche abzubrechen und in den Bungalow zurückzukehren.

Ich war mir absolut sicher, dass die schlammigen Fußspuren vor der Haustür frisch sein mussten. Sie waren deutlich kleiner als meine. Auf dem gepflasterten Weg folgte ich den Schlammfladen, die noch weit vor dem Rasen aufhörten. Trotzdem ging ich weiter, sah auf die Terrasse, rief einmal: »Sind Sie noch da?«, blieb aber mit mir und dem strömenden Regen allein.

Wahrscheinlich war das Unwetter schuld, vielleicht war ich jedoch einfach nicht gründlich genug.

Ich ließ die Haustür ins Schloss fallen, drehte den Schlüssel zweimal um und entledigte mich der durchnässten Kleidung. Nachdem ich heiß geduscht hatte, schlüpfte ich in meinen Pyjama und einen viel zu großen Norweger-Pullover, den mir einer meiner Exfreunde bei seinem überhasteten Auszug hinterlassen hatte, machte mir einen heißen Tee und setzte mich zurück vor den Kamin. Die mich wie Fliegen umschwirrenden Gedanken versuchte ich mit einem imaginären Insektennetz in Schach zu halten.

Eine halbe Stunde zuvor hatte es für mich nur zwei Alternativen gegeben, mit meiner Situation umzugehen: Entweder suchte ich mir einen Therapeuten und begann, mit seiner Unterstützung ins Leben zurückzufinden. Oder ich schluckte endlich die Benzodiazepine, die ich mir im Laufe mehrerer Monate bei verschiedenen Ärzten und Online-Apotheken besorgt hatte und die seit fünf Tagen, in ausreichender Dosis auf dem Küchentisch verteilt, auf eine Entscheidung warteten.

Gab es Alternativen?

Nein.

Meine Dienstwaffe hatten sie mir abgenommen.

4

Obduktionsprotokoll

Nr. 1783
Obduzent: Dr. med. Lennart Maaß
Präparatoren: Nadine Gebhardt & Meike Kohrs

Personalien
Name, Vorname: unbekannt
Geburtsdatum: unbekannt
Anschrift: unbekannt
Krankenvorgeschichte: unbekannt

Äußere Leichenschau

Todesursache: nicht natürlich

Feststellung des Todes:
Der Körper ist nahezu vollständig verkohlt und damit mit dem Leben nicht vereinbar zerstört.

Die stark fortgeschrittenen Leichenveränderungen durch Brandzehrung lassen eine Identitätsfeststellung nicht zu.
Das Geschlecht des Leichnams ist äußerlich nicht mehr zu erkennen; Brüste oder Penis/Hodensack sind rückstandslos verbrannt..

Die Beschaffenheit des Skeletts lässt darauf schließen, dass die Person zwischen 35 und 45 Jahre alt und ca. 1,75 Meter groß war. Das Körpergewicht betrug ungefähr 70 Kilogramm. Der Umfang der Oberschenkel und Oberarme lässt Rückschlüsse auf einen durchschnittlichen Körperfettanteil zu. Die Zähne befinden sich in einem guten Zustand. Der Zahnstatus soll neben einer DNA-Analyse zur weiteren Identitätsfindung hinzugezogen werden.

Die Schädelkapsel ist geborsten, eventuell in Folge der Hitzeeinwirkung. Ring- und Mittelfinger der rechten Hand wurden neben der Leiche im Fußraum des Beifahrersitzes des ausgebrannten Pkw gefunden. Vermutlich wurden die Gliedmaßen infolge der Gewebeverkochung abgesprengt. Der Hals ist normal beweglich, Strangulationsfurchen oder Würgemale sind äußerlich nicht erkennbar.

Der Körper befindet sich in der für Brandleichen typischen »Fechterstellung«. Eine hitzebedingte Verkürzung der Beugemuskulatur hat zu einem Anwinkeln von Armen und Beinen in halb gebeugter Haltung geführt.
Da die Fechterstellung die Totenstarre verfälscht, wären Rückschlüsse auf den Todeszeitpunkt verfrüht.
Die Bestimmung der Todeszeit kann durch Gegenüberstellung der Temperaturmessung der Umgebung des Auffindeortes und der Körpertemperatur erfolgen. Zu diesem Zeitpunkt kann jedoch noch nicht zweifelsfrei bestätigt werden, dass es sich bei dem Auffindeort auch um den Sterbeort handelt.

Gesicht, Rumpf und Extremitäten sind vollständig verkohlt. Totenflecken sind daher nicht mehr erkennbar.
Die von einer schwarzen Kohleschicht überzogene Haut weist

glattrandige Risse auf, die den Blick auf rötliches Fleisch freigeben. Im Bereich des Bauches führten die Risse zu einem Aufplatzen der Bauchhöhle. Die Risse könnten auf Schnittverletzungen hinweisen, aber ebenso postmortal durch die hitzebedingte Schrumpfung der Haut entstanden sein.

Weitere Erkenntnisse werden durch die innere Leichenschau gewonnen werden.

5

Die Nacht, die die letzte meines Lebens werden sollte, wollte weder beginnen noch enden. Ich kannte das und wusste, dass ich nicht länger als drei Stunden durchschlafen würde, falls mir doch noch irgendwann die Augen zufielen. Doch in jener Nacht gelang mir nicht einmal das.

Die junge Frau und ihr unerwartetes Auftauchen gingen mir nicht mehr aus dem Kopf. Alles verselbstständigte sich irgendwie. Ich rief Szenen auf, Erlebnisse und Unterhaltungen aus früheren und neueren Begegnungen, altbekannte Angstgefühle. Intensiver und plastischer als in allen Nächten zuvor hatten sich die Gesichter des Todes in den Vordergrund gedrängt und ließen sich nicht mehr vertreiben.

Beruflich war der Tod kein täglicher, aber ein zuverlässiger Begleiter. In meinem knapp vierzigjährigen Leben hatte ich deutlich mehr Leichen zu Gesicht bekommen als Ted Bundy. Verkehrsunfallopfer. Selbstmörder. Wasserleichen. Verbrannte Körper. Satanisch Missbrauchte. Vergessene Greise. Unglücklich gestolperte Hausfrauen. Vergewaltigte Mädchen. Herzinfarkt bei Managern. Enthauptete Kinder.

Erzwungenermaßen hatte ich meine Empathie im Laufe der Zeit im Griff. Jedes noch so brutale, an die Nieren gehende Tötungsdelikt hatte ich nach Abschluss oder Einstellung der Ermittlungen hinter mir lassen können. Das eine schneller, das andere weniger schnell. Die Gesichter der Toten habe ich aus meinem Gedächtnis gelöscht. An ihre Namen hatte ich mich schon wenige Monate nach Aufklärung der Tat nur noch vage erinnern können. Irgendwann verschwanden sie. Garantiert.

In meinem Beruf konnte ich Emotionen fortschließen und den Schlüssel sicher vor meinen inneren Reflexen verlegen. Das waren Fälle. Akten. Reiner Selbstschutz. Sonst wird man verrückt.

Tagsüber war der Tod ein abstrakter Begleiter. Wir fuhren auf derselben Straße, aber wir saßen in unterschiedlichen Fahrzeugen, waren in andere Richtungen unterwegs.

Anders nach Feierabend: In den Abendstunden nahm er vor meinem inneren Auge Gestalt an, befeuerte schmerzlich-süße Melancholie. Lange Zeit hatte der Tod für mich nur zwei Gesichter: Anjas und Lenas.

Seit diesem Jahr kam ein drittes hinzu: Pauls.

*

Nach Anjas und Lenas gewaltsamem Tod wollte ich Gerechtigkeit nicht weiter denen überlassen, auf deren Wirken ich keinen Einfluss hatte. So brach ich mein Linguistikstudium ab und absolvierte den Einstellungstest der Polizeihochschule Bremen, die sich auf die Ausbildung von Beamten im Gehobenen Dienst spezialisiert hatte.

Da das Berufsziel der Kriminalkommissarin für mich alternativlos war, setzte ich alles daran, die Prüfungen mit Bestnoten zu bestehen – was mir meistens gelang. Die Ausbildung schloss ich als Jahrgangsbeste ab. Meine Aufklärungsrate zählt zu den höchsten in Norddeutschland. Nichts, worauf ich stolz wäre, aber ich finde, ich darf es erwähnen.

Nur deshalb hatten sie mir so lange den Rücken frei gehalten. Nur deshalb hatten sie so lange gezögert, mich zu suspendieren. Meine Dienstmarke musste ich ihnen freiwillig auf den Tisch knallen.

*

Anja und Lena hatten mich dazu getrieben, Polizistin zu werden. Der Grund, den Beruf an den Nagel zu hängen, war Paul.

Relativ spät war ich Mutter geworden. Zu lange war die Erinnerung an Anja und ihre tödlich endende Mutterschaft präsent gewesen. Zu sehr war ich mit meiner Karriere beschäftigt, während Jörg seine Kanzlei aufbaute. Eigentlich waren wir uns einig, dass wir als eines jener kinderlosen Paare mit großem Freundeskreis und ausschweifenden Hobbys alt werden wollten, viermal im Jahr um den Globus reisen und unsere Eigentumswohnung mit weißen, kinderunverträglichen Designermöbeln einrichten würden. Aber dann wurde ich schwanger. Es fühlte sich gut und richtig an. Schon von der zweiten Minute an war alles anders, und wir konnten es nicht erwarten, Eltern zu werden. Da meine Stelle nicht nachbesetzt wurde, stieg ich nach drei Monaten mit verkürzter Arbeitszeit wieder in meinen Beruf ein, während Jörg einen weiteren Nachwuchsanwalt einstellte und seine Arbeitszeit herunterfuhr.

*

Am Morgen des Tages, an dem Paul starb, hatte ich die Nacht durchgearbeitet und nicht mehr als zwei Stunden geschlafen.

Nach einem zweimonatigen Ermittlungsmarathon war uns endlich ein Serienvergewaltiger und Mörder ins Netz gegangen.

Als ich aus dem Verhörzimmer kam, rief Jörg an. Ein Notfall. Die Tagesmutter war im Urlaub, und ein Mandant brauchte ihn dringend in Hamburg. Ich müsse Paul nehmen. Es folgte das übliche Rumgezicke und Angemaule, an das ich mich in Situationen wie dieser schon viel zu sehr gewöhnt hatte. Jörg gab gern damit an, dass er eine Frau an seiner Seite hatte, die beruflich unabhängig war und einer Tätigkeit nachging, die seiner Meinung nach so viel aufregender und bewundernswerter war als seine. Nur sobald sich unsere Jobs in die Quere kamen, sortierte er die Prioritäten nach seinem Gusto um. Schließlich war ich ja verbeamtet und trug nicht wie er das Risiko eines Selbstständigen auf meinen Schultern. Sein selbstgerechter Egoismus brachte mich regelmäßig auf die Palme. Nur selten knickte ich ein – ein nicht ungefährlicher Außeneinsatz reichte meist als Totschlagargument.

Anders an diesem Morgen. Mein Dienstschluss war zum Greifen nahe. Also stand Jörg zwanzig Minuten später mit Paul auf dem Arm in meinem Büro. Ich breitete die Spieldecke auf dem Boden aus, stellte Paul die Playmobil-Kiste hin und beeilte mich, den Abschlussbericht fertig zu schreiben, damit wir nach Hause fahren konnten.

Verbeamtung hin oder her – unsere Kundschaft kümmert sich nicht um Dienst- und Ruhezeiten.

In der Zwischenzeit hatte auf der anderen Seite des Ganges ein durchgedrehter Kleindealer seinen Komplizen als Geisel genommen. Ich weiß nicht mehr, warum ich überhaupt rübergestürmt bin. Sehr wahrscheinlich hätten die Kollegen die Situation selbst in den Griff bekommen, aber das ohrenbetäubende Geschrei über den Flur hatte mich alarmiert. Immer wieder der Schrei: »Ich breche ihm das Genick!«

Paul weinte und war nicht zu beruhigen. Ich redete ihm gut zu, versprach, dass seine Mama nach dem Rechten sehen und für Ruhe sorgen würde. Sicherheitshalber schloss ich mein Büro ab. Als ich das gegenüberliegende Zimmer betrat, schleuderte der Dealer den Kopf seines Kumpans mit voller Wucht gegen die Fensterbank. Sofort entsicherte ich meine Walther, schoss ihm ins Knie und entsicherte erneut.

Meine Kollegen kümmerten sich um den Rest.

Ich lief zurück zu Paul und legte die Waffe auf den Schreibtisch.

Warum ich sie nicht wieder gesichert und verstaut hatte? Ich weiß es nicht. Glauben Sie mir, diese Frage stelle ich mir jeden Tag. Ich weiß aber, dass ich auch am Ende meines Lebens keine Antwort darauf gefunden haben werde.

Meiner Schuld bin ich mir bewusst; keine rationale Erklärung dieser Welt kann die Tragödie rückgängig machen. Ich war übermüdet, gestresst, wütend auf Jörg, wütend auf den Dealer, der meinen Feierabend zu ruinieren drohte, genervt von Paul, der nicht aufhören wollte zu weinen. Und genervt von meinen Kollegen, die mich über den Flur zurückriefen, nur um mich daran zu erinnern, einen weiteren Bericht zu verfassen. Als ich maulte, sie könnten ihren Scheißbericht gefälligst selbst schreiben, hörte ich den Schuss. Trotz meiner Übermüdung wusste ich sofort, was passiert war. Ich weiß nur noch, dass ich schrie und lief. Und schrie. Und schrie. Und schrie.

Wahrscheinlich sitzen Sie nun da und schütteln den Kopf. Halten mich für unfähig, meinetwegen für überfordert. Eine Rabenmutter, die die essenziellste Lebensregel nicht beherrscht: die Gesundheit und das Leben ihrer Kinder zu schützen. Vielleicht haben Sie recht. Ich weiß nur, dass ich mein Kind abgöttisch geliebt habe und dass ich mein eigenes Leben dafür opfern würde, alles, was passiert ist, ungeschehen zu machen.

*

Sie kennen jetzt die Bilder. Sie verfolgen mich jeden Abend vor dem Einschlafen. Zwei Flaschen Rotwein können sie nicht verdrängen, auch Tabletten nicht, erst recht nicht die Fernsehsendungen im Nachtprogramm. Die Bilder werden mich bis an mein Lebensende verfolgen und meine Nächte beherrschen. Damit habe ich mich abgefunden. Das bin ich Paul schuldig.

*

In jener Nacht im Ferienhaus meiner Eltern beschäftigten mich wieder einmal nur Paul, Lena und Anja. Lena, Anja und Paul. Anja, Paul und Lena. Ich sehe ihre Gesichter, höre ihr Lachen, ich rieche ihre Haare.

Es war weit nach Mitternacht, als ich die Geräusche auf der Terrasse bemerkte. Längst war ich so zermürbt von Depression, Angst und Erschöpfung, dass ich nicht einzuschätzen vermochte, ob die Laute real waren. Zuerst nur ein Schlurfen. Dazwischen immer wieder der Donner des Gewitters, das über die Harlebucht gezogen war und näher kam.

Ich verscheuchte die trübsinnigen Gedanken, die mich vom Schlafen abhielten, schlug die Bettdecke zur Seite und sprang auf die kalten Holzdielen.

Wieder das Schlurfen. Jemand machte sich an der Terrassengarnitur zu schaffen! Ich zog den grauen Kapuzenpulli über und ging barfuß ans Fenster. Die schweren dunklen Vorhänge schob ich beiseite, konnte aber nichts erkennen. Die Terrasse lag völlig im Dunkeln. Dahinter erhoben sich die schemenhaften Umrisse der Bäume und Hecken, die das Grundstück umgaben. Der Blitz verwandelte die ineinander verschlungenen grauschwarzen Konturen schlagartig in eine taghelle Szenerie. Angespannt tasteten meine Augen durch die sofort wieder einsetzende Dunkelheit.

Beim nächsten Blitz erkannte ich sie. Beide Beine unters Kinn gezogen, saß sie unter dem Vordach, auf dem einzigen verbliebenen Gartenstuhl. Als ich die Fenstertür öffnete und beiseiteschob, sprang sie auf. Ihre Augen ließen nicht eine Sekunde von mir ab. Angst und Furcht waren nicht aus ihrem Blick gewichen. Ich sah sie mit ernster Miene an und forderte sie mit stummen Zeichen auf hereinzukommen. Ohne zu zögern, stand sie auf und trat ein. Sie war noch stärker durchnässt als bei unserer ersten Begegnung an der Haustür. Kein einziges trockenes Kleidungsstück hing an ihrem Körper.

Mit einem Nicken deutete ich auf den Stuhl neben der Terrassentür. »Legen Sie Ihre Sachen dorthin!« Dann ging ich zum Kleiderschrank, in den ich vor vier Wochen meinen Koffer entleert hatte, zog ein weißes Handtuch, frische Unterwäsche, die älteste Jeans, die ich hatte, und einen Wollpullover heraus und legte sie aufs Bett.

»Sie werden sich erkälten. Sehen Sie zu, dass Sie trocken werden!«

Als ich fünf Minuten später den heißen schwarzen Tee in die Tassen füllte, erschien sie lautlos in der Küchentür. Schweigend stellte ich die Teekanne, zwei Tassen, übrig gebliebenen Kuchen auf das Tablett, legte ein paar Stücke Obst dazu und ging ins Wohnzimmer. Zögerlich folgte sie mir.

Ich sah ihr beim Essen zu, ihre Blicke wichen meinen aus. Erst nachdem sie zwei Tassen Tee getrunken und gierig eine Banane und ein Stück Marmorkuchen verdrückt hatte, sah sie auf. »Sprechen Sie jetzt mit mir, Frau Sundermann?« Sie blieb einsilbig.

Und ich war immer mehr überzeugt, einer skrupellosen Obdachlosen auf den Leim gegangen zu sein. »Die Sachen können Sie behalten. Ich gebe Ihnen Geld für ein Busticket. Sie können noch eine Tasse Tee haben. Aber dann müssen Sie gehen.«

»Ich weiß nicht, wohin.«

»Bei wem wohnen Sie?«

»Ich habe kein Zuhause.«

»Wo wohnen Ihre Eltern?«

»Sie kannten meine Mutter.«

»Ich kenne Ihre Mutter nicht.«

»Anja Weitz! Ich weiß, dass Sie sie kannten. Sie sind Femke Sundermann. Sie waren beste Freundinnen.«

»Das können Sie in den Zeitungen gelesen haben.«

»Ich weiß, dass Sie sie kannten. Erzählen Sie mir von ihr!«

Mir war schon an der Tür aufgefallen, dass sich an ihre Sätze Spuren eines Dialektes hefteten. Er trat etwas deutlicher in den Vordergrund, je mehr sie erzählte. Ich konnte ihn nicht sofort zuordnen, aber in einem war ich mir sicher: Es war kein hiesiger Dialekt.

Ich beugte mich vor und sprach scharf und deutlich: »Ich weiß nicht, wer Sie sind. Sie platzen hier herein und behaupten, eine Tote zu sein. Das ist absurd! Lena Weitz' Tod ist bewiesen. Erzählen Sie mir, wer Sie sind, oder zeigen Sie mir einen Ausweis! Irgendwas. Oder bleiben Sie wortkarg und spielen weiterhin die Geheimnisvolle! Dann verlassen Sie aber auf der Stelle dieses Haus.«

»Ich *bin* Lena Weitz.«

Die dürren Worte reichten nicht, um mich zu überzeugen. Im Gegenteil, sie befeuerten Skepsis und Wut. An die Stelle der Neugier war Nüchternheit getreten. »Trinken Sie aus und gehen Sie!«

Tränen rollten über ihr Gesicht. Ihr leises Wimmern ging in ein herzzerreißendes Schluchzen über. Sie atmete sehr kurz. »Sie haben keine Ahnung, was Sie mir antun.«

»Nein, Sie haben keine Ahnung, was Sie *mir* antun.« Meine Stimme war ungewohnt rauchig, heiß vor Wut.

»Warum glauben Sie mir nicht?« Die folgenden Worte gingen in einem verzweifelten Schluchzen unter.

Behutsam nahm ich ihre Unterarme in meine Hände. »Ich bin sicher, Sie brauchen Hilfe. Aber dafür bin ich die falsche Person. Ich kenne sehr nette Leute, die sich professionell und gut um Sie kümmern können.«

Von einem Augenblick zum anderen erstarrte die Verzweiflung wieder in Furcht. »Was für Leute?«

»Ich kenne eine sehr einfühlsame Psychologin. Und wenn es notwendig erscheint und es Ihnen hilft, können wir auch das

Jugendamt, das Sozialamt oder die Polizei hinzuziehen. Ich habe gute Kontakte. Sie müssen nicht da draußen sein.«

Sie zuckte zusammen. »Nein, keinen von denen! Keine Behörden!«

»Hören Sie, es wäre sicher das Beste …«

»Nein! Die glauben mir eh nicht! Nur Sie können mir helfen. Sie kannten meine Mutter.«

Ich ließ ihre Arme los und stand auf. »Wir drehen uns im Kreis. Entweder Sie nehmen mein Angebot an, oder Sie lassen es bleiben. Mehr kann ich nicht tun.«

»Was muss ich denn machen, damit Sie mir glauben?«

»Sie sollten damit beginnen, mir zu beweisen, dass Sie Lena Weitz sind«, antwortete ich, wohl wissend, dass sie den Beweis nicht liefern konnte.

»Ich habe noch den Pippi-Langstrumpf-Strampelanzug, den Sie mir zu meiner Geburt geschenkt haben.«

Die Wände und der Fußboden schwankten. Das Blut sackte mir schlagartig aus dem Kopf, und ich musste mich am Kaminsessel abstützen. Woher wusste sie von dem Strampler und dass ich ihn Lena zur Geburt geschenkt hatte?

Die Anspannung wich aus ihrem Körper. Ruhig griff sie nach der Teetasse und nahm einen Schluck. Als sie die Tasse wieder abgesetzt hatte, sah sie mich mit ernster Miene an und sagte schließlich den Satz, dem ich zugegebenermaßen nur schwerlich entfliehen konnte: »Sie interessiert doch auch, was damals wirklich passiert ist.«

6

Lennart Maaß starrte auf sein Mobiltelefon und konnte sich ein Grinsen nicht verkneifen. Er war ein Freund direkter Worte, und so brauchte man nicht viel Fantasie, um zu ahnen, dass ihm gefiel, was er las. *Ficken?*, stand dort. Mehr nicht. Eine kurze, knappe SMS, abgesendet von einer Karina. Ihren Nachnamen kannte er nicht, er hatte lediglich Telefonnummer und Vornamen gespeichert. Kennengelernt hatten sie sich vor zwei Monaten in der Bar des *Maritim Hotels* am Bürgerpark, in dem er vor europäischen Rechtsmedizinern einen Vortrag über Identifizierungsmethoden von Brandleichen gehalten hatte und in dem sie immer übernachtete, wenn sie beruflich in Bremen zu tun hatte. Sie machte irgendwas mit Unternehmensbewertung oder Unternehmensberatung. So ganz genau wusste er es nicht, und noch genauer interessierte es ihn auch nicht.

Lennart tippte seine Antwort – *Später* – und drückte auf *Senden.* Dann streifte er sich Gummihandschuhe über und ging zurück zu den anderen im großen Sektionssaal nebenan. Sie warteten schon.

*

Als Einziger der Anwesenden im Saal hatte sich Lennart keine Mentholsalbe unter die Nase geschmiert. Ermittler, Staatsanwälte und andere, die nicht tagtäglich an Obduktionen teilnahmen, waren selten so tapfer, und Lennarts Sektionsassistentinnen waren wahrscheinlich einfach noch nicht lange genug dabei. So hatte auch Lothar Hemmer, mit mehr als vierzig Dienstjahren erfahrenster Kriminaler, Respekt vor dem bestialischen Gestank offen liegender Organe und verwesenden Gewebes. Als Lennart den Sektionssaal betrat, reichte Hemmer gerade die Tube weiter an den ebenfalls anwesenden Staatsanwalt, der die Obduktion angeordnet hatte. Die zweite Mentholration an diesem Tag.

Das Institut für Rechts- und Verkehrsmedizin war in einem Ende des neunzehnten Jahrhunderts errichteten Backsteingebäude gegenüber dem Bremer Zentralkrankenhaus untergebracht. Ockerfarbene Fußbodenkacheln durchbrachen das sterile Ambiente des Sektionssaals. Deckenhohe Sprossenfenster, deren untere Teile mit Milchglas bestückt waren, und das hereinströmende Tageslicht nahmen dem Ort den Grusel.

Die Brandleiche war die einzige Leiche, an der an diesem späten Sonntagnachmittag gearbeitet wurde. Die anderen stählernen Seziertische blieben frei. Der schwarz verstümmelte Körper lag auf dem Rücken, die Schultern angezogen, Beine und Unterarme angewinkelt. Die zu Klauen zusammengezogenen Hände zeigten in Richtung Deckenbeleuchtung.

Die Leiche rang allen Beteiligten ein enormes Maß an Standfestigkeit ab. An manchen Stellen war die schwarz verkrustete Haut aufgeplatzt und gab den Blick frei auf rohes Fleisch.

»Zwei Fragen sind zu klären«, eröffnete Lothar Hemmer die zweite sonntägliche Sonderschicht. »Wen haben wir vor uns? Und wie ist diese Person zu Tode gekommen?« Bei aller Gemütlichkeit seines Wesens konnte sein großväterlicher Tonfall auf Neulinge unangenehm belehrend wirken.

An Lennart prallte er ab. »Wir fahren mit der inneren Leichenschau fort, wenn es Ihnen nichts ausmacht«, entgegnete er und betätigte mit dem rechten Fuß ein Pedal unter dem Sektionstisch, das die Aufzeichnung auf dem Diktiergerät startete.

Seine Assistentin öffnete die Schädeldecke, aus der angekohltes Hirngewebe trat, während ihre Kollegin die verkohlten Hautschichten durchschnitt und begann, die triefenden, unverbrannten Organe aus Bauch- und Brusthöhle zu entnehmen und auf dem kleinen Metalltisch oberhalb des Sektionstisches zu platzieren. Unter den Geruch von verbranntem Fleisch mischte sich ein weiterer. Sie sahen sich fragend an.

»Benzin?«, mutmaßte Lothar Hemmer.

»Möglich«, antwortete Lennart. Hemmer machte sich Notizen.

Da die Temperatur bei Verbrennungen zum Körperinneren hin stark abnimmt, waren die Organe gut erhalten. Mit Auftauchen der Prostata war immerhin schon einmal das Geschlecht identifiziert.

Lennart stellte sich an den Organtisch und durchschnitt mit einer Schere den Herzbeutel. Er entnahm das Herz, schnitt mit einer langen Klinge die großen Gefäße ein und fing das herauslaufende Blut in einer Kelle auf. »Für die toxikologische Untersuchung«, erklärte er den umherstehenden Fachfremden.

Als Nächstes durchschnitt er Luftröhre, Lunge und Bronchien. Die Ablagerungen auf der inneren Schleimhaut sprachen eine eindeutige Sprache. Die Assistentin reichte ihm Magen und Speiseröhre. Lennart öffnete die Organe und entdeckte darin die gleichen Rückstände. Ruß. Die Sache war mehr als eindeutig. Lennart diktierte die Obduktionsergebnisse in das Aufnahmegerät.

Lothar Hemmer fasste sie zusammen, während er sich eilig Notizen machte: »Der Mann ist hinter dem Lenkrad bei lebendigem Leibe verbrannt.«

7

Nachdem ich fünf Holzscheite nachgelegt und den Kamin entzündet hatte, schloss ich das Funkenschutzfenster und setzte mich wieder. Die junge Frau sah in den viel zu weiten Klamotten noch jünger aus.

»Eine halbe Stunde. Nicht länger.« Demonstrativ schaute ich auf die messingbeschlagene Schiffsuhr über dem Kamin. »Zuerst werde ich Ihnen ein paar Fragen stellen«, sagte ich, »und ich erwarte ehrliche Antworten.«

Verunsichert sah sie mich an: »Was für Fragen?«

»Ich will wissen, wo, wie und mit wem Sie die vergangenen achtzehn Jahre verbracht haben. Und ich will wissen, wie Sie mich gefunden haben. Wie haben Sie erfahren, dass ich mit Anja Weitz befreundet war?«

»Das alles kann ich Ihnen nur erzählen, wenn Sie mir hoch und heilig versprechen, alle meine Fragen zu beantworten.« Irgendetwas war plötzlich anders. Sie hatte einen Teil ihrer Schüchternheit abgelegt, ihr Gesichtsausdruck war nun sehr ernst. Und auf irritierende Art berechnend. Wer war diese Frau?

»Dafür, dass Sie etwas von mir wollen, stellen Sie ziemlich unanständige Bedingungen.«

»Ich denke, diese Bedingungen kann ich stellen. Und Sie werden sich damit arrangieren können.«

Ich war perplex. Waren die Tränen, das ganze Geheule nur Show gewesen? »Nein, da täuschen Sie sich. Weshalb sollte ich Ihnen weiter zuhören? Ich kann Sie jederzeit vor die Tür setzen.«

»Könnten Sie. Tun Sie aber nicht. Weil Sie wissen, dass ich die Wahrheit sage.«

Ich lachte laut auf. »Das weiß ich nicht! Ich glaube, es hakt!«

Unbeirrt fuhr sie fort: »Mein Erscheinen mag mit Ihren begrenzten Erkenntnissen und Ihren Überzeugungen nicht übereinstimmen. Aber tief in Ihrem Inneren gibt es eine Stimme, die darauf nicht hört. Eine Stimme, die glauben will, dass ich Lena Weitz bin. Eine Stimme, die sich mit mir unterhalten will. Wenn es sein muss, die ganze Nacht.«

»Sie fantasieren.«

Sie schüttelte den Kopf, sanft, aber selbstbewusst. Woher nahm sie so plötzlich diese unerschütterliche Selbstsicherheit? Mein Blick verharrte auf ihrem Gesicht. Sie war hübsch, doch nicht zu hübsch. Ein im positiven Sinne durchschnittlicher, natürlich gebliebener Teenager. Wieder suchte ich nach Ähnlichkeiten zu Anja und rief mir ihr Gesicht in Erinnerung. Aber die größte Ähnlichkeit, die beide außer der Haar- und Augenfarbe gemeinsam hatten, waren die fehlenden Auffälligkeiten. Keine zu vollen oder zu schmalen Lippen. Weder eine schiefe noch eine spitze Nase. Weder auffällige Grübchen noch hohe Wangenknochen. Durchschnittlich hübsch eben.

In ruhigem Tonfall fragte sie: »Darf ich anfangen?«

»Das finden Sie fair?«

»Ich habe doch nur dreißig Minuten.« Wieder umspielte das schüchterne Lächeln ihren Mund.

Normalerweise war ich diejenige, die die Fragen stellte. In meine neue Rolle als Zeugin, die befragt wurde, fand ich nur langsam hinein. Aber ich hatte eingesehen, dass wir mit einem *Du-zuerst!-Nein-du!*-Spielchen nicht weiterkamen. Sie hatte etwas zu verbergen, und irgendetwas oder irgendjemand jagte ihr eine so große Angst ein, dass sie sich mir gegenüber nicht öffnen konnte. Oder nicht öffnen wollte. Sie war eine Hochstaplerin – daran hatte ich keinen Zweifel.

Ich sah ein, dass es keinen Zweck hatte, auf meinem Standpunkt zu beharren. Schon gar nicht um diese Uhrzeit. Viel mehr aber noch hatte sie meinen kriminalistischen Spürsinn geweckt. Sie hatte einen schmackhaften Köder ausgelegt, und ich war hungrig und schwach genug gewesen, ihn zu schlucken. Ihre Erwähnung des Strampelanzuges hatte mich aufhorchen lassen und, ja, neugierig gemacht. Beim Gedanken daran beschleunigt sich mein Puls noch heute.

Mit Lena war damals auch der Strampelanzug verschwunden. Und diejenige, die ihn heute besaß, hätte über Umwege und mit großer Akribie tatsächlich meine Identität herausbekommen können.

So beschloss ich, die sinnlose Diskussion nicht von Neuem zu starten, und sagte nur: »Schießen Sie los! Was wollen Sie wissen?«

Sie winkelte die Beine an und zog die Knie zum Kinn. »Ich würde gern hören, wie Sie die ganze Sache erlebt haben. Erzählen Sie mir alles!«

»Alles?«

»Wie war meine Mutter?«

Ich schluckte. Da waren sie wieder, die Bilder. Anjas Gesicht als Erwachsene, zunächst weit entfernt und verschwommen, dann immer plastischer. Schließlich ihre jüngere Version. Ein temperamentvolles Mädchen, das schon früh wusste, was es wollte. Unter der rauen Oberfläche empfindsam, kreativ, loyal, gütig. Wieder zog sich die unsichtbare Trauerkralle um meinen Hals. Anja war die einzige beste Freundin, die ich je gehabt hatte. Außerhalb meiner Familie war sie der einzige Mensch gewesen, der mein Leben von meiner Kindheit bis ins frühe Erwachsenenleben begleitet hatte. Aber das waren Erinnerungen und Gedanken, die ich für mich behalten musste. Die konnte ich nicht einer Wildfremden anvertrauen. So antwortete ich: »Anja Weitz war ein wundervoller Mensch.«

Als sie verstanden hatte, dass dies alles war, was ich dazu zu sagen hatte, fragte sie: »Wie haben Sie sich kennengelernt?«

»Wir waren noch Kinder. Nach meinen ersten Sommerferien hatten meine Eltern meinen Bruder und mich im Schwimmverein angemeldet. Ich machte große Fortschritte, deshalb steckte man mich schon nach einem halben Jahr in eine Schwimmgruppe mit größeren Kindern. Dort habe ich Anja kennengelernt.«

»Sie war älter als Sie?«

»Ja, drei Jahre. Sie hat mich zunächst gar nicht beachtet. In dem Alter erscheinen drei Jahre wie eine ganze Generation. Sie kennen das sicher.«

Sie nickte und lächelte wieder. »Sie können mich duzen.«

Wäre ich mit jeder Faser meines Körpers überzeugt davon gewesen, die echte Lena Weitz vor mir zu haben, hätte ich ihr den Gefallen getan. Aber mir saß eine Zeugin gegenüber, die zu gegebener Zeit zu verhören war. Was diese Situation besonders machte, war, dass sie sich nicht im Präsidium abspielte. »Ich denke, wir bleiben beim ›Sie‹«, sagte ich.

»Ist das nicht komisch für Sie? Ich meine, als ich ein Baby war, haben Sie mich sicherlich geduzt …«

Netter Versuch, dachte ich. Aber so schnell ließ ich mich nicht aufs Glatteis führen.

»Für mich ist es nur etwas ungewohnt«, fuhr sie fort. »Ich bin ja gerade erst achtzehn geworden. Aber wenn Sie nicht wollen … Ihre Entscheidung.«

»Genau«, erwiderte ich. Und setzte meine Erzählung fort: »Anja und ich sahen uns drei- bis viermal die Woche für zwei Stunden am Abend. Und alle vierzehn Tage bei den Wettkämpfen am Wochenende. Irgendwann freundeten wir uns an. Den genauen Zeitpunkt könnte ich nicht benennen. Wir hatten gemeinsam einige Staffelwettkämpfe gewonnen. Verbrachten immer mehr Zeit miteinander. Ich kann mich noch daran erinnern, dass sie mir regelmäßig die neuesten *Bravos* mitbrachte. Meine Eltern hatten mir verboten, die *Bravo* zu lesen. Anja wurde für mich so etwas wie die große Schwester, die ich nie hatte.« Ich weiß nicht mehr, ob ich die Frau ansah, als ich in meine Vergangenheit eintauchte. Wahrscheinlich blickte ich die ganze Zeit, verloren in den Erinnerungen, an ihr vorbei in den Kamin. »Die Jahre vergingen, wir wurden älter, kamen in die Pubertät. Pickel, Jungs, Tanzschule und der ganze Kram. Wie haben Sie diese Zeit erlebt?«

Sie schüttelte den Kopf. »Nein, später. Erzählen Sie bitte weiter!«

»Ich kann heute sagen, dass ich nie eine bessere Freundin hatte.« Und wahrscheinlich auch nicht mehr haben werde, dachte ich. Aber diesen Gedanken behielt ich für mich. »Wir wussten alles voneinander und vertrauten einander blind.« Ich musste schlucken und war doch überrascht, wie leicht es mir fiel zu erzählen. Seit Jahren hatte ich mit niemandem über Anja und Lena gesprochen, hatte die düsteren Erinnerungen verdrängt. Und nun, in Gegenwart einer völlig Fremden, sprudelte es nur so aus mir heraus. Wenn ich all das Misstrauen ausklammerte, hatte die Situation fast schon etwas Therapeutisches.

»Haben Sie sich niemals gestritten?«

»Natürlich haben wir das, aber selten. Und es ging nie um etwas Ernstes. Ich kann mich an keinen einzigen handfesten Krach erinnern. Haben Sie eine beste Freundin oder einen besten Freund?«, fragte ich.

Sie schüttelte den Kopf.

»Das ist sehr schade. Wieso nicht?«

Wieder wich sie aus. »Wann hat sie Ihnen erzählt, dass sie schwanger war?«

Ich dachte nach. »Ich habe als Erste davon erfahren, denn

ich hatte sie zum Frauenarzt begleitet. Zusammen mit meinem damaligen Freund lebten wir in einer Wohngemeinschaft. Anja hatte ihre Ausbildung abgeschlossen und arbeitete schon ein paar Jahre als Goldschmiedin. Ich hatte angefangen, planlos vor mich hin zu studieren. Ich sollte zwei Semester durchhalten. Wir gingen viel aus damals. Jedes Wochenende machten wir die Stadt unsicher. Und dann lernte sie diesen Typen kennen. Dunkelhaarig, sportlich, breitschultrig. Nicht besonders groß, aber recht gut aussehend und mit großem Selbstbewusstsein ausgestattet.«

»Ich war ein Unfall?«

Ich versuchte, den immer wiederkehrenden Ich-Bezug ihrer Fragen zu ignorieren, so gut es ging. »Anja ist ungewollt schwanger geworden, ja, und zu Beginn war sie fürchterlich verzweifelt. Aber nachdem sie das Kind geboren hatte, war sie die glücklichste Mutter der Welt. Bald nach der Geburt wurde unsere Wohnsituation in der WG schwierig. Sie hatte nur das eine Zimmer. Da passte ja gerade einmal die Wiege hinein. Zwar war immer jemand da, der auf die Kleine aufpassen konnte, aber Partys, Langschläfer und Gemeinschaftsküche sind auf Dauer kein passendes Umfeld für ein Neugeborenes. Und zugegebenermaßen waren auch wir zunehmend genervt. Als Lena drei Wochen alt war, begann Anja, sich auf die Suche nach einer eigenen Wohnung zu machen. Zum Umzug kam es nicht mehr.«

Ich beschloss, eine Gegenleistung einzufordern. »Ich möchte den Strampelanzug sehen.«

Sie sah mich überrascht an. »Den habe ich nicht dabei.«

»Dachte ich mir.«

»Sie glauben, ich habe mir das ausgedacht.«

»Ich weiß nach wie vor nicht, was ich glauben soll.«

»Woher sollte ich von dem Strampler wissen, wenn ich ihn nicht selbst in der Hand gehalten hätte?«

Auf die Frage wusste ich keine schlüssige Antwort. Die Skepsis konnte sie dennoch nicht fortwischen.

»Warum haben Sie ausgerechnet nach mir gesucht?«

»Das habe ich schon gesagt. Sie waren ihre beste Freundin.«

»Von wem wissen Sie das?«

»Das habe ich herausgefunden.«

»Wie?«

»Bitte erzählen Sie mir mehr von ihr!«

Ich sprang aus meinem Sessel auf. »Nein, meine Liebe, so läuft das nicht! Warum können Sie mir diese einfachen Fragen nicht beantworten? Ich verstehe das nicht! Vor wem haben Sie Angst?«

Sie schüttelte den Kopf.

»Verfolgt Sie jemand? Werden Sie bedroht? Warum reden Sie nicht offen mit mir?«

»Bitte … nicht schreien, bitte!«

»Mir ist aber gerade nach Schreien zumute. O ja, und wie!« Ich klammerte mich an die Armlehnen ihres Sessels und beugte mich vor. »Und wissen Sie, warum? Weil ich mich von Ihnen so dermaßen verarscht fühle …«

»Ich verarsche Sie nicht. Sie müssen mir glauben!« Da rollte sie wieder: eine winzige Klein-Mädchen-Träne. Ihr selbstbewusstes Zweit-Ich war wie vom Erdboden verschluckt. Mrs. Jekyll war zurück.

Ich ließ mich in meinen Sessel zurückfallen und zählte innerlich bis zehn. Als ich ein Ruhe-Level erreicht hatte, auf dem ich wieder in Zimmerlautstärke kommunizieren konnte, fragte ich: »Wo in Süddeutschland sind Sie aufgewachsen?«

»Wie kommen Sie darauf, dass ich aus Süddeutschland bin?«

»Oder Österreich? Ich höre da hin und wieder einen ganz leichten Dialekt heraus. Sie versuchen, ihn zu unterdrücken. Das gelingt Ihnen aber nicht immer.«

»Das kann nicht sein.«

»Sie lügen mich doch schon wieder an!«

Unerwartet erhob sie sich aus dem Sessel und wandte den Blick von mir ab. »Vielleicht war es doch keine so gute Idee, zu Ihnen zu kommen.« Sie rannte auf den Flur und riss ihre noch völlig durchweichten Sachen an sich.

Ich lief ihr hinterher und packte sie am Oberarm. »O nein, so leicht kommen Sie mir nicht davon! Sie können jetzt nicht einfach wegrennen. Sagen Sie mir, wer Sie sind!«

»Wenn Ihre Bedingung ist, dass ich alles von mir erzählen muss, dann werde ich das akzeptieren und gehen.«

»Setzen Sie sich wieder hin!« Es sollte eine freundliche Aufforderung sein, entglitt mir in meiner Wut aber wie ein Befehl.

Sie ließ die Klamotten auf den Boden fallen und ging wie in Trance zurück ins Wohnzimmer, wo sie sich in den Sessel sinken ließ. Als ich ihr gegenüber wieder Platz genommen hatte, fragte sie: »Wann und wie haben Sie von unserem Verschwinden erfahren?«

Ich wollte antworten, entschied mich aber dagegen und erwiderte stattdessen: »Was erwarten Sie sich eigentlich von diesem Gespräch? Was werden Sie mit den Informationen anfangen, die Sie hoffen, von mir zu bekommen?«

Ihre Schüchternheit wechselte wieder zu Ernsthaftigkeit. »Ich will meine Vergangenheit aufarbeiten, meine persönliche Geschichte entdecken.«

Ich schüttelte den Kopf. »Was lässt Sie bloß so sicher glauben, dass Sie Lena Weitz sind?«

»Ich weiß es!«

»Ich denke, Sie sind sich dessen zu sicher.«

»Nein. Ich will die fehlenden Mosaiksteine meiner Identität finden. Und ich will wissen, was mit meiner Mutter geschehen ist. Das wollen Sie doch auch?«

Ich richtete mich auf und schenkte uns Tee nach. »Das muss

ich nicht. Ich weiß ja, was mit Anja und Lena geschehen ist. Schon klar, dass Sie das nicht hören wollen. Und Sie werden mich nicht vom Gegenteil überzeugen können. Ich bleibe dabei. Ich kenne die Faktenlage. Ich kenne die Akten, und ich war bei der Gerichtsverhandlung dabei.«

»Haben Sie denn nie gezweifelt?«

»Dafür gab es keinen Anlass.« Ich stellte die Teekanne zurück auf das Stövchen. »Anja und Lena sind fast zwanzig Jahre tot.« Die Betonung legte ich bewusst auf *Lena*. »Der Fall Anja und Lena Weitz war einer der aufsehenerregendsten Mordfälle, die dieses Land je gesehen hat.«

»Aufsehenerregend, weil …?«

»Weil zunächst niemand erklären konnte, was geschehen war. Die Polizei tappte zunächst im Dunkeln. Die Fahndung, der Aufwand, das alles war gigantisch. Die Ermittlungen wurden wochenlang von den Medien verfolgt – in den Zeitungen, im Radio, sogar im Fernsehen.«

»Haben Sie irgendwelche Fotos?«, fragte sie aufgeregt. »Und noch andere?«

»Nicht hier.« Ich fuhr fort: »Es gab einen Gerichtsprozess, der alles, was damals geschah, minutiös aufarbeitete. Tag für Tag. Stunde für Stunde. Minute für Minute. Der Mörder wurde überführt. Es gab ein Urteil.« Ich holte tief Luft. »So, und jetzt kommen Sie hier hereingeschneit und behaupten …« Ich ließ den Satz unvollendet.

»Aber die …« Sie räusperte sich und fuhr dann mit fester Stimme fort: »Aber die Leichen … Die Leichen hat man nie gefunden, richtig?«

Ich sah auf die Uhr. Es war schon kurz nach zwei.

Die halbe Stunde war längst um.

8

POL-HB – Zeugenaufruf:
Junge Mutter und Säugling vermißt

Bremen. Seit dem Vormittag des 3. September 1996 werden die 23-jährige Anja Weitz und ihre sechs Wochen alte Tochter Lena vermißt. Am Morgen des 3. September hat Anja Weitz gemeinsam mit ihrer Tochter einen Arzttermin wahrgenommen, zu dem sie von ihrer Mitbewohnerin begleitet wurden. Ab ca. 10 Uhr saßen die beiden Frauen mit dem Baby in einem Café in der Bremer Innenstadt. Gegen 11 Uhr verabschiedete sich die Freundin von Frau Weitz und ihrer Tochter. Danach verlieren sich die Spuren der beiden. Sie sind weder in ihrer Wohngemeinschaft noch zu vereinbarten Terminen erschienen.
Das Zimmer von Frau Weitz wurde vorgefunden, wie sie es nach Aussage ihrer Mitbewohnerin am Morgen verlassen hatte. Mit Ausnahme einiger persönlicher Gegenstände, die Frau Weitz am Tag ihres Verschwindens bei sich trug – darunter Portemonnaie und Schlüsselbund sowie eine rosa-türkis gestreifte Babytasche und eine kleinere Wickeltasche – schien die Wohnung vollständig hinterlassen worden zu sein.

Personenbeschreibungen:
Anja Weitz ist 23 Jahre alt, ungefähr 1,70 Meter groß und sportlich-schlank. Sie hat grüne Augen und kurzes, braunes Haar. Über der rechten Augenbraue befindet sich eine etwa 1 cm lange Narbe. Am Vormittag ihres Verschwindens trug sie eine hellblaue Jeans, eine schwarze Weste und schwarz-weiße Sport-

schuhe der Marke »Converse«. Der Säugling Lena Weitz trug an diesem Tag einen Strampelanzug mit einem ca. 8 cm großen Abbild der Kinderbuchfigur »Pippi Langstrumpf«. Außergewöhnliche körperliche Merkmale sind nicht bekannt.

Die Polizei fragt:
Wer hat Anja und Lena Weitz seit dem Vormittag des 3. September 1996 gesehen oder kann Hinweise auf ihren derzeitigen Aufenthaltsort geben?
Hinweise an:
Kriminalpolizei Bremen – Kriminaldauerdienst – oder an jede andere Polizeidienststelle.

Quelle: Pressestelle Polizei Bremen

9

»Sie haben die Vermisstenmeldung der Polizei gelesen!« Plötzlich war mir alles klar. Ich erinnerte mich.

»Was meinen Sie?« Die junge Frau war irritiert.

Nein, ich war überzeugt, sie spielte bloß die Irritierte. »Sie wissen genau, was ich meine. Der Zeugenaufruf von damals. Sie haben ihn gelesen!«

»Was für einen Zeugenaufruf?«

»Viele Zeitungen haben die Meldung veröffentlicht. Der Strampelanzug wurde erwähnt. Das war nämlich das einzig brauchbare Merkmal, mit dem man Lena Weitz hätte identifizieren können.«

»Kann sein. Aber in der Meldung stand doch bestimmt nicht, was in den Anzug geschrieben war. Oder?«

Da! Sie versuchte es schon wieder. Nein, mein Mädchen, diesen Trumpf spielst du nicht mehr aus. Du hast verloren

Sie fuhr fort: »Woher sollte ich wissen, was Sie damals hineingeschrieben haben?«

Mein Herz klopfte schneller. »Was stand drin?«

»Das sag ich Ihnen, nachdem Sie mir erzählt haben, wann und wie Sie mich und meine Mutter das letzte Mal gesehen haben.«

Ich spürte, wie sich mein Hals wieder zuschnürte. Diesmal vor Wut. Sie wusste genau, dass sie mich in der Hand hatte. Und ich hatte nichts entgegenzusetzen. Wenn ich sie noch mal aufforderte zu gehen, würde sie genau das tun. Aber ich würde so unwissend und verwirrt sein wie zuvor. Mit ihren Behauptungen war sie drauf und dran, einen längst abgeschlossen geglaubten

Kriminalfall neu aufrollen zu lassen. Und mit ihren Andeutungen, verfolgt zu werden, konnte ich sie nicht einfach so ziehen lassen. Sie wusste genau: Wir mussten das hier zu Ende bringen. Berechnendes, schlitzohriges Biest. Am liebsten wäre ich ihr an die Kehle gesprungen.

Ich bemühte mich, mir mein Gefühl des Ausgeliefertseins nicht anmerken zu lassen, was mir um diese Uhrzeit wahrscheinlich nicht gut genug gelang. Und mehr um es hinter mich zu bringen, erzählte ich einfach drauflos:

»Mit Ausnahme ihres Mörders war ich nach Erkenntnissen der Ermittler die letzte Person, die Anja und Lena lebend gesehen hat. Es war ein ziemlich heißer Spätsommertag. Lena musste zum Kinderarzt und ein paar Routineuntersuchungen über sich ergehen lassen. Vielleicht wollte Anja sie auch impfen lassen. So genau weiß ich das nicht mehr. Ist zu lange her.«

Die Frau sah mich stumm an.

»Anja bat mich mitzukommen. Die Kleine war verängstigt und hat fürchterlich geschrien, wenn sie untersucht werden musste. Wenn ich dabei war und sie ablenkte, konnte Anja sich in Ruhe mit dem Arzt unterhalten. Zu der Zeit war ich kurz davor, mein Studium abzubrechen. Vor lauter Orientierungslosigkeit hatte ich mich für Sprachwissenschaften eingeschrieben. Die Vorlesungen, die ich eh fast alle schwänzte, begannen an diesem Tag erst um die Mittagszeit. Also habe ich Anja begleitet. Nach dem Arztbesuch setzten wir uns in ein Café in der Nähe des Goetheplatzes. Lena schlief die meiste Zeit. Gegen elf verabschiedete ich mich, gab Anja einen Kuss auf die Wange und Lena einen auf die Stirn. Ich hab sie nie wiedergesehen.«

»Wer hat ihr Verschwinden als Erstes bemerkt?«

»Anjas Eltern. Da mein Freund nach der Arbeit mit seinen Fußballkumpels unterwegs war, bin ich am Nachmittag mit dem Zug nach Hamburg gefahren, um über Nacht eine Freundin zu besuchen. Anja wollte am nächsten Tag zum Mittagessen bei ihren Eltern in Worpswede vorbeischauen. Aber sie kam nicht. Was sehr untypisch für sie war. Die Pünktlichkeit hatte sie nicht erfunden, und damals waren Handys noch nicht so verbreitet wie heute, Anja hatte jedenfalls keins. Aber eine Verabredung mit ihren Eltern oder ihren engsten Freunden hat sie nie vergessen. Am Abend ging Anjas Mutter zur Polizei, aber die schickten sie wieder weg. Erst als sich Anja auch am dritten Tag nicht gemeldet hatte, nahm man die Vermisstenanzeige auf. In der Zwischenzeit hatten wir Freunde aus dem Schwimmverein und einige Arbeitskolleginnen Flugblätter angefertigt und damit den gesamten Peterswerder zugepflastert. Wir haben Nachbarn angesprochen, Passanten und die Penner am Osterdeich. Aber niemand hatte Anja und Lena gesehen.«

»Hatten Sie gleich an ein Verbrechen gedacht?«

»Um ehrlich zu sein, nein.«

Anja war eine Chaotin und verzettelte sich leicht. Immer häufiger schien sie überfordert zu sein. Sie war ständig pleite und hatte Zukunftsängste. Dann das Kind. Auch wenn sie uns hatte: Sie war alleinerziehend. Ihre Eltern unterstützten sie, wo und so gut sie konnten, stießen aber schon räumlich an Grenzen, denn sie lebten in einem Vorort, und Anjas Mutter besaß keinen Führerschein. Schon vor ihrer Schwangerschaft hatte Anja Aussteigerfantasien. Einfach alles stehen und liegen lassen und abhauen. Ja, das hatte ich ihr zugetraut. Das hätte zu ihrem Temperament gepasst.

Im Nachhinein schämte ich mich für diesen Verdacht. Trotzdem berichtete ich der Frau davon. Die Aussage stand ja eh schon im Gerichtsprotokoll. Und die Ermittler hatten uns schnell diese letzte Hoffnung genommen.

»Dürfte ich mal kurz die Toilette benutzen?«, fragte sie und machte eine entschuldigende Geste. »Der Tee …«

Ich zeigte ihr den Weg und begann, Tassen und Teller wegzuräumen. Als ich mich über den Mülleimer beugte, um die Teeblätter zu entsorgen, fiel mein Blick auf den Rucksack, den sie vor der Küchentür hatte fallen lassen, nachdem ich sie von ihrer spontanen Flucht abgehalten hatte. Im WC hörte ich den Toilettendeckel gegen die Kacheln schlagen. Die Zeit sollte ausreichen, Miss Unbekannt ein bisschen näherzukommen.

Der Rucksack war schwerer, als ich vermutet hatte. Die Seitentaschen waren leer. Ich ließ ihn zurück auf die Fliesen sinken, ging in die Knie und drückte vorsichtig die Bügel des Schnappverschlusses zusammen. Er sprang auf, ich schlug den Stoffdeckel zurück und riss den zusammengezogenen Beutel auseinander. Kleidung. Viele Papiere. Eine lose Zahnbürste. Ich wühlte vorsichtig und beließ alles im Rucksack. Um ihn auszuleeren, reichte die Zeit nicht. Im Halbdunkel erkannte ich eine Zugfahrkarte, Unterwäsche, ein Paar Strümpfe, persönliche Notizen. Es war nahezu unmöglich, die Schrift zu entziffern, doch einmal erkannte ich meinen Namen. Und da war eine Medikamentenpackung, die ich auf die Schnelle nur grob den Psychopharmaka zuordnen konnte. Ich war nicht wirklich überrascht. Irgendetwas stimmte nicht. Das ganze Zeug im Rucksack war zu leicht. Zu wenig Füllmaterial für das Gewicht des Rucksacks. Ich ließ beide Hände tiefer sinken. Sie tasteten sich durch eine unaufgeräumte Anhäufung von Stoff und Papier. Und stießen schließlich auf etwas Kaltes, Hartes, Schweres. Metall. Mit beiden Händen ertastete ich langsam den Gegenstand. Und ließ ihn los, als mir klar wurde, was ich da berührt hatte. Ich sammelte mich, ergriff ihn und zog eine Schusswaffe hervor. Auf die Schnelle konnte ich weder Hersteller noch Kaliber identifizieren. Heute weiß ich: Es war eine *Heckler & Koch P2000*, die unter anderen in einigen Bundesländern als Polizei-Dienstwaffe eingesetzt wird. Gerade hatte ich das Magazin geöffnet –

die Waffe war geladen –, da ertönte nebenan die Toilettenspülung.

Im Haus war ich unbewaffnet, also dachte ich nicht eine Sekunde daran, die Schusswaffe zurück in den Rucksack zu legen. Das Aggressionspotenzial der Fremden konnte ich nicht einschätzen, und in diesem frühen Stadium konnte ich nicht riskieren, dass eine Auseinandersetzung um den Waffenfund unsere vorsichtigen Annäherungen zunichtemachte. Und woher sollte ich wissen, ob sie ihre Tabletten regelmäßig einnahm?

So schloss ich den Rucksack und hatte mich gerade erhoben, als die WC-Tür geöffnet wurde. Ich machte zwei große Sätze in die Küche, zog die Schublade mit dem Besteckkasten auf, legte die Waffe hinein und schob die Lade wieder zu.

Genau in diesem Moment stand die Unbekannte hinter mir.

»Habe ich Sie bei etwas gestört?«

Ich spürte, wie mir Röte ins Gesicht schoss. Und wieder wusste ich nicht, ob es meine labile Psyche war, die mich aus dem Takt brachte, oder das bedrohliche Auftauchen der Fremden. Schnell zog ich das antrainierte autoritäre Tonregister. »Nein, haben Sie nicht.«

Sie zeigte auf die quer über den Küchentisch verstreuten Tabletten. »Bisschen viel gegen Kopfschmerzen. Funktioniert aber nur mit Alkohol. Viel Alkohol.«

Ich fühlte mich ertappt und bloßgestellt. Und bedroht. Trotz der sichergestellten Waffe im Besteckfach setzte sich dieses Gefühl an die Poleposition meiner Befindlichkeiten.

»Sie wollen nicht über sich reden, und ich möchte nicht über mich reden.« Mehr hatte ich dazu nicht zu sagen.

Sie sah mich mit großen Augen an. Offensichtlich überforderte sie diese eine Situation mehr als mich.

So ergriff ich die Gelegenheit. »Es ist spät. Heute ist viel passiert. Wir haben genug geredet. Viel länger als vereinbart.«

Die Frau blickte auf die rot leuchtenden Ziffern am Herd und nickte.

Ich erklärte ihr: »Hier können Sie nicht bleiben. Aber ich kann Ihnen eine Unterkunft besorgen.«

Sie schüttelte den Kopf. »Nein, ist schon gut. Ich komme zurecht.«

»Sind Sie sicher?«

»Ja, schon gut.« Sie griff nach einem Stift und einem Notizblock auf der Arbeitsplatte und notierte eine Mobilnummer. »Rufen Sie mich an, wenn wir weiterreden können?«

Ich nahm den Zettel entgegen. »Das kann ich nicht versprechen. Aber ich gebe Ihnen meine Nummer für den Fall, dass Sie irgendetwas brauchen. Wenn Sie in Not sind, können Sie mich jederzeit anrufen.«

Sie lächelte. »Das ist nett von Ihnen, doch ich brauche Ihre Nummer nicht. Ich weiß ja, wo ich Sie finde. Und dass Sie sich melden werden.«

Die Unbekannte nahm den Rucksack in die Hand und ging zur Haustür. »Die Sachen bekommen Sie zurück.«

»Behalten Sie sie, solange Sie sie brauchen.«

»Ach ja, der Strampelanzug. Vier Initiale stehen drin.«

Ich nickte. »Wenn Sie weiterreden wollen, bringen Sie ihn das nächste Mal mit!«

Sie antwortete nicht, sondern lächelte nur.

Als sie aus der Haustür trat, hatte es aufgehört zu regnen. Der Wind heulte noch immer unablässig und ohrenbetäubend. Es war spürbar kälter geworden. Ohne ein Abschiedswort ging sie aus der Tür, durch den Vorgarten, zur Straße. Auf dem Gehweg angekommen, blieb sie stehen und drehte sich noch einmal um. »Erzählen Sie mir beim nächsten Mal, wie und warum Anja und Lena Weitz verschwanden!«

Die Böen rissen die Worte in Fetzen.

Ich rief zurück: »Sie wissen, wer für die Morde verurteilt wurde?«

»Ja«, antwortete sie kaum hörbar und doch verständlich, »mein Vater.«

10

Am Tag darauf begann es zu schneien. Der Schnee blieb liegen, was hier oben an der Küste eher selten vorkam. Und so war wie in jedem Winter auch in diesem Jahr niemand auf das hereinbrechende Chaos vorbereitet. Erst in den frühen Abendstunden wurden die Straßen geräumt. Die Fähre nach Spiekeroog stellte ihren Betrieb ein. Das öffentliche Leben von Neuharlingersiel war quasi zum Erliegen gekommen.

Ich blieb noch zwei weitere Nächte im Ferienhaus meiner Eltern, ließ Tag und Nacht die Außenjalousien unten und beantwortete weder die vier Anrufe noch das zweimalige Klingeln an der Haustür. Nur ich allein mit der Stille, den Erinnerungen, meiner Wut und den Tränen. Drei Tage. Zwei Nächte. Dann beschloss ich, zu packen und abzureisen.

*

Während der Fahrt nach Hause überlegte ich noch einmal, was ich in den kommenden Tagen – ich ahnte, dass es Wochen in Anspruch nehmen würde – zu tun hatte.

Auf der sich an den Deich schmiegenden Ausfallstraße bummelten mein dunkelblauer Volvo und ich einige Kilometer hinter einem Räumfahrzeug her. Das war okay, ich hatte es nicht eilig. Die Landstraße nach Wilhelmshaven führte durch Dörfer, die Carolinensiel, Neufunnixsiel oder Altfunnixsiel hießen und im trüb grauen Winter doppelt so abstoßend wirkten, wie sie im Sommer eine heimelige Anziehungskraft ausübten.

Mein Plan: Als Erstes musste ich herausfinden, ob die rätselhafte Frau eine Betrügerin war und worin ihr Betrug bestand. Denn auch wenn noch immer einsame Einbahnstraßen meiner Hirnwindungen sie nach wie vor für eine Hochstaplerin hielten, fiel mir noch immer kein schlüssiges Motiv ein, warum sich jemand eine derartige Show ausdenken sollte. Mir kamen lediglich psychiatrische Diagnosen in den Sinn. Auch die würden zu hinterfragen sein.

Zweitens: Egal, ob sie log oder nicht, der Fall Anja und Lena Weitz musste neu aufgerollt, zumindest aber hinterfragt werden. Weshalb befragte mich eine Frau, die behauptete, Lena Weitz zu sein? Woher wusste sie von der unscheinbaren kleinen Notiz im Strampelanzug? Und weshalb trug eine Achtzehnjährige eine Schusswaffe mit sich herum? Wen wollte sie damit bedrohen? Von wem wurde sie bedroht?

Drittens, und diese Frage hatte mich am heftigsten aufgewühlt: Wenn die Frau die Wahrheit sagte und Lena noch am Leben war … was war mit Anja geschehen?

Mir war klar, dass den Ermittlungen gleich mehrere Hindernisse im Weg standen: Ich war suspendiert. *Big problem*. Meine geistigen Kräfte bewegten sich auf Meeresspiegelniveau. *Not helpful*. Die Fremde mied die Polizei wie der Teufel das Weihwasser und würde sich zu keiner juristisch belastbaren Aussage hinreißen lassen. *Complicated*. Entsprechend würde sich das Engagement meiner Kollegen, sich erneut mit dem Fall zu befassen, in einem überschaubaren Rahmen halten. *Hopelessly*.

Und damit wusste ich, was ich zu tun hatte, sobald ich zurück in Bremen war. Inoffiziell. Unbezahlt. Ungewollt. Ich begab mich auf waffeldünnes Eis, doch an diesem Punkt in meinem Leben, so unmittelbar vor dem letzten Vorhang, hatten Risiken für mich keinerlei Bedeutung mehr.

*

Mit Jever rückte die Zivilisation ein Stückchen näher. Eine halbe Stunde später war ich immerhin schon in Wilhelmshaven. Hier konnte ich endlich die Landstraße verlassen und enterte die A 29, ein einsames Stück Beton, das sich kurz vor dem nordwestlichen Ende der Republik ins Nirgendwo verlief. Angesichts des hereinbrechenden Schietwetters waren nicht nur die Neuharlingersieler in ihren Häusern geblieben. Ich konzentrierte mich darauf, auf der rechten Spur zu bleiben; die Schneehaufen türmten sich auf der linken, die dadurch nahezu unbefahrbar war. Ich ließ Oldenburg rechts an mir vorbeiziehen, und zum ersten Mal nach Wochen der Einsamkeit überkam mich ein Gefühl der Hektik, der Überforderung, als sich hier zum ersten Mal zwei Autobahnen kreuzten. Für einen Ruhrpottler mochte das noch immer einer verkehrsberuhigten Zone gleichkommen. Über jemanden, der wie ich mehrere Wochen in der winterlichen Einöde verbracht hatte, brach ein Synapsen-Flashmob herein.

Normalerweise brauchte ich für die Strecke nicht länger als anderthalb Stunden. Da ich meine Fahrweise den Witterungsverhältnissen angepasst hatte, war ich bereits zwei Stunden unterwegs, als ich, aus westlicher Richtung kommend, auf Bremen zusteuerte.

Ich hatte einen lokalen Nachrichtensender eingeschaltet und verfolgte, während ich mich auf den Straßenverlauf konzentrierte, wie ein Zeugenaufruf der Polizei verlesen wurde.

»… da das Kfz-Kennzeichen und die Fahrgestellnummer des etwa fünfzehn Jahre alten VW Passats nach dem verheerenden Autobrand nicht mehr rekonstruiert werden konnten und keine eindeutigen Hinweise zur Identifizierung des Mannes vorliegen, bittet die Kriminalpolizei Zeugen um Hinweise. Der Tote war zwischen fünfunddreißig und fünfundvierzig

Jahre alt, circa ein Meter fünfundsiebzig groß und bei einem Gewicht von etwa siebzig Kilogramm von schlanker bis durchschnittlicher Statur. Zeugen, die Hinweise auf die Identität des Mannes oder auf den Halter des Wagens geben können, werden gebeten …«

Der Rest verschwamm in einem Rauschen aus Satzfetzen und grellen Bildern. Alles geriet durcheinander. Nichts ergab mehr einen Sinn. Oder alles?

Ein Passat … Etwa fünfzehn Jahre alt.

Die junge Frau. Lena?

Die Waffe.

Das Unwetter.

Fünfunddreißig bis fünfundvierzig Jahre alt.

Flammen.

Circa ein Meter fünfundsiebzig groß.

Der Gewittersturm.

Anja.

Paul.

Mit voller Wucht trat ich auf das Bremspedal. Der Wagen schlingerte auf der glatten Straße und kam schließlich mitten auf der rechten Autobahnspur zum Stehen. Erst mehrere aufblinkende Fernlichter und hupende Autos später fuhr ich den Wagen auf den Standstreifen, betätigte die Warnblinkanlage, stieg aus, stapfte durch den Schneematsch und atmete tief durch. Sehr tief.

11

Ich schloss die Tür zu unserer Wohnung auf und hoffte, dass mich Einsamkeit empfangen würde. Die Hoffnung erfüllte sich nicht, Jörg stand im Flur. Er hatte sich gerade ein Glas Rotwein aus der Küche geholt und war auf dem Weg zurück ins Wohnzimmer.

»Hallo!« Die Überraschung war ihm anzusehen.

»Hi.« Ich ließ die Reisetaschen auf den Parkettboden sinken und schloss die Tür. Jörg stellte das Glas auf dem Schuhschrank ab und tätschelte aufmunternd meinen Oberarm. Mehr Nähe ließ ich nicht zu.

Jörg verstand. »Warum hast du nicht angerufen und gesagt, dass du zurückkommst? Dann hätte ich uns was zu essen gemacht.«

»War ein spontaner Entschluss.«

Er nickte nur.

Wir hatten nie über die Schuldfrage diskutiert. Ich wartete ständig darauf, dass er jeden Moment damit begann, mich mit Vorwürfen zu überhäufen, dass er mich anschrie, mir vorwarf, ihm sein einziges Kind genommen zu haben. Aber dieser erlösende Moment kam nie. Stattdessen umschlichen wir uns wie zwei fauchende Kater vor dem finalen Revierkampf.

Jörg wollte sich nach den Taschen bücken.

Ich versperrte ihm den Weg. »Geht schon. Lass mich erst mal ankommen!«

Er machte einen Schritt zurück, nahm den Wein wieder an sich. »Ich stelle dir ein Glas ins Wohnzimmer. Komm einfach, wenn dir danach ist.«

Ich probierte ein Lächeln und nickte. Dann verschwand ich mit den Taschen im Arbeitszimmer. Zwischen Schreibtisch und Billy-Regal hatte so gerade eben eine Matratze Platz gefunden. Mein Exil hatte ich freiwillig gewählt. Weder ertrug ich Jörgs Nähe noch die unsichtbare Wand aus vorwurfsvollem Schweigen und hilflosem Zorn. Ich hatte nicht geplant, in diese Räumlichkeiten zurückzukehren, und so beschlich mich ein Gefühl der Fremdheit, obwohl wir schon seit fünf Jahren hier zu Hause waren. Pauls Zimmer hatte ich seit seinem Tod nicht mehr betreten. Darin hatte ich alles belassen, wie es am Tag des Unfalls gewesen war: die umgekippte Spielzeugkiste, die von Jörg mühsam zusammengebaute Ritterburg, die aufgeschlagenen Bilderbücher. Den Gedanken, hineinzugehen, aufzuräumen, seine Sachen wegzuwerfen, ertrage ich nicht.

Ein halbes Jahr vor Pauls Geburt hatten wir unsere Dachgeschosswohnung in der Innenstadt gegen die Vier-Zimmer-Wohnung im Parterre einer Jugendstilvilla in Schwachhausen eingetauscht, eine gutbürgerliche Gegend nördlich der Innenstadt: grün, bewohnt von Männern, die ihre Cashmere-Pullover auf den Schultern trugen, und Frauen, die auch mit sechzig noch volles blondes Haar und sehnig-schlanke Körper hatten.

Von hier brauchte ich nur zehn Minuten aufs Revier, und in wenigen Schritten war ich mit dem Kinderwagen in Bremens grüner Lunge, dem Bürgerpark. Die Wohnung war großzügig geschnitten und hell. Ein Heim. Gewesen.

Mich fröstelte. Ich hatte schon begonnen, die noch unbenutzte Wäsche in den Aktenschrank einzusortieren, den ich zum Kleiderschrank umfunktioniert hatte, als ich innehielt. Die Reisetaschen ließ ich unausgepackt, wo sie waren, holte lediglich die Waffe hervor, verschloss sie im Tresor, ganz hinten.

Anschließend saß ich noch einige Minuten auf der Matratze

und dachte über den Radioaufruf nach, bevor ich beschloss, nach nebenan zu gehen. Mehr aus Pflichtgefühl als aus einem inneren Drang heraus.

Jörg und ich hatten uns vor sieben Jahren auf einem Fortbildungsseminar in der Nähe Hamburgs kennengelernt. Er hatte eine Gastprofessur an der juristischen Fakultät innegehabt und an einem Wochenende vor ausgebildeten Kriminalkommissaren über Strafzumessung referiert. An den Abenden, nachdem sich die anderen Teilnehmer bereits auf ihre Zimmer zurückgezogen hatten, debattierten wir bis tief in die Nacht hinein.

Ein halbes Jahr später zogen wir zusammen.

Wir hatten uns in einem Alter kennengelernt, in dem einige schmerzhafte Trennungen hinter uns lagen und wir nicht mehr an kompromisslose Liebe und ein Leben voller Leidenschaft glaubten.

Seine nüchtern-analytische Art konnte auch Vorteile haben. Mit der Zeit ergänzten sich seine organisierte Genauigkeit und mein mitunter chaotisches Temperament besser, als ich vormals geglaubt hatte. Und seine bodenständige Nähe vermittelte mir das Gefühl, an einer Lebensstation angekommen zu sein, an der es sich lohnte, länger zu verweilen. Er bot mir eine Schulter zum Anlehnen und Charakterzüge zum Streiten und Reiben. Der Sex war nicht mehr als durchschnittlich, aber okay. Immerhin konnte ich sicher sein, dass Jörg mich niemals betrügen würde. Nicht viele Frauen konnten das von ihrem Partner behaupten. Dass mir einmal ein Ausrutscher passiert war, hatte Jörg nicht mitbekommen, und falls doch, wollte er es nicht wahrhaben.

Abgesehen von einigen vagen Andeutungen Jörgs, hatten wir niemals über das Heiraten gesprochen. Nie hatte ich auf diesen einen Moment gewartet, an dem er vor mir auf die Knie geht. Vielmehr hatte ich gehofft, dass mir solch eine peinliche Situation erspart bleiben würde. Ich war zufrieden gewesen mit meinem Leben. Nicht himmelhoch jauchzend begeistert, aber auch nicht tieftraurig deprimiert. Zufrieden halt. Ein Stück Papier hätte es weder zum Besseren noch zum Schlechteren gewendet. Und ich war immer davon ausgegangen, dass Jörg das ähnlich sah.

*

Jörg saß auf der dunkelgrauen Stoffcouch und blickte von seinem Buch auf, als ich das Wohnzimmer betrat. Er sah schlecht aus. Der gesunde Ganzjahresteint war aus seinem Gesicht verschwunden. Die fahle Gesichtsfarbe und das schütter werdende Haar, das er seit Wochen nicht auf die üblichen sportlichen drei Millimeter gekürzt hatte, hatten ihn binnen kurzer Zeit um zehn Jahre altern lassen.

Er beugte sich vor, nahm das vollere der beiden Gläser in die Hand und hielt es mir entgegen. »Komm, setz dich her.«

Ich folgte seiner Aufforderung.

»Die organisatorischen Dinge habe ich erledigt«, sagte er. »Du musst dich um nichts mehr kümmern.«

Ich sah ihn fragend an.

»Der Kindergarten, das *Eltern*-Abo und so weiter. Wir müssen uns überlegen, was wir mit dem Zimmer machen.«

»Warum müssen wir das?«

»Es muss weitergehen, Femke. Wir müssen weitergehen.«

Ich stellte das Glas zurück und schüttelte den Kopf. »Davon will ich nichts hören. Das Zimmer bleibt, wie es ist.«

Er sah mich wie versteinert an. Schließlich sagte er: »Ich glaube nicht, dass das der richtige Weg ist.«

»Ich schon.«

Nahezu jeder Dialog der letzten Monate hatte in etwa die gleiche Tonalität und endete so. Wir trugen unsere Verletzungen nach außen, doch anstatt uns gegenseitig die Wunden zu lecken, fügten wir uns nur weitere Verletzungen zu. In unserem Fall ergaben Minus und Minus nicht Plus, sondern Doppelminus.

»Da war eine junge Frau an unserer Wohnungstür und wollte dich dringend sprechen«, wechselte er das Thema.

Die Möchtegern-Lena! »Warum hast du mich nicht angerufen?«

»Du bist ja nie ans Telefon gegangen. Dein Handy war ausgeschaltet.«

»Es war ziemlich leichtsinnig von dir, ihr die Adresse zu geben.«

Er sah mich überrascht an. »Sie ist wirklich den ganzen Weg nach Neuharlingersiel gefahren?«

»Ja, ist sie. Verrückte machen so etwas.«

»Auf mich machte sie einen vertrauenerweckenden Eindruck. Ich dachte, es wäre gar nicht schlecht, wenn mal jemand bei dir nach dem Rechten sieht.«

»Warum bist du nicht selbst vorbeigekommen?«

»Hättest du das gewollt?«

Ich griff nach dem Glas und nahm einen gedehnten Schluck.

Jörg stand vom Sofa auf, verließ den Raum und kam mit einem Brief in der Hand zurück. »Den hat gestern Abend jemand unter der Wohnungstür hindurchgeschoben.«

Ich nahm ihn entgegen. Der Umschlag war geöffnet.

»Femke, was passiert hier gerade?« Jörg klang aufgewühlt.

Als ich nicht antwortete, wurde er laut. Endlich. Leider entzündete sich seine Wut an der falschen Angelegenheit.

»Würdest du mir endlich sagen, was hier los ist?!«

Ich öffnete den akkurat aufgeschlitzten Briefumschlag und zog ein kleines, zerknicktes Stück Papier heraus. Mühsam entzifferte ich die unsichere Druckschrift:

Sie haben sich etwas genommen, das Ihnen nicht gehört. Meinen Sie nicht, dass es jetzt an der Zeit ist, unsere Unterhaltung fortzusetzen?

12

In den meisten Fenstern brannte noch Licht, als ich am Mittwochabend das Institut für Rechts- und Verkehrsmedizin an der Friedrich-Karl-Straße betrat. Die Institutsmitarbeiter, die mich kannten, grüßten unsicher und sahen mir fragend hinterher. Offenbar wusste mittlerweile jeder, dass ich in meiner Funktion als Kriminalhauptkommissarin in diesem Gebäude nichts mehr verloren hatte. In Momenten wie diesem nahm ich Bremen nicht mehr als zehntgrößte Stadt der Republik wahr, sondern fand mich in einem Provinzkaff wieder. Jörg hatte diese Flussgeschwindigkeit indiskreter Informationen einmal als »*Stadtstaatensyndrom*« bezeichnet. Ich erwiderte die fragenden Blicke mit einem freundlichen Lächeln und sah zu, dass ich schnell in Lennart Maaß' Büro kam.

Er empfing mich in zerrissenen Jeans, einem schwarzen T-Shirt mit St.-Pauli-Totenkopf und ernstem Gesicht – zerfurcht, aber attraktiv. Lennart Maaß begrüßte mich nicht, was bei ihm nicht als Unhöflichkeit zu werten war, blieb hinter seinem Schreibtisch sitzen und blickte mich abwartend an.

»'n Abend«, begrüßte ich ihn. »Wie geht's?«

»Gut.« Damit war dieser Teil der Unterhaltung für ihn offenbar abgehakt und sein Smalltalk-Kontingent mehrerer Wochen aufgebraucht.

»Ich bin wegen der Brandleiche da.«

»Hast du den Fall jetzt doch übernommen?« Lennart duzte mich seit dem ersten Moment unseres Kennenlernens. Ich mochte das nicht besonders, denn mehr als einmal hatte ich erfahren müssen, dass die Duzerei im Job gern mit mangelnder Anerkennung der Autorität gleichgesetzt wurde. So hatte ich auch Lennarts Kumpeleiversuch anfangs ignoriert und war beim »Sie« geblieben. Er hatte sich davon nicht beeindrucken lassen und beharrlich am »Du« festgehalten. Irgendwann klang das einfach nur noch lächerlich, und als ich erkannte, dass sein Duzen eher Sympathiebekenntnis als Respektlosigkeit war (er duzte nicht jeden), knickte ich ein.

»Nein, ich ermittle nicht. Bin noch suspendiert.«

Er zuckte mit den Schultern und sah mich fragend an.

»Das haben sie dir doch sicher gesagt, oder?« Paul war in Hamburg obduziert worden, um unabhängige Ermittlungen zu gewährleisten. Gut möglich also, dass niemand Lennart von dem wahren Grund meiner Auszeit erzählt hatte.

»Nö. Nur, dass du gerade nicht arbeitest.«

»So kann man das umschreiben.«

Ich sah mich in seinem Büro um. Es war für einen Wissenschaftler äußerst karg eingerichtet: ein nackter Schreibtisch, darauf ein *MacBook Pro*, auf der gegenüberliegenden Seite ein schmaler Schrank mit Fachlektüre. Keine Bilder, keine Pflanzen, kein sonstiges häusliches Gedöns, das etwas Heimeligkeit in dieses nüchterne Gebäude mit seiner düsteren Bestimmung hätte bringen können.

»Kann ich die Obduktionsprotokolle sehen?«

Lennart kniff die Augen zusammen. »Weiß nicht.«

»Wer gar nicht erst um Erlaubnis fragt, riskiert auch keine abschlägigen Bescheide.«

»Ja, das funktioniert immer gut bei Behörden.« Er legte den Kopf schräg. »Wir sind aber keine. Femke, ich hab keinen Bock auf Stress mit meinem Auftraggeber.«

»Erfährt ja keiner.«

»Wofür brauchst du die Unterlagen?«

»Kann ich dir nicht sagen.«

»Du weißt, wie man Vertrauen gewinnt.« Er konnte ironisch rüberkommen, ohne ironisch zu klingen. »Wende dich an deine Kollegen! Bei Hemmer laufen die Fäden zusammen.«

»Komm schon, Lennart! Ich muss mit einem Fachmann reden. Außerdem habe ich eine Ahnung, mit wem ihr es zu tun habt.«

»Ach?«

»Ja.«

Lennart erhob sich von seinem Schreibtischstuhl und ging an mir vorbei auf den Flur. »Herrgott noch mal. Dann komm halt mit!«

Ich folgte ihm auf den Gang. Wir nahmen die Treppe nach oben.

»Du kennst den Toten?«

»Ich habe die Beschreibung im Radio gehört.« Von dem Besuch der jungen Frau, die ein Bindeglied zwischen ihr und dem mutmaßlichen Halter des Fahrzeugs war, erzählte ich nichts. »Ich habe mehrfach versucht, ihn telefonisch zu erreichen. Keine Chance. Das ist sehr ungewöhnlich.«

Lennart atmete tief aus. »Das hier«, er vollführte mit dem Zeigefinger eine Spiralbewegung, »ist inoffiziell. Wär schon besser, niemand würde erfahren, warum du hier bist.«

»Schon klar. Wisst ihr Näheres über die Todesursache?«

Er fasste die Obduktionsergebnisse kurz und knapp zusammen und ergänzte: »Im Brandschutt sind Nachweise eines Brandbeschleunigers gefunden worden.«

»Benzin?«

»Vermutlich, aber frag nicht mich nach den Details! Eure Leute schließen Suizid nicht aus. Die Laborratten haben meine Untersuchungsergebnisse bestätigt. Das Herzblut hatte einen Kohlenmonoxidgehalt von fast siebzig Prozent.«

»Scheiße«, entfuhr es mir. Das war ein weiterer Hinweis darauf, dass der Tote zum Zeitpunkt des Brandes noch gelebt hatte. Brandmord, also die Vertuschung eines Mordes durch einen später gelegten Brand, fiel demnach aus.

»Möchtest du die Leiche sehen?«

Ich schüttelte den Kopf. »Zeig mir nur die Akte, Fotos reichen. Ist doch eh nichts mehr zu erkennen, oder?«

»Och, ich kann da eine Menge erkennen. Habe aber Verständnis dafür, dass sich deine Neugier in Grenzen hält.«

»Wie rücksichtsvoll!«

Wir hatten unser Ziel erreicht. Lennart öffnete die Tür zu einem Büro, in dem eine zierliche Asiatin hinter einem gigantischen Flachbildschirm hingebungsvoll eine Tastatur bearbeitete.

»Kennst du Dr. Da-Jeong Lee schon?«, fragte Lennart mich.

»Nein, wir sind uns noch nicht begegnet«, sagte ich, streckte die Hand zur Begrüßung aus und stellte mich vor.

Dr. Lee nickte höflich und lächelte schüchtern. Sie sah Lennart erwartungsvoll an.

»Da-Jeong unterstützt uns bei der GWR, der Gesichtsweichteilrekonstruktion.«

»Ihr habt schon ein Bild von seinem Gesicht?« Ich war überrascht. Bilder von rekonstruierten Gesichtern durften nicht ohne Weiteres im Rahmen einer Öffentlichkeitsfahndung verwendet werden. Da die meisten Vermissten schon allein aufgrund der äußerlichen Beschreibungen oder anhand von mitgeführten Gegenständen identifiziert werden konnten, war das auch selten nötig. Erst wenn über längere Zeit keine Hinweise eingingen, gaben wir die aufwendige Gesichtsweichteilrekonstruktion in Auftrag und beantragten einen entsprechenden Beschluss beim Amtsgericht.

»Die Rekonstruktion habe ich Hemmer aktiv angeboten, auch wenn die Wahrscheinlichkeit, dass das Bild jemals veröffentlicht wird, gering ist«, sagte Lennart, als wäre das die selbstverständlichste Sache der Welt. »Schließlich konkurrieren wir mit anderen Instituten. Dank Da-Jeongs außergewöhnlicher Expertise sind wir bei der GWR ganz weit vorne. Das will ich demonstrieren und werde deinen Leuten ein Angebot machen, das sie nicht ablehnen können.«

»Ach, und im Nebenfach hast du Marketing und Vertrieb studiert, oder wie?«

Er verschränkte die Arme vor der Brust. »Und du hast keinen Kurs in *Wie-erreiche-ich-mein-Ziel-ohne-anzuecken* belegt?«

»'tschuldige. Erzähl weiter!«

»Wir haben uns erst einmal auf die zeichnerische Rekonstruktion beschränkt. Ein durchschnittlicher Rekonstrukteur benötigt fünf Tage. Da-Jeong kriegt das in drei hin.« Er sah sie aufmunternd an.

Sie strahlte stolz und erläuterte in forsch-sachlichem und akzentfreiem Deutsch: »Da wir bei dieser stark verbrannten Leiche so gut wie nichts über die gesichtsspezifischen Merkmale wissen, musste unsere Rekonstruktion darauf abzielen, dem Betrachter einen möglichst großen Interpretationsspielraum zuzugestehen.«

Für unsere kriminalistischen Fahndungen war die zeichnerische Gesichtsdarstellung in der Tat die hilfreichere Methode. Im Gegensatz zu der aufwendigeren fotorealistischen 3-D-Darstellung aus dem Computer hatten wir die Ergebnisse binnen weniger Tage auf dem Schreibtisch. Außerdem wurde die Fantasie möglicher Zeugen durch eine Zeichnung viel stärker angeregt, als es bei einer allzu plastischen Nachbildung der Fall war, bei der der Betrachter stets irrtümlicherweise davon ausging, dass die Person exakt so ausgesehen haben musste. Ein riskanter Weg, da das 3-D-Gesicht mithilfe eines Bildbearbeitungsprogramms aus einzelnen Gesichtspartien anderer Personen zusammengesetzt wurde.

»Bei der zeichnerischen Methode kann ich viel besser auf die individuellen Merkmale des Schädels eingehen«, erläuterte Dr. Lee ihr Vorgehen. »Lennart hat mir den Obduktionsbericht und die Fotos aus dem Sektionssaal und die vom Auffindeort geschickt.«

»Zeig ihr mal die Bilder, Da-Jeong«, bat Lennart seine Kollegin mit ungewohnt samtiger Stimme. Danach wollte mir der Gedanke, dass zwischen den beiden mehr lief, nicht mehr aus dem Kopf gehen.

Dr. Lee rief an ihrem Rechner eine Reihe von Dateien auf. Schließlich erschien auf dem Bildschirm eine Großaufnahme des vollständig verkohlten Körpers. Ich atmete tief ein und versuchte, die Vorstellung zu verdrängen, dass dies einmal ein Mensch gewesen sein könnte, den ich kannte.

Während sie mit ihrer Maus wild herumklickte, erklärte sie: »Wichtige Hinweise auf die Person hat das Feuer zerstört: die Kleidung beispielsweise oder die Struktur, Farbe und Länge der Haare. Oder den Verlauf des Haaransatzes und der Augenbrauen. Ich habe auf Basis der gesicherten rechtsmedizinischen Erkenntnisse zunächst die Weichteildicken der Person festgelegt, das ist die Stärke des Gewebes zwischen Schädel und Hautoberfläche.«

»Wie kommt ihr an die Werte?«

»Im Laufe der Jahre haben wir eine umfangreiche Datenbank angelegt. In die fließen die Ergebnisse verschiedener wissenschaftlicher Untersuchungen ein. So erhalten wir die Maße für einzelne Gesichtspartien von Personen mit unterschiedlichsten Ausprägungen – also Alter, Körperfülle und so weiter.« Sie rief ein äußerst unappetitliches Foto der entnommenen Organe auf. »Da das Körperinnere von der Hitze der Flammen quasi abgeschirmt worden war, konnte ich aus Lennarts Obduktionsergebnissen ableiten, dass die Person eher schlank war. Auch der wahrscheinliche Umfang der Oberschenkel wies darauf hin.«

Klick. Ein neues Bild.

»Hier die ausgeprägte Fettleber. Heißt: nicht zwingend übergewichtig, aber sehr wahrscheinlich ein ungesunder Lebensstil. Alkohol oder Medikamente. Das lasse ich genauso einfließen.«

»Und auf das Alter habt ihr anhand der Knochen geschlossen?«

»Korrekt«, antwortete Lennart, »das ungefähre Alter konnten wir durch ein Röntgenbild der Handknochen ermitteln. Das ging recht schnell.«

Auch dieses Bild hatte Da-Jeong Lee auf ihrem Rechner.

Sie fuhr fort: »Dann habe ich mir den Schädel genauer angesehen und ertastet, und das meine ich wortwörtlich. Die Schädelform gibt uns Aufschluss über die ethnische Herkunft des Toten. Hier haben wir es eindeutig mit einem Mittel- oder Nordeuropäer zu tun. Die zurechtgeschnittenen Weichteildicken aus Knete habe ich dann auf dem Originalschädel befestigt und davon ein Foto gemacht.«

Klick.

»Schließlich habe ich das Foto abgepaust.«

Klick.

»Bei der zeichnerischen GWR erstelle ich das Gesicht in der Frontalansicht. Spezifische Konturen oder Wölbungen kann ich direkt in die Zeichnung übertragen.«

»Aber woher wissen Sie, welche Form Lippen und Nase hatten?«

»Das Profil der Nase kann ich aus der seitlichen Kontur der Nasenöffnung ableiten. Ich extrapoliere den Nasenwinkel vom Winkel des Nasenknochens und des Nasenrückens. Bei den Lippen fließen wieder Untersuchungsergebnisse und allgemeine

Erfahrungen ein. Der Interpretationsspielraum ist zugegebenermaßen groß.«

Lennart schob ein: »Bei dieser Arbeit steht nicht nur Technik im Fokus, sondern vor allem Kreativität.«

»Trotzdem treffen wir das Ergebnis meist ziemlich genau«, fügte seine Mitarbeiterin hinzu.

»Kann ich es sehen?«, fragte ich und spürte, wie mich eine Nervositätswelle überrollte.

»Natürlich.« Da-Jeong Lee rief die Datei auf und aktivierte den Vollbildmodus. Da war das Bild, in voller Größe.

Mein Magen zog sich zusammen. Nicht zum ersten Mal in dieser Woche. Das Gesicht war auf verblüffende Art und Weise lebensecht. Dr. Lee war eine hochbegabte Künstlerin. Die Zeichnung hatte ihn trotz der widrigen Umstände und der Kürze der Erstellungszeit erstaunlich gut getroffen. Ich erkannte ihn sofort, trotz des Jahrzehnts, das zwischen diesem Februar-Abend und unserem letzten persönlichen Wiedersehen gelegen hatte. Das hagere Gesicht. Die schmalen Lippen. Die hohen Wangenknochen.

»Und?«, fragte Lennart. »Wer ist das deiner Meinung nach?«

»Sein Name ist Andreas Hebestreit.«

»Du klingst sehr sicher.«

Ich führte meine Augen näher an die Zeichnung, sah noch einmal genau hin. Doch da waren keine Zweifel. »Ich bin mir sicher.«

Lennart machte sich Notizen.

Als ich mich wieder gefangen hatte, bat ich ihn: »Halte mich da raus! Gib seinen Namen meinetwegen an Hemmer weiter! Er kennt ihn und weiß damit etwas anzufangen.«

Lennart runzelte fragend die Stirn.

Ich fuhr unbeirrt fort: »Sag ihnen einfach, du hättest nach der Veröffentlichung in der Zeitung einen anonymen Anruf erhalten!«

»Woher kanntest du ihn?«

Ich zögerte meine Antwort hinaus. Lennart war Rechtsmediziner, kein Polizist, und wir standen uns nicht gerade nahe. Was ging ihn das an? Alles, was ich über Andreas und mich zu sagen hatte, würde ich meinen Kripo-Kollegen mitteilen. Was wiederum nicht nötig war, denn die wussten Bescheid.

Andererseits hatte er mir diesen Gefallen getan, und ich war ihm eine Antwort schuldig. Ich sah ihm fest in die Augen. »Wir waren mal ein Paar«, erklärte ich. »Aber das ist Ewigkeiten her.« Bilder bittersüßer Erinnerungen tauchten auf. Andreas und ich … Anja und Lena … »Achtzehn Jahre, um genau zu sein.«

13

Zurück im Auto, kramte ich mein Mobiltelefon und den Notizzettel aus der Handtasche hervor und wählte die Nummer, die darauf in unsicherer Mädchenschrift geschrieben stand.

Es dauerte eine ganze Weile, ehe jemand ranging. Sie meldete sich mit einem gehemmten »Ja?«.

Hatte ich ernsthaft erwartet, sie würde einen Namen nennen?

»Femke Sundermann hier. Wie geht es Ihnen? Wo sind Sie gerade?«

»Geht so. In Bremen.«

»Wo genau?«

»Spielt das eine Rolle?«

»Sie wollen mich treffen. Ich habe Ihre Nachricht erhalten.«

»Nur wenn Sie etwas mitbringen.«

»Es gibt Dinge, die sollte man in Ihrem Alter besser nicht besitzen.«

»Das geht Sie nichts an.«

»Solange ich nicht weiß, wer Sie sind und was Sie vorhaben, geht mich das sehr wohl etwas an.«

»Wann und wo sehen wir uns wieder?«

Ich konnte sie davon überzeugen, mich an einem öffentlichen Ort zu treffen. Die Wahl fiel auf ein Café am Osterdeich, unweit der Innenstadt. Um Viertel nach neun, fünfzehn Minuten vor dem verabredeten Termin, setzte ich mich in den Wintergarten am Ufer der Weser, die hier einen Bogen um das Fußballstadion machte. Auf der Promenade, wo sich in der wärmeren Jahreszeit Spaziergänger, Inline-Skater und Fahrradfahrer drängelten und auf den grün bewachsenen Deichflächen Studenten Frisbee spielten und türkische Großfamilien grillten, herrschte weite Leere. Die melancholieschwangeren Wolken hingen tief. Der Schnee war schon längst wieder geschmolzen.

Es war mitten in der Woche, die Gästeschar war überschaubar: junge Studentinnen und Mütter, die sich zum Tratsch mit Freundinnen trafen, ein paar Kreative und andere Freiberufler mit einem Zuviel an Zeit.

Sie kam mit zehnminütiger Verspätung, hatte ihren Rucksack dabei, setzte sich und sah mich erwartungsvoll an.

Ich zog die Augenbrauen zusammen. »Sie erwarten jetzt nicht im Ernst von mir, dass ich Ihnen das Ding zurückgebe?«

Sie nickte mit ernster, entschlossener Miene. Sie trug die Jeans von letzter Woche, darüber einen olivgrünen Parka. Die langen Haare waren ungewaschen, ihre Haut unrein und die müden Augen unterzeichnet von dunklen Ringen, für die sie eindeutig zu jung war.

»Sie sehen mitgenommen aus.«

»Ich bin okay.«

Die Kellnerin kam an den Tisch. Ich bestellte das französische Frühstück mit einem Cappuccino, sie nur schwarzen Kaffee.

»Wer bedroht sie?«, fragte ich.

»Niemand. Ich muss mich schützen.«

»Vor wem?«

Sie zuckte mit den Schultern. »Sie wissen doch, dass ich eigentlich tot sein sollte.«

Ich schüttelte den Kopf. »Ich habe Ihnen mehrfach angeboten, Ihnen zu helfen, aber Sie müssen …«

»Sie sollen mir nicht helfen«, unterbrach sie mich. »Erzählen Sie nur!«

»Ja, ja, schon klar, die bekannte Leier. Das hätten Sie gern. Wer hat Ihnen die Waffe besorgt?«

»Das müssen Sie nicht wissen.«

»Okay, ich bin raus«, entgegnete ich und warf beide Arme über den Kopf. »Ich werde die Waffe der Polizei übergeben, und dann können Sie Ihre Spielchen mit denen treiben.«

Einen Augenblick sah sie mich hilflos an. Dann beugte sie sich unter den Tisch, fingerte den Rucksack auf und holte eine mehrfach benutzte, volle Plastiktüte hervor. Beherzt griff sie hinein und zog einen Textilhaufen heraus. Einen Strampelanzug mit einer aufgedruckten Pippi Langstrumpf. »Hier, den wollten Sie doch sehen, oder?«

Ich nahm ihn an mich. Der Frotteestoff machte einen mitgenommenen Eindruck, die Nähte waren nicht mehr durchgängig heil. Behutsam strich ich über die aufgeraute Oberfläche. Zwar hatte ich den Strampler seit fast zwei Jahrzehnten nicht mehr gesehen, aber kein Zweifel: Es war der, den ich Anja zur Geburt geschenkt hatte. Ich spürte, wie die Kopfschmerzen zurückkehrten.

»Haben Sie jetzt auch was für mich?«, fragte sie.

»Ja, habe ich.« Ich griff nach meiner Tasche. »Wenn auch nicht das, was Sie erwarten.« Ich legte das Fotoalbum auf den Tisch zwischen uns.

Sie sah mich an, als erwartete sie, einen feierlichen Spruch zu hören. Stattdessen öffnete ich den Deckel und forderte sie mit einer kleinen Geste auf, das Album durchzublättern. Andächtig betrachtete sie die Bilder der schwangeren Anja. Sie schlug die erste Seite um und entdeckte die ersten Fotos aus dem Krankenhaus: das Neugeborene, Anja beim Stillen, ich mit der kleinen Lena auf dem Arm.

Die junge Frau sah mich an. Eine Träne lief ihr über die Wange auf die Oberlippe zu. »Danke«, flüsterte sie, und ich fragte mich, welches Talent es brauchte, sich so sehr in eine Rolle hineinzusteigern.

Nachdem sie die Hälfte des Albums durchgeblättert hatte, blickte sie mich an und fragte: »Wie ging es weiter?«

Mir brummte der Kopf. Die Depression hatte meine letzten Energiereserven gefressen. Ich war erschöpft und wollte mich nur noch hinlegen.

»Wo waren wir stehen geblieben?« Ich massierte mir die Schläfen.

»Was passierte, nachdem Anja und ihr Baby verschwunden waren?«

Ich erzählte es ihr.

14

Verhaftung im Vermißtenfall Weitz

Bremen (fr). Eine Zeitlang sah es so aus, als wären sie dem perfekten Verbrechen zum Opfer gefallen: Von Anja Weitz und ihrer erst sechs Wochen alten Tochter Lena fehlt seit Anfang September jede Spur. Überraschend gab die Bremer Kriminalpolizei nun die Verhaftung eines dringend Tatverdächtigen bekannt.

Nach dem Verschwinden von Anja und Lena Weitz untersuchten Kriminaltechniker die Wohnung im Ostertorviertel, in der die 23-jährige Goldschmiedin ein Zimmer zur Untermiete bewohnte. Im Bad, im Schlafzimmer und im Flur stießen sie auf verwischte Blutspuren. Mithilfe modernster Analysetechniken konnten die Ermittler das Blut zweifelsfrei Anja Weitz zuordnen. Die Hoffnung, Mutter und Tochter jetzt noch lebend zu finden, schwindet mit jedem Tag. Die Polizeibeamten gehen längst von einem Verbrechen aus.

Gestern verhafteten sie den Vater der kleinen Lena. Der Jurastudent gilt als dringend tatverdächtig. Hintergründe der Festnahme wurden noch nicht bekannt.

Unterdessen wird die Suche nach den Leichen fortgesetzt. Die Kripo geht mehr als zwanzig Hinweisen aus der Bevölkerung nach. Beamte der Bundespolizei durchkämmten am Wochenende die Findorffer Müllverbrennungsanlage sowie mehrere Waldgebiete im Bremer Umland. Alle Anstrengungen blieben bisher ohne Erfolg – Anja und Lena Weitz scheinen wie vom Erdboden verschluckt zu sein.

Ein schriller Klingelton unterbrach meinen Bericht. Die junge Frau wühlte augenblicklich in ihrem Rucksack und hatte einen Moment später ein klobiges Plastikhandy in der Hand. Sie sah auf das Display, sprang von ihrem Stuhl auf, ohne sich zu entschuldigen, und rannte durch die Ausgangstür des Wintergartens ins Freie.

Während sie telefonierte, griff ich mir erneut den Strampelanzug und strich mit den Fingerkuppen über den über die Jahre angerauten Frotteestoff. Ich drehte den Anzug auf links und las, was ich vor mehr als achtzehn Jahren mit wasserfestem Filzer auf die Rückseite des Waschzettels an der Innennaht geschrieben hatte. Die Schrift war sehr klein, verblasst, aber gerade noch lesbar.

Da waren sie wieder, die Kopfschmerzen, und hämmerten unaufhörlich, erbarmungslos. Während mein rechter Daumen kreisend meine Stirn massierte, las ich wieder und wieder:

Von F.S. + A.H.

15

»Haben Sie außer mit mir mit irgendjemandem über den Mordfall gesprochen?«

Ich erntete ein Kopfschütteln. Sie hatte das Telefonat beendet und war an den Frühstückstisch zurückgekehrt. »Mit wem sollte ich gesprochen haben?«

»Mit der Polizei?«, hakte ich nach. »Oder mit dem Staatsanwalt, dem Richter? Den Großeltern? Anderen Freunden?«

Wieder schüttelte sie den Kopf. Ihr unsicherer Blick gen Boden offenbarte, dass sie zu jung war, um eine Lüge glaubhaft aufrechtzuerhalten.

Ich zeigte ihr die Buchstaben im Inneren des Strampelanzugs: »Und die stehen Ihrer Meinung nach für …«

»Femke Sundermann. Das *F.S.* steht für Femke Sundermann.«

»Wie können Sie sich so sicher sein?«

»Kann ich nicht. Aber ich habe mich das letzte Jahr mit nichts anderem beschäftigt. Ihre Reaktion zeigt mir, dass ich eine gute Detektivin bin.« Obwohl ein stolzes Lächeln angebracht wäre, sah mich die junge Frau ernst und konzentriert an. »Warum haben Sie Ihre Initialen hinterlassen?«

»Weiß ich nicht mehr genau«, antwortete ich wahrheitsgemäß. »Es sollte eine Art Widmung sein, glaube ich. Vielleicht habe ich auf diese Weise eine kleine Erinnerung, einen winzigen Fußabdruck in Lenas Leben hinterlassen wollen?«

Ich hielt ihr das Schild erneut unter die Nase, den Zeigefinger auf die anderen zwei Initialen gerichtet. »Haben Sie sich auch gefragt, wer das hier sein könnte?«

»*A.H.*«, las sie betonungsarm vor. »Sie werden mir noch von ihm erzählen, nicht?«

Sollte sie erfahren, dass er tot war? Mir fiel wieder ein, dass ich ihr versprochen hatte, die Polizei außen vor zu lassen, und so entschied ich mich dagegen und stattdessen dafür, meinen Beruf und meine Informanten im Dunkeln zu lassen.

»Haben Sie sich mit Andreas Hebestreit getroffen?«, wollte ich wissen.

Zögernd wich sie meiner Frage aus: »Das ist sein voller Name? War er … Waren Sie beide ein Paar?«

»Ja.«

»Wie lange?«

Was ging sie das an? »Drei Jahre.«

»Ihr erster Freund?«

»Mein erster fester Freund. Warum interessiert Sie das?«

»Nur so. Er muss meiner Mutter nahegestanden haben.«

»Was heißt ›nahe‹? Anja und Andreas konnten sich gut leiden, wir lebten zusammen in einer WG. Lenas Vater war ein alter Schulfreund von Andreas. Über Andreas hat Anja ihn kennengelernt.«

»Immerhin haben Sie und er meine Patenschaft übernommen.«

»Anja war Einzelkind. Mich hat sie sehr früh gefragt, schon als wir vom Frauenarzt kamen. Irgendwann später – ich glaube, aus einer Feierlaune heraus – dann auch ihn.«

»Was ist aus ihm geworden?«

Die Bilder des verkohlten Körpers drängten sich zwischen uns, die ausdruckslosen Augen seines rekonstruierten, gezeichneten Gesichtes. Ich musste schlucken und drehte mich weg in Richtung Weser-Fußweg, auf der Suche nach einer Szene, die mich ablenken konnte und die Träne in meinem Augenwinkel davon abhielt zu rollen. Als ich mich gefangen hatte, sah ich die junge Frau wieder an und antwortete: »Kurz nach dem Prozess haben wir uns getrennt.«

»Einfach so?«

»Wir waren noch sehr jung, nicht viel älter als Sie heute. Das Leben mit all seinen Möglichkeiten und Versuchungen lag vor uns. Jeder wollte seine Erfahrungen sammeln. So war das halt.«

»Haben Sie noch Kontakt?«

Ich erinnere mich, dass ich sehr lange für meine Antwort brauchte. »Wir haben uns aus den Augen verloren.«

»Das ist schade.«

»Der Prozess hat uns allen sehr viel abverlangt. Jeder von uns musste für sich einen Weg zurück in ein geordnetes, bezwingbares Leben finden. Am einfachsten geht das, wenn man die Geister der Vergangenheit abschüttelt.«

Sie nickte, als verstünde sie. Was natürlich nicht der Fall sein konnte.

»Was ist mit dem Vater?«, fragte ich. »Haben Sie wenigstens ihn getroffen?«

Sie blickte mich überrascht an. »Wie kommen Sie darauf?«

»Sie wussten, dass er verurteilt wurde.«

»Ja, das stand in den alten Zeitungsberichten, die ich gefunden habe.«

»Dann wissen Sie ja, was passiert ist.«

»Nur zum Teil.« Sie winkte die Kellnerin an unseren Tisch und bestellte eine Cola. »Waren Sie von seiner Schuld überzeugt?«

An meiner Antwort musste ich nicht lange feilen. »Das war ich. Von Anfang an.«

16

Es war einer der aufsehenerregendsten Indizienprozesse der deutschen Nachkriegsgeschichte. Ein emotional aufgeheiztes Medienspektakel, vergleichbar mit den Verhandlungen gegen Vera Brühne oder Monika Weimar. Eine moderne Tragödie über Egoismus, Hass und zerplatzte Träume.

Jeder, der sich mit dem Fall befasste, war fassungslos, litt mit der Familie, fühlte sich hilflos. Eine junge alleinerziehende Mutter war mit ihrem Säugling spurlos verschwunden und offensichtlich einem Verbrechen zum Opfer gefallen. Und der einzige Mensch, der als Täter infrage kam, stritt alles ab.

Vor dem *Alten Gerichtshaus*, einem auffälligen, zwei Jahrhunderte alten Historismusbau in der Bremer Innenstadt, hatten sich eine Stunde vor Prozessbeginn mehr als dreimal so viele Zuhörer versammelt, wie Besucherplätze zur Verfügung standen. Andreas und ich waren für den vierten Prozesstag als Zeugen geladen und warteten vor der schweren Eichentür. Eskortiert von zwei Polizisten, betrat Bernd Noack, bis hierhin enger Freund und Vertrauter, in Handschellen den Flur. Er trug einen nagelneuen dunkelgrauen Anzug, eine dezente Krawatte, war rasiert. Nur kurz sah er auf. Unsere Blicke trafen sich auf seinem Weg in den Schwurgerichtssaal ein einziges Mal. Meinem hielt er nicht stand.

Was bis zu meinem Auftritt passiert war, weiß ich aus den Protokollen.

Der Richter eröffnete die Verhandlung. Obwohl mir nach all den Jahren noch immer der muffige Geruch der schweren Wandvertäfelung in der Nase liegt und ich mich nach all der Zeit an jeden Verhandlungstag erinnere, als wäre er gestern gewesen, habe ich den Namen des Richters vergessen. Er befragte den Angeklagten nach seinen Personalien.

»Name?«

»Bernd Noack.«

»Alter?«

»Sechsundzwanzig.«

»Staatsangehörigkeit?«

»Deutsch.«

»Wohnhaft in?«

»Erstwohnsitz Berlin, Zweitwohnsitz Bremen.«

»Beruf?«

»Student der Rechtswissenschaften an der Humboldt-Universität Berlin.«

»Familienstand?«

»Ledig.«

»Kinder?«

»Keine Kinder.«

Bei der Erinnerung an die Antwort schnürt sich mir noch heute der Hals zu.

Der Staatsanwalt verlas die Anklage, und Bernd Noack wurde Zeit und Raum gegeben, sich zu äußern.

»Nicht schuldig.«

In der Vernehmung trat er gewohnt selbstsicher, fast schon herablassend auf. Nach und nach verwickelte er sich in Widersprüche. Als schließlich sein Alibi als konstruiert entlarvt wurde, beschloss er, fortan zu schweigen.

In den darauffolgenden fünfzehn Prozesstagen wurden Kriminalbeamte und Sachverständige gehört, Zeugen, Freunde, Kommilitonen und Verwandte. Sie – wir alle – zeichneten das Bild eines skrupellosen Egomanen, sezierten Noacks Beziehung zu Anja – vom Kennenlernen über den gemeinsamen Freundeskreis über das turbulente, mitunter von Gewalt überschattete Miteinander bis hin zu Anjas ungewollter Schwangerschaft.

Nachdem Anja die von ihm gegen eine stattliche Geldsumme geforderte Abtreibung ablehnte, stritt er die Vaterschaft ab. Gegenüber gemeinsamen Freunden äußerte er nach einer durchzechten Nacht: »Von der lasse ich mir nicht mein Leben versauen. Eher bringe ich die um.«

Noch vor der Niederkunft verließ er Bremen und setzte sein Studium in Berlin fort. Anja wollte ihn zu einem Vaterschaftstest zwingen und verlangte eine Aussprache. Kurz darauf waren Anja und Lena verschwunden.

Staatsanwaltschaft und Nebenklage waren überzeugt davon, dass Noack zu diesem Zeitpunkt längst die Beseitigung des schwarzen Flecks in seiner sonst blütenreinen Biografie geplant hatte. Sie sahen es als erwiesen an, dass Anja und Lena seiner Karriere als Jurist im Wege standen und ihm ein Bruch mit seiner vermögenden, erzkonservativen Familie und ein Verlust seines beachtlichen Erbes drohten.

Die in unserer Wohnung und an seiner Jeans gefundenen Blutspuren passten zu Anja. Zeugen hatten außerdem glaubhaft ausgesagt, dass sie Noack am Nachmittag des 3. September um die Tatzeit herum aus unserer Wohnung hatten kommen sehen.

Nein, niemand anderes kam als Täter infrage. Auch wenn nicht alle Einzelheiten im Indizienprozess geklärt werden konnten, so zweifelte doch niemand im Gerichtssaal an der Schuld des Angeklagten.

Bernd Noack nahm die Anschuldigungen regungslos und ohne jede Teilnahme auf.

Sein Verteidiger schwang sich zu einem halbherzigen Plädoyer auf. Es sei nie zu einhundert Prozent nachweisbar, dass das gefundene Blut tatsächlich von Anja stammte. Und überhaupt ließe die Blutmenge keinen sicheren Rückschluss auf ein Verbluten zu. Sein Mandant habe keine Vorstrafen und sei aufgrund seiner Herkunft und des für sein Alter selbstbewussten Auftretens von der Öffentlichkeit und den Medien vorverurteilt worden. Es waren hilflose Versuche, die Theorien der Anklage zu entkräften.

Die Gelegenheit, letzte Worte an das Gericht zu wenden, ließ Noack ungenutzt verstreichen.

Die Schwurgerichtskammer verurteilte ihn wegen zweifachen Mordes zu einer lebenslangen Freiheitsstrafe. Sie sah es als erwiesen an, dass er Anja und Lena Weitz getötet hatte, um einem Vaterschaftstest und den möglicherweise daraus entstehenden Folgen zu entgehen. Da die Mordmerkmale Heimtücke, niedere Beweggründe und Vertuschung einer anderen Straftat vorlagen, stellte der Richter die besondere Schwere der Schuld fest.

Trotz des befriedigenden Urteils konnten während des Prozesses viele Fragen nicht geklärt werden: Wie kamen Anja und Lena ums Leben? Hatte Noack sie erschlagen? Erschossen? Erstochen und zerstückelt? War das in der Wohnung gefundene Blut bei der Tötung oder erst bei der Beseitigung geflossen?

Aber vor allem: Wo hatte er die Leichen verschwinden lassen?

*

Die Frau, die achtzehn Jahre später behauptete, Lena Weitz zu sein, holte mich mit einem Satz in die Gegenwart zurück: »Was haben Sie ausgesagt?«

Mich überraschte die Frage. »Ich habe wiedergegeben, was Anja mir anvertraut hatte«, sagte ich. »Dass er sie bedrohte. Dass er sie schlug. Dass er nie zu dem Kind gestanden hatte. Dass Bernd ihr fünfundzwanzigtausend Mark bot, damit sie abtrieb.«

»Fünfundzwanzigtausend?«

»Die Summe hat er später noch einmal verdoppelt. Anja hat

abgelehnt. Sie wollte das Kind, Bernds Anerkennung der Vaterschaft und regelmäßigen Unterhalt. Dass ihre Beziehung keine Zukunft hatte, wusste sie selbst, sie war ja nicht dumm. Sie wollte nur ihr Kind versorgt wissen. Das habe ich gesagt.«

»Warum haben Sie das getan?«

»Wir alle haben ausgesagt, der ganze Freundeskreis. Das waren wir Anja und Lena schuldig.«

»Aber haben Sie in all den Jahren nie darüber nachgedacht, ob beide noch am Leben sein könnten?«

Ich schüttelte den Kopf. »Gehofft habe ich es jeden Tag. In den ersten Jahren habe ich noch zu jedem Geburtstag kleine Geschenke gebastelt und sie im Kleiderschrank aufbewahrt. Nur für den Fall, dass Anja und Lena plötzlich wieder auftauchten, dass alles nur ein Missverständnis war. Ich habe mich ja nie von ihnen verabschiedet. Sie waren einfach weg.« Dass mir Tränen die Wangen herabrollten, bemerkte ich erst, als sie mir ein Taschentuch reichte. »Es hat Jahre gedauert, ehe ich die Wahrheit akzeptieren konnte.«

Mit belegter Stimme fragte sie: »Sie haben nur Anjas Blut gefunden, nicht meines. Was, glauben Sie, hat er mit mir gemacht?«

Erst tupfte ich die Tränen ab, dann sah ich ihr tief in die Augen. »Er hat das Baby erstickt.«

17

»Werden Sie ihn treffen?«

Sie sah mich fragend an. »Wen?«

»Bernd Noack. Sie könnten ihn im Gefängnis besuchen.«

Sie zuckte mit den Schultern. »Weiß nicht. Er ist ein Teil von mir, oder? Ich bin ein Teil von ihm.« Ihr Blick schwirrte umher, auf der Suche nach Halt. Im Wintergarten des Cafés wurde sie offenbar nicht fündig.

Ich nutzte die Gelegenheit, den der Fokuswechsel unseres Gespräches bot. »Okay, bisher habe ich verstanden: Alles, was Sie hatten, war dieser Strampler hier und ihr detektivischer Spürsinn.«

Sie nickte.

»Mehr nicht? Da stehen nur vier Initialen drin. Mit solch spärlichen Hinweisen kommt man nicht weit. Gut, Sie konnten vermuten, dass der Strampler ein Geschenk war.«

»Ich habe ein Internet-Blog angelegt, meine Geschichte niedergeschrieben und die Welt da draußen um Hinweise gebeten. Hin und wieder erreichten mich Tipps, Nachfragen, Aufmunterungsversuche.«

Plötzlich fühlte ich mich alt. Ich realisierte, dass Lenas Generation, die mit dem Internet aufgewachsen war und die sich wie selbstverständlich der Netzgemeinde offenbarte, Lichtjahre von mir und meiner analogen Jugend entfernt war. Ich wusste die Vorzüge der Online-Recherche zu schätzen, war ansonsten aber froh, wenn man mich außerhalb meines E-Mail-Postfachs elektronisch in Ruhe ließ.

»War ein entscheidender Tipp dabei?«, wollte ich wissen.

»Ein paar vage Hinweise kamen auf die im Strampelanzug eingestickten Initialen, doch keine konkreten. Bald musste ich feststellen, dass mich in achtzehn Jahren niemand vermisst hatte. Daraus habe ich geschlussfolgert, dass man mich für tot hielt. Geben Sie mal im Internet den Zeitraum nach meiner Geburt ein und suchen Sie nach einem sechs Wochen alten toten Säugling. Da gibt es nur einen.«

Ihre Aussage verblüffte mich, gleichzeitig war sie nachvollziehbar und glaubhaft. Auch wenn das Internet damals erst im Entstehen war, so existierten Zeitungsartikel und TV-Dokumentationen, und im Laufe der Jahre tauchten immer wieder Artikel auf, die sich mit dem Fall beschäftigten.

»Das muss ein Schock gewesen sein«, sagte ich. »Mit wem konnten Sie darüber reden?«

»Mit niemandem.«

»Da muss doch jemand sein, dem Sie sich anvertrauen. Mit dem Sie über Dinge sprechen können, die Sie bedrücken.«

Sie schüttelte den Kopf.

»Wo haben Sie sich die vergangenen achtzehn Jahre aufgehalten?«

Sie sah mich an, ohne zu antworten. Ihr Blick war eine Provokation.

»War Anja bei Ihnen? Lebt sie noch?«

Sie schüttelte den Kopf. »Nein. Das heißt: Ich weiß es nicht.«

Ich wiederholte meine Frage. »Bei wem waren Sie?«

»Das wollen Sie nicht wissen. Und das müssen Sie auch nicht.«

Mein Tonfall wurde ernst. »Dann sind wir ja jetzt wieder an dem Punkt, an dem wir das Gespräch beenden können. Sie haben die Informationen, die Sie haben wollten, und ich gehe leer aus.« Ich winkte der Kellnerin zu und bat um die Rechnung.

»Sie haben den Strampler gesehen.« Sie schob ihn zu mir rüber. »Sie können mir jetzt glauben, dass ich Lena Weitz bin.«

»Wären Sie bereit, sich einem DNA-Test zu unterziehen?«

»Dann müsste ich ja zur Polizei.«

»Daran führt kein Weg vorbei.«

»Tut das weh?«

»Nein. Die verwenden Wattestäbchen, keine Spritzen.«

»Und womit würden die meine DNA vergleichen?«

Eine gute Frage. Sämtliche brauchbaren Asservate waren vor sieben Jahren nach einem Wasserrohrbruch vernichtet worden. Bernd Noack saß im Gefängnis. »Wir könnten Ihrem Vater einen Besuch abstatten.«

Sie schüttelte den Kopf. »Nein, ausgeschlossen.« Welche Überraschung! »Ich hatte ja schon gesagt, dass ich mit der Polizei nicht sprechen werde.«

Ich griff in meine Handtasche, nahm die Digitalkamera in die Hand, hielt sie der Frau vor das Gesicht und betätigte den Auslöser.

Wie von der Tarantel gestochen sprang sie von ihrem Stuhl auf und schrie mich an, so laut, dass alle anderen Gäste aufsahen: »Haben Sie sie noch alle? Was soll das?« Sie atmete viel zu schnell und japste nach Luft, ihr Gesicht nahm eine ungesunde Farbe an, so sehr regte sie sich auf.

Ich legte Scheine für einen Cappuccino, einen Kaffee, eine Cola, ein französisches Frühstück und etwas Trinkgeld auf den Tisch und griff nach meiner Jacke. »Ich werde jetzt herausfinden, ob Sie die Wahrheit sagen.«

18

Vom Auto aus rief ich Lennart an, um mich nach dem Fortschritt der Ermittlungen im Fall Andreas Hebestreit zu erkundigen. Alles, was ich bis dato wusste, war, dass eine Sonderkommission mit der paradox romantisierenden Bezeichnung »Wümmewiesen« ins Leben gerufen worden war.

»Warum rufst du nicht Hemmer an und fragst ihn direkt? Er ermittelt.« Lennart klang gereizt.

»Er wird mir nichts erzählen«, sagte ich.

»Warum? Du bist seine Kollegin.«

»War. Ich war seine Kollegin, Lennart. Außerdem hatte ich eine Beziehung zu dem Toten. Ich würde mir auch keine Auskunft geben, wenn ich in seiner Position wäre.«

»Ach, aber *ich* würde das, ja?«

»Ja, du würdest.«

»Vergiss es!«

»Ich bin Kriminalhauptkommissarin. Du musst mir Auskunft erteilen.«

»*Warst*«, blaffte er ins Telefon. »Du warst Kriminalhauptkommissarin, Femke.«

»Bin ich immer noch. Nur suspendiert.« Ich bog vom Osterdeich in die St.-Jürgen-Straße ein und machte einen Schlenker um eine ältere Frau, die Ewigkeiten brauchte, um die Straße zu überqueren. »Habt ihr meinen Hinweis schon verifizieren können?«

»Femke!«

»Du wirst mir doch wohl bestätigen können, was ich eh schon weiß. Meine Güte, du stellst dich vielleicht an!«

»Deine Kollegen haben drei weitere Hinweise auf einen Mann namens Andreas Hebestreit bekommen. Ich muss jetzt auflegen. Habe zu tun.«

Ich ließ mich nicht beirren. »Hat Hemmer keinen Abgleich mit der Vermisstendatenbank in Auftrag gegeben?«

Ich hörte, wie Lennart Luft gegen die Schneidezähne blies. »Hat er. War aber negativ.«

Niemand vermisste Andreas. Das hatte ich erwartet. Trotzdem machte mich die Feststellung traurig. »Was ist mit der Todesursache? Seid ihr weiter?«

»Nicht am Telefon«, sagte er.

»Gut, dann gleich bei dir.«

»Auch nicht, Femke. Mach's gut!«

»Du auch. Bin in zwei Minuten bei euch.«

19

Lennart sah schlecht aus.

»Zu wenig Schlaf?«, fragte ich, als ich sein Büro betrat.

Er kniff die geränderten Augen zusammen. »Nein, aufdringliche suspendierte Polizistinnen.«

Ich lehnte mich gegen die Zimmertür. »Lennart, du weißt, dass ich Andreas kannte. Ich bin weit davon entfernt, mich in die Ermittlungsarbeiten einzumischen. Glaub mir, ich habe Wichtigeres um die Ohren. Ich will nur wissen, was ihm zugestoßen ist.«

»Da bist du sicher nicht die Einzige. Soll ich hier jetzt 'ne Sprechstunde für Angehörige und Freunde einrichten, oder was?« Er schnappte hektisch nach Luft. »Femke, mit den Ermittlungen habe ich nichts am Hut. Ich will nur in Ruhe meinen Job machen: Leiche anschauen. Leiche öffnen. Und wenn was nicht stimmt, das der Kripo mitteilen. Dann wieder Leiche zumachen und mich um die nächste kümmern. Würde ich weitere Hintergründe ermitteln wollen, hätte ich mich längst bei eurer Truppe beworben. Und wenn ich spitz drauf wäre, Dienstgeheimnisse auszuplaudern, bei Wikileaks.«

Ich nickte und überlegte, wie weit ich Lennart einweihen konnte.

Er rollte mit den Augen, griff fahrig nach einer Akte, die ganz oben auf einem Stapel lag, und begann, darin zu blättern. »Es gibt keinen Zweifel mehr an der Identität des Toten. Andreas Hebestreit, ja. Natürlich habe ich einen DNA-Abgleich in Auftrag gegeben. Ob Mord oder Suizid, ist noch unklar.« Er blätterte hektisch weiter, dann wieder zurück und schob die Akte desinteressiert in meine Richtung. Ich löste mich von der Tür und ging zu seinem Schreibtisch.

Lennart machte einen wirklich desolaten Eindruck. Seine Pupillen waren ungewöhnlich groß.

»Was ist mit dir? Geht's dir gut?« Ich schlug den Aktendeckel auf und überflog die Seiten.

»Ja, alles schön«, antwortete er genervt, und ich wusste, dass das nicht der Wahrheit entsprach.

»Bist du sauer, weil du die Todesursache nicht einwandfrei feststellen konntest?«

Er wischte sich mit Daumen und Zeigefinger über die Augen. »Ja, auch.«

Ich legte die Akte zurück auf den Stapel. »Wer montiert vor seinem Suizid die Kennzeichen ab und feilt die Fahrgestellnummer heraus?«

»Leute, die verschwinden wollen.«

»Ich habe Andreas jahrelang nicht gesehen. Aber Selbstmord … Kann ich mir nicht vorstellen. Du kanntest ihn nicht. Andreas hatte eine unheimlich positive Wirkung auf andere und war einer der lebensbejahendsten Menschen, die ich je kennengelernt habe.«

»Laut deiner Kollegen war er alleinstehend, Alkoholiker und hatte Geldsorgen. Das reicht oft schon.«

Das saß wie ein Keulenschlag. »Andreas?«

»Wie gesagt: Alles Weitere musst du mit Hemmer besprechen.«

Dann schwiegen wir uns eine ganze Weile an. Ich überlegte hin und her. Ich kannte Lennart Maaß nicht lange genug, um beurteilen zu können, ob man ihm trauen konnte. Sein arrogantes Verhalten schrie eindeutig: »Nein!« Andererseits hatte ich keine andere Wahl, wollte ich vorankommen. Schließlich sagte ich leise. »Da ist noch etwas.«

Er sah mich mit einem Blick an, der hungrige Wölfe in die Flucht schlagen könnte.

»Du musst mir versprechen, dass du es für dich behältst und keine Fragen stellst, die mich in Schwierigkeiten bringen könnten.«

»Bisschen viel, was du heute von mir verlangst, findest du nicht? Langsam wirst du unverschämt.« Sarkastisch fügte er hinzu: »Aber nur ganz langsam.«

»Hörst du mir zu, oder willst du mich weiterhin wie ein Stück Scheiße behandeln?«

»Du ahnst ja nicht, wie gut du es hier hast. Soll ich mir 'nen Stuhl nehmen?«

»So lange dauert's nicht.«

Er setzte sich auf die Schreibtischkante und verschränkte die Arme vor der Brust.

Ich holte tief Luft und sagte: »Vor vielen Jahren sind meine beste Freundin und ihre Tochter ermordet worden. Der Fall ist abgeschlossen, der Täter hinter Gittern. Vor ein paar Tagen hat mich die ganze Geschichte eingeholt.«

Lennarts Stirn schlug Falten.

»Eine Person hat mich aufgesucht und mir Dinge erzählt, die alles in einem neuen Licht erscheinen lassen könnten.«

Lennart fuhr sich mit allen zehn Fingern durch die Haare. »Femke, wenn das so ist, dann solltest du nicht, dann *musst* du mit deinen Leuten sprechen.«

»Das werde ich! Aber damit würde ich das Vertrauen dieser Person aufs Spiel setzen. Außerdem muss ich erst einmal sicher sein, dass die Quelle vertrauenswürdig ist und ich mich nicht lächerlich mache. Zumal meine Reputation eh vernichtet ist, wie du dir vorstellen kannst.«

»Ich weiß nicht, wie ich dir dabei helfen kann.«

»Du könntest Dr. Lee bitten, etwas für mich herauszufinden.«

»Ausgeschlossen. Ich kann nicht meine Leute an der Polizei vorbei auf einen inoffiziellen Fall ansetzen. Und die Rechnung sollen wir wahrscheinlich der Kripo schicken, oder wie hast du dir das vorgestellt?«

»Wenn dir unsere Bürokratie so viel bedeutet, bezahl ich's aus eigener Tasche.«

»Nein!«

»Bitte, Lennart!«

»Was du mir gesagt hast, wird diesen Raum nicht verlassen. Aber ich werde diese Diskussion an dieser Stelle beenden.«

Er löste seinen Hintern von der Schreibtischkante, setzte sich demonstrativ auf den Drehstuhl und deaktivierte den Bildschirmschoner seines Laptops.

Ich nahm meine Jacke, die ich über den Besucherstuhl geworfen hatte, und zog sie wieder an. »Und ich werde mir merken, wie kooperativ du sein kannst. Vielleicht möchtest du irgendwann wieder für mich arbeiten, Lennart Maaß, aber dann werde ich mich daran erinnern, dass die Zusammenarbeit mit deinen Hamburger Kollegen so viel unkomplizierter und vertrauensvoller ist.«

»Tu, was du nicht lassen kannst! Oh, Mann, ich wusste am ersten Tag, dass du ein echter PITA sein kannst.«

»Ein was?«

»*PITA – pain in the ass.*«

»Danke, Lennart. Und du bist ein *Triple A*.«

Seine Augenbrauen wanderten aufeinander zu. »Was soll das sein?«

»*An arrogant asshole.*«

»Und so was von stolz drauf!«

Ich drehte mich um und verließ sein Büro mit einem ausgestreckten Mittelfinger hinter meinem Rücken.

20

Ziellos lief ich den Ostertorsteinweg auf und ab. Die Schaufensterauslagen in den hippen Geschäften mussten an diesem tristen Vormittag ohne meine Aufmerksamkeit auskommen.

Feuchter Nebel hatte mein Gesicht benetzt. Ich fror. Da Nichtstun und zielloses Umherirren drohten, meine Stimmung noch weiter zu verdüstern, beschloss ich, mich abzulenken und in die Arbeit zu stürzen. Die finsteren Tage in Neuharlingersiel hatten mich gelehrt: Tatenlosigkeit war Gift, Arbeiten Medizin. Vom Präsidium konnten sie mich fernhalten. Aber sie konnten mich nicht davon abhalten, an einem Fall zu arbeiten, hinter dem weder die Kripo noch ich hergewesen war, sondern der sich mir aufgedrängt hatte.

In einem Weincafé wartete ich, bis der Tisch in der hintersten Ecke frei wurde, bestellte einen Espresso Corretto mit Grappa und bat den Kellner um Schreibblock und Kugelschreiber.

Ich legte zwei Tabellen an – eine für den Fall *Anja und Lena*, eine für den Fall *Andreas*. Dann notierte ich alles, was in der letzten Woche seit dem Auftauchen der Frau in Neuharlingersiel passiert war. Alle Erkenntnisse. Alle Überraschungen. Alle Querverbindungen. Alle Ungereimtheiten. Die offenen Fragen unterstrich ich doppelt.

Nachdem ich etwa eine Stunde lang ununterbrochen geschrieben hatte, legte ich den Stift beiseite und lockerte die Finger. Ich überflog meine Notizen und betrachtete noch einmal genauer die Rufnummer der jungen Frau, die sich Lena nannte. Seit man Handynummern von einem Anbieter zum nächsten mitnehmen konnte, ließen die ersten vier Ziffern keinen eindeutigen Schluss auf den Telekommunikationsanbieter mehr zu, aber ich beschloss, mein Glück zu versuchen. Über die Auskunft ließ ich mich mit der Telefongesellschaft verbinden, die die Vorwahl ursprünglich herausgegeben hatte. Es überraschte mich nicht wirklich, dass sie nicht bereit waren, mit mir zu sprechen. Ich ließ mich mit verschiedenen Vorgesetzten verbinden, nannte Dienststelle und Dienstnummer, sprach devot-flehend und autoritär-bestimmend. Ohne Erfolg. Sie bestanden auf einer schriftlichen Anfrage. Der Datenschutz war ihnen heilig.

Ich hätte ins Präsidium fahren und vortäuschen können, wichtige private Daten von meinem Rechner kopieren zu müssen. Ja, das hätte ich versuchen können, und vielleicht hätten sie mich sogar gewähren lassen. Dann hätte ich die Anfrage an die Telefongesellschaft abschicken können, aber die Wahrscheinlichkeit, dass die Antwort unentdeckt bleiben würde, war gering. Außerdem hatte ich eine Idee, von der ich mir mehr versprach.

Toby war überrascht, meine Stimme zu hören.

»Ich brauche deine Hilfe.«

»Ich weiß nicht, Femke.« Dem metallisch verzerrten Lärm nach zu urteilen, hatte ich ihn an irgendeiner viel befahrenen Straße erwischt.

»Du weißt doch noch gar nicht, worum es geht.«

»Sie haben gesagt, wir sollen vermeiden, mit dir zu sprechen, bis die Ermittlungen abgeschlossen sind.« Zwar überraschte mich das nicht wirklich, und doch versetzte mir Tobias' Aussage einen Stich. War ich jetzt für jeden eine Aussätzige?

»Weder habe ich Beweismittel unterschlagen noch Bestechungsgelder angenommen. Ich weiß nicht, warum du nicht mit mir sprechen dürfen solltest.«

Er wand sich. »Mir ist egal, was passiert ist. Ich will hier nur keine Schwierigkeiten bekommen.« Wir hatten während seiner Ausbildung zusammengearbeitet. Jetzt saß er bei der TKÜ, der

Telekommunikationsüberwachung. Ich wusste, dass ihn die Arbeit nicht gerade glücklich machte. Tobias Schumacher war jung, Anfang zwanzig, unerfahren und unsicher. Und an Letzterem war er selbst nicht ganz unschuldig.

Wie du willst, dachte ich. »Du erinnerst dich an die Sache mit dem Krassnitz-Fall?«

Trotz der schlechten Funkverbindung konnte ich vernehmen, wie er schluckte. Dann schwieg er.

»Ich habe dich damals aus der Schusslinie genommen und dir den ganzen Ärger vom Hals gehalten, weil ich dir vertraute«, fuhr ich fort. Im Nachhinein hasse ich mich für diese Sätze, aber die Situation ließ mir keine andere Wahl. »Das alles wird weiterhin bei mir bleiben, niemand wird davon erfahren – egal, ob du mir jetzt hilfst oder nicht. Ich bitte dich lediglich, mir einen Gefallen zu tun.«

»Okay«, sagte er. »Worum geht es?«

Ich erzählte es ihm.

Nachdem wir das Gespräch beendet hatten, zeigte mein Handy einen *Anruf in Abwesenheit* an. Ich wählte die Menüabfolge des einfachen Gerätes ohne Smartphone-Schnickschnack und sah nach, wer während meines Telefonats mit Toby versucht hatte, mich zu erreichen.

»Lena«, stand auf der Liste.

Die Nummer hatte ich in mein elektronisches Adressbuch übernommen, den Namen aber in Anführungsstriche gesetzt.

You wish!, dachte ich, rief nach der Rechnung und bestärkte mich in meinem Entschluss, die Nummer erst wieder anzurufen, wenn ich zweifelsfrei herausgefunden hatte, wer die Frau war, die meine alten Wunden aufriss.

21

Am frühen Abend fing ich Dr. Lee auf dem Institutsparkplatz ab. Dass die Tage wieder länger wurden, nahm ich kaum wahr. Den ganzen Tag über war es nicht richtig hell geworden. Skandinavien mochte wunderschön sein, aber mit den Bewohnern wollte ich im Winter nicht tauschen. Eine Stimmung wie gemacht für eine Überdosis Tabletten mit Wodka. Im ersten Moment schien Da-Jeong Lee freudig überrascht zu sein, mich zu sehen. Nachdem sie die Situation eingeordnet hatte – eine ihr nahezu unbekannte, suspendierte Kriminalkommissarin versteckt sich im Halbdunkel unter einer Parkplatzlaterne –, nahm ihr Gesichtsausdruck besorgte Züge an.

»Ich hoffe, ich habe Sie nicht erschreckt«, versuchte ich, die Situation zu entspannen. Offenbar hatte ich das, denn sie wusste nicht, was sie antworten sollte. Ich reichte ihr die Hand. »Femke Sundermann, vielleicht erinnern Sie …«

»Na klar weiß ich, wer Sie sind.«

War das gut oder schlecht? Immerhin erwiderte sie die Begrüßung mit einem höflichen Lächeln.

»Sehr schön«, sagte ich. »Ich will Sie gar nicht lange vom Feierabend abhalten. Brauche nur kurz Ihren Rat als Fachfrau.«

Sie lächelte gequält.

»Ach so«, ich machte eine alberne Handbewegung, »Dr. Maaß weiß natürlich Bescheid.« Ich erschrak über mein Talent, mit einer minimalen Ausprägung von Scham und Nervosität notzulügen. »War heute bei ihm, habe das geklärt.«

»Haben Sie? Mir hat er nämlich etwas ganz anderes erzählt.«

Scheiße! »Hat er?«

Sie nickte und zog eine ernste Grimasse, die einen kleinen Rest ihrer natürlichen Freundlichkeit nicht weichen ließ.

»Was genau hat er Ihnen gesagt?«

»Dass Sie sehr neugierig seien und nicht autorisiert, Aufträge zu erteilen.«

»Wow! Na, da sieh mal einer an …« Ich ging einen Schritt auf Dr. Lee zu und senkte die Stimme. »Dr. Maaß … Lennart und ich … wir hatten heute Mittag eine kleine Auseinandersetzung. Sie wissen ja, dass er schon mal leicht die Geduld verlieren und trotzig werden kann.«

»Nein, eigentlich nicht.« Das Gespräch wurde ihr zusehends unangenehm.

»Egal. Dr. Maaß ist, wie er ist, aber ich muss trotzdem meine Arbeit tun. Ich kann genauso gut ein anderes Institut beauftragen, doch das habe ich noch nie gemacht, außerdem haben Sie gestern sehr anschaulich Ihr Können unter Beweis gestellt. Daher möchte ich Sie bitten, mit mir zusammenzuarbeiten.«

»Worum geht's denn überhaupt?« Sie sah auf die Uhr.

»Da-Jeong … Ich darf doch Da-Jeong sagen?«

»Wenn für Sie Femke okay ist?«

»Na klar, das ist mein Name. Also, Da-Jeong, das hier hat nichts mit den anderen Aufträgen der Kripo zu tun, an denen Sie arbeiten.« Ich zog die Nikon aus meiner Tasche, schaltete sie ein und wählte den Ansichtsmodus. Sofort erschien das Foto, das ich am Vormittag von der jungen Frau gemacht hatte. »Du musst mir helfen herauszufinden, wer diese Frau ist.«

»Ist sie tot?«

»Nein, sie nicht.« Ich griff in die Innentasche meines Mantels und holte den DIN-A-4-Ausdruck eines Babyfotos von Lena heraus. Sie lag bäuchlings ausgestreckt auf einer Wolldecke. Das Foto hatte ich eine Woche vor ihrem Verschwinden aufgenommen.

»Kannst du herausfinden, ob dieses Baby und die Frau auf dem neueren Foto ein und dieselbe Person sind?«

»Nur anhand der Fotos?«

»Ja, das wäre phänomenal. Von dem Baby habe ich weitere Bilder, aber dies ist das deutlichste. Von der jungen Frau nicht.«

»Puh.«

»Ihr könnt doch so was.«

»Aber ich muss vorher mit Lennart sprechen.«

»Nein, musst du nicht. Das hier ist eine ganz spezielle Sache. Er würde nur alles verkomplizieren.«

Sie runzelte die Stirn, stellte aber keine weiteren Fragen. Das gefiel mir.

»Und es wäre dringend«, schob ich nach.

»Ich habe momentan sehr viel zu tun.«

»Deine Hilfe weiß ich sehr zu schätzen, Da-Jeong. Ich danke dir.«

Noch immer sah sie nicht glücklich aus. Sie seufzte und hob das Blatt hoch. »Gibt es das hier digital?«

»Ja, einen Scan.«

Sie ließ kapitulierend die Schultern hängen. »Gut, schicken Sie … Schick mir eine E-Mail mit beiden Fotos, und ich werde sehen, was ich machen kann.«

22

Jörg hielt einen maschinegeschriebenen Brief in der Hand. Aschgraues, recyceltes Papier, wie es Behörden benutzten.

Ich schloss die Wohnungstür und ließ das Echo des Treppenhauses hinter uns.

»Sie haben dich zu einer Anhörung geladen«, sagte er.

Wir hatten einander so sehr vertraut, dass immer derjenige, der zum Briefkasten ging, auch die Post des anderen öffnete. Mir war nun nicht mehr wohl dabei.

»Ich möchte meine Briefe wieder selbst öffnen«, sagte ich, bemüht, nicht vorwurfsvoll zu klingen.

»Mach dir keine Sorgen!« Zärtlich berührte er meine Wange. »Sie haben keine Chance. Die Suspendierung werden sie aufheben müssen. Und wenn sie auf stur stellen, verklagen wir sie.«

Ich nickte abwesend. Heute, Monate später, bedeutet mir Jörgs Solidarität sehr viel. Damals fühlte sich seine Unterstützung falsch an. Sein Mitgefühl war mir gleichgültig. Egal, wie die Anhörung ausging, Strafe oder nicht, es spielte keine Rolle. Es konnte nichts ändern, nichts ungeschehen machen.

Ich ließ meine Tasche auf den Boden unserer Wohnung sinken. »Lass uns gehen! Ich habe Hunger.«

*

Jörg hatte einen Tisch bei unserem Lieblingsitaliener in der Nähe der Erdbeerbrücke reserviert. Dorthin gingen wir immer, wenn es etwas zu feiern gab. Danach war mir beileibe nicht zumute, aber Jörg hatte angekündigt, etwas äußerst Wichtiges loswerden zu müssen, also hatte ich mich breitschlagen lassen.

Das kleine Restaurant lag unscheinbar an einer viel befahrenen Durchfahrtsstraße, die mit Autohäusern und schmucklosen Mehrfamilienbunkern zugebaut war. In dem kleinen Laden ging es quirlig zu, es war eng, laut und stickig. Doch die Küche war fantastisch.

Nachdem wir unsere Bestellung aufgegeben hatten, unternahm ich mehrere Versuche, von der Begegnung mit der jungen Frau zu berichten, merkte aber schnell, dass Jörg nicht bei der Sache war. Unruhig rutschte er auf seinem Stuhl hin und her.

»Mich holt die Vergangenheit ein«, wagte ich einen letzten Anlauf. »Ich komme aus der Sache nicht mehr heraus.«

Er nahm meine linke Hand, strich behutsam über die Knöchel. »Geht mir genauso«, sagte er. »Heute habe ich mir endlich einen Therapeuten gesucht. Vielleicht sollten wir gemeinsam hingehen.«

»Nein, es geht nicht um Paul.«

Er sah mich irritiert an.

»Nicht nur«, schob ich nach.

»Sondern?«

»Ich hab dir doch mal von Anja und Lena erzählt. Ist schon ewig her.«

Lange vor unserer gemeinsamen Zeit. Er unternahm nicht einmal den Versuch, meine Worte in einen Kontext zu bringen.

Die Bedienung räumte den Antipasti-Teller ab, und kurze Zeit später standen Zander und Pasta auf dem Tisch. Und ich beschloss, an diesem Abend keinen weiteren Versuch zu starten, meine Befindlichkeiten offenzulegen. »Weshalb sind wir hier?«, fragte ich.

»Nach dem Essen, okay? Ist gut, oder?« Jörg aß nicht. Er schlang.

Ich nickte und begriff mit einem Mal, worauf dieser Abend hinauslaufen sollte.

Das nervöse Gehampel passte nicht zu Jörg, dem kühlen, rationalen Strafverteidiger. Die liebevollen Gesten, die verständnisvolle Rücksichtnahme … Wo er mich doch hassen müsste. Und schließlich der Termin beim Therapeuten … Plötzlich war mir alles klar. Ihn beschäftigten die gleichen Gedanken wie mich: Ein *Cut* musste her. Normalität. Die Chance auf einen Neuanfang.

Nur ohne die Gegenwart des jeweils anderen.

Wenigstens war er so taktvoll gewesen abzuwarten, bis sich mein knurrender Magen beruhigt hatte. Der zog sich mit einem Mal zusammen und wollte nicht mehr. Ich ließ meine Gabel auf den Fisch fallen. »Sag's!«, forderte ich ihn auf.

»Was?«

»Was du zu sagen hast. Sag's einfach!«

»Femke, lass uns doch bitte erst in Ruhe zu Ende essen.«

»Ich bin satt und will es jetzt hören!«

Er legte die Gabel zur Seite, tupfte sich den Mund mit der Serviette ab und nahm einen Schluck Wein. Dann begann er, fast schon feierlich: »Femke, wir beide machen eine schwierige Phase durch. Eine Prüfung, wie man sie seinem ärgsten Feind nicht an den Hals wünscht.«

Oha, die Worte waren mit Bedacht gewählt. Sie klangen so hölzern, als hätte er sie vorher immer und immer wieder eingeübt. Ich bebte innerlich. Einen Augenblick lang überlegte ich, das Wort an mich zu reißen, nur um ihn endlich zu erlösen.

»Pauls Tod hat unser Leben für immer verändert«, fuhr er fort. Seine Augen füllten sich mit Tränen. »Ich gebe die Hoffnung nicht auf, dass dieses Ereignis, das ich bis an mein Lebensende nicht vergessen werde, dass diese entsetzlichen Sekunden uns für immer zusammenschweißen werden.«

Ich schloss die Augen und hoffte, dass diese Demütigung bald vorbei war.

Jörg ergriff meine Hand. Ich zog sie weg. Entsetzt sah er mich an. »Ich werde dich immer unterstützen. Nimm dir eine Auszeit!«

»Es reicht, Jörg. Ich will heute Abend nicht über Paul reden. Außerdem habe ich längst meine Auszeit, ich bin suspendiert, falls dir das entfallen sein sollte!«

»*Schschsch*«, versuchte er, mich zu besänftigen. »Lass mich bitte ausreden, Schatz!«

»Hör auf mit diesem gefühlsduseligen Mist und komm zum Punkt!«

»Lass uns heiraten!«

Da war er, der gefühlte Kinnhaken. Aus einer anderen Richtung, als ich ihn erwartet hatte, aber da war er.

Ich nahm einen großen Schluck Wein und stand auf. »Ich muss hier raus, sonst übergebe ich mich.«

23

Auf dem Nachhauseweg sprachen wir kein Wort.

Jörg war in seiner Hilflosigkeit gefangen und wusste, dass er mit jedem weiteren Wort alles nur noch schlimmer machen würde.

Und ich musste meine Gedanken sortieren. So konnte es nicht weitergehen. Wir hatten so viel aufzuarbeiten, bevor wir das nächste Kapitel aufschlugen. Warum musste immer alles noch komplizierter werden, wenn es eh schon kompliziert genug war?

Zurück in unserer Wohnung, beschloss ich, das Schweigen zu brechen. »Du tust das nicht zufällig, weil du im nächsten Jahr vierzig wirst?«

Er sah mich an, als hätte ich ihm nicht nur einen Korb gegeben, sondern obendrein eine Ohrfeige verpasst. »Nein … Vielleicht.«

Ich sah ein, dass ich zu weit gegangen war. »'tschuldige.«

»Das mit der Trauung können wir verschieben«, sagte er. »Es muss ja nicht sofort sein. Aber ich brauche eine Perspektive. Planungssicherheit.«

Hatte ich richtig gehört? Also doch. »Planungssicherheit?«, vergewisserte ich mich. »Glaubst du allen Ernstes, dass wir, nach allem, was passiert ist, noch planen können? Dass wir noch irgendetwas in unserem Sinne beeinflussen können?«

»Das müssen wir, Femke!« Er klang flehend.

»Nein, das ist das Letzte, was ich kann – planen!« Ich stieß meinen rechten Zeigefinger gegen mein Brustbein. »Ich *hatte* einen Plan.«

»Aber er ist danebengegangen!«

Drohend richtete ich den Zeigefinger gegen ihn. »Sprich nicht so über unseren Sohn!« Eine Woge aus Zorn und Trauer überschwemmte mein Inneres und schnürte mir den Hals zu.

Jörg wich einen Schritt zurück. »Die Jahre mit dir und Paul waren die schönsten meines Lebens. Niemand kann rückgängig machen, was geschehen ist. Doch wir können einander festhalten und Halt geben.«

»Ich will aber nicht heiraten, verdammte Scheiße!«, brach es aus mir heraus. »Ich will meinen Sohn wiederhaben! Ich will mein altes Leben zurück!« Die letzten Worte erstickten in Tränen.

Jörg war ein sensibler Mensch, aber ich hatte ihn nur einmal weinen sehen. Jetzt liefen auch ihm die Tränen über das Gesicht. Leise erwiderte er: »Das will ich doch auch.«

»Dann zeig es mir!«, forderte ich ihn auf.

»Das habe ich doch versucht, heute Abend.«

»Nicht so, Jörg. Zeig mir, was wirklich in dir vorgeht! Zeig mir, wie sehr du deinen Sohn vermisst!«

»Was soll ich deiner Meinung nach tun?«

»Was würdest du tun, wenn ein Fremder dein Kind umgebracht hätte?«

»Femke, warum sagst du so etwas? Paul ist nicht …«

»Hast du nicht irgendwann einmal behauptet, du würdest töten, wenn jemand deiner Familie etwas antut?«

»Femke …«

»Ja, das hast du gesagt.«

»Herrgott, Femke, es war ein Unfall! Wann hörst du endlich auf, dir einzureden, dass du Paul getötet hast?«

»Das muss ich mir nicht einreden, Jörg. Ich habe unser Kind auf dem Gewissen. Er ist mit *meiner* Dienstwaffe erschossen worden.«

»Hör auf, Femke, bitte hör auf!«

»Mit *meiner* Waffe.« Langsam ging ich auf ihn zu. »Hörst du, was ich sage? *Meine* Waffe hat *deinen* Sohn getötet. Und ich habe nichts dagegen unternommen.«

»Hör auf damit …«

Noch ein Schritt näher. Und noch einen. »Ich habe zugelassen, dass er mit der Pistole spielt. Ich habe ihn sich erschießen lassen.« Nun stand ich so dicht vor ihm, dass ich seinen warmen Atem im Gesicht spüren konnte.

Jörg atmete schwer. »Ich weiß.« Er zitterte. »Und das werde ich dir niemals verzeihen.«

»Siehst du, und trotzdem willst du mich heiraten. Ist das nicht absurd?«

»Du leidest mehr als jeder andere. Du hast das nicht gewollt. Und du kannst es nicht rückgängig machen. Ich kann dir nicht verzeihen, aber ich kann versuchen, dich weiter zu lieben.«

Ich beugte mich vor und flüsterte in sein Ohr. »Ich weiß etwas, das dir besser tun würde: Lass es raus. Schlag mich!«

Er schob mich von sich, doch ich ließ mich nicht abwimmeln.

»Schlag mich!«, wiederholte ich laut. »Schlag mich tot! So wie du jeden totgeschlagen hättest, der deinem Kind etwas antut.«

Jörg verschränkte die Arme vor der Brust und schluchzte.

»Schlag zu!« Heftig schüttelte er den Kopf, aber ich ließ nicht locker. »Schlag zu, du Feigling!«

»Femke!«

»Du Waschlappen!« Ich stürzte mich auf ihn und schob ihn mit beiden Armen gegen die Wohnzimmerwand. Keine Gegenwehr. Mit beiden Händen schlug ich auf ihn ein. Auf seine Brust, auf seinen Kopf. Er hielt sich nur abwehrend die Hände vors Gesicht. Das brachte mich noch mehr in Rage, und ich drosch auf ihn ein. »Ich … will … dass … du … dich … wehrst!«

Als ich anfing, ihn zu treten, löste er sich aus seiner Starre und begann, meine Schläge abzuwehren. Mit beiden Armen versuchte er, meinen Oberkörper zu umfassen, was natürlich misslang, da ich bestens ausgebildet war, mich aus Klammergriffen zu befreien. Wir stolperten gegen den Wohnzimmertisch und fielen zu Boden.

Jörg griff nach meinen Armen und drückte sie auf den Boden. »Femke, hör auf!«, schrie er. Er war stärker, aber ich hatte die bessere Technik. Wieder befreite ich mich, rollte mich zur Seite, stürzte mich erneut auf ihn. Und schlug zu, so fest ich konnte. Noch mal. Und noch mal.

Irgendwann sah ich das Blut in seinem Gesicht, und ich ließ von ihm ab. Ich rutschte zur Seite und blieb auf dem Rücken liegen. Minutenlang lagen wir da. Keiner sprach ein Wort. Jörg atmete schwer. Schließlich drehte ich den Kopf zur Seite und betrachtete sein verklebtes Gesicht. Er sah mich schweigend an. »Eine Platzwunde«, japste ich. »Bleib so liegen! Ich hol was.«

Ich stand auf, um ins Bad zu gehen. Auf dem Flur hielt ich inne und betrachtete meine Tasche, die ich nach meiner Heimkehr auf dem Fußboden neben der Eingangstür abgestellt hatte. Ich versuchte, einen klaren Gedanken zu fassen, ging nach vorn, öffnete die Tür und schaute sie mir genau an. Nervös lief ich in jeden Raum, öffnete die Fenster, untersuchte die Rahmen und schloss die Fenster wieder.

»Was hast du? Stimmt was nicht?« Jörg stand hinter mir. Er klang erschöpft und sah schlimm aus. Sein Blut tropfte auf die Dielen.

Ich atmete tief ein und gönnte mir ein paar Sekunden, um abzuwägen, was dringender war: Jörgs Wunde zu versorgen oder mich zu vergewissern, das hier etwas aus dem Ruder lief, was nichts mit meinem desolaten Privatleben zu tun hatte.

»Etwas stimmt nicht«, antwortete ich.

»Was ist?«

»Jemand war in unserer Wohnung.«

24

Am späten Freitagabend beendete Lennart Maaß die letzte Obduktion der Woche – die letzte, sofern alles ruhig bleiben würde, und alle, die vorhatten, sich unnatürlich von der Welt zu verabschieden, das Wochenende respektieren würden. Vermutlich konnte er es nach zweiundsiebzig Arbeitsstunden in sechs Tagen nicht mehr erwarten, nach Hause zu kommen, zu den Wochenendbieren und anderen entspannenden Substanzen, von denen sein Arbeitgeber besser nichts erfuhr.

Hätte Lennart schon zu diesem Zeitpunkt gewusst, dass Lothar Hemmer ihm einen Strich durch die Rechnung machen würde, hätte er den anderen Flur auf dem Weg zu seinem Büro genommen.

Hemmer hatte bereits den Ausgang erreicht, als er Lennart erblickte. »So spät noch hier?«, erkundigte sich der alte Kommissar und ging ihm ein paar Schritte entgegen.

»Und selbst?«, antwortete Lennart karg und ohne Anzeichen, seinen strammen Schritt zu unterbrechen.

»Musste einen Ihrer Kollegen zu einem alten Fall befragen. Haben Sie meine E-Mail gelesen?« Nachdem Hemmer eingesehen hatte, dass ihn seine Computerverweigerung in die Isolation trieb, hatte er sich in den letzten Jahren vor seiner Rente doch noch angewöhnt, modernere Kommunikationsmittel zu nutzen. Lediglich die sozialen Netzwerke blieben für ihn tabu. Sollten die Kollegen diese Plattform zur Fahndung nutzen, ihn brachten da keine zehn Pferde hin. Irgendwann war's auch mal gut.

Lennart lief weiter, Lothar Hemmer eilte ihm hinterher. »D-d-die Mail, d-die ich Ihnen heute Nachmittag geschrieben habe?« Er versuchte, Schritt zu halten, was ihn aus der Puste brachte. »Ist die angekommen?«

»Wenn Sie mir eine geschickt haben, wird sie wohl in meinem Posteingang liegen.« Vor Lennarts Bürotür kamen sie zum Stehen.

»Also noch nicht gelesen.«

»Keine Zeit. War wichtig?«

»Ein vorgezogener Abschlussbericht zum Fall Hebestreit zu Ihrer Information.«

»So schnell?« Lennart blickte ungeduldig auf die Uhr. Schon einundzwanzig Uhr! »Und?«

»Wie ich vermutet hatte: keine Manipulation am Fahrzeug, keine technischen Defekte, keine Unfallspuren. Die KTU hat im Innenraum des Wagens Überreste eines Metallfeuerzeugs gefunden.«

»Dann war es definitiv Benzin, das wir gerochen haben?«

»Zweifelsfrei.«

Die Brandschuttproben aus dem Fahrzeuginnenraum waren mithilfe eines Gaschromatografen untersucht worden. Da verschiedene Substanzen über unterschiedliche Siedepunkte verfügen, können sie zeitlich versetzt identifiziert und nachgewiesen werden.

»Vier Volumenprozent«, ergänzte Hemmer.

Lennart pfiff anerkennend. »Das erklärt die enormen Verbrennungen im Bauch- und Gesichtsbereich.«

Lothar Hemmer nickte zustimmend.

»Wer war's?«

»Er selbst.«

Lennart sah ihn überrascht an. »Suizid durch Verbrennen ist ungewöhnlich. Kein schöner Tod.«

»Wir haben uns unter anderem auf Ihre Protokolle gestützt.«

»Ich habe geschrieben, dass ein Suizid *im Bereich des Möglichen* liegt.«

»Eben. Da ist zum einen der positive Kohlenstoffmonoxid-Hämoglobin-Wert … Hebestreit war noch am Leben, als er verbrannte. Was nur logisch ist, denn er musste das Feuerzeug entzünden und fallen lassen. Dann die starken Beruhigungsmittel im Blutkreislauf.«

»Das war es aber auch schon«, sagte Lennart mit einem Anflug von Verärgerung in der Stimme. Dass seine Untersuchungsergebnisse so frei interpretiert wurden, passte ihm ganz und gar nicht. »Könnte auch für ein Tötungsdelikt sprechen.«

»Der Fundort war weit abgelegen.«

Lennart zuckte mit den Schultern.

»Es gibt keinen Tatverdächtigen. Hebestreit hat zurückgezogen gelebt, hatte keine Familie, kaum soziale Kontakte. Vor zehn Jahren war er in stationärer psychiatrischer Behandlung. Da hatte er versucht, sich die Pulsadern aufzuschneiden. Ein Klassiker.«

»Das ist immerhin zehn Jahre her. Was ist mit der Plakette?«

»Welche Plakette?«, brummte Hemmer.

»Hinter dem Fahrersitz lag eine Metallplakette, die nicht dem Fahrzeug zuzuordnen war.«

»Unsere Brandermittler haben das ganze verkohlte Fahrzeug durchs Sieb gejagt. Ich weiß nichts von einer Plakette.« Lothar Hemmer konnte bestimmt klingen, wenn er merkte, dass man seine Schlüsse in Zweifel zog. »D-der Mann hat s-sich umgebracht, Dr. Maaß. Heute Nachmittag war ich beim Staatsanwalt. Er wird die Leiche zur Bestattung freigeben. Ich wollte Sie nur schon einmal darüber informieren, damit Sie Bescheid wissen.«

»Und ihr habt überprüft, ob Hebestreit zu Hause Benzinkanister lagerte und ob welche fehlen?«

»Das ließ sich nicht rekonstruieren.«

Lennart beschlich ein ungutes Gefühl.

Später erzählte er mir, dass mein Auftritt am Vormittag wohl noch irgendwo präsent war, sich zumindest in seinem Unterbewusstsein eingegraben hatte. Sicher war, dass Hemmers Argumentation Lücken aufwies und dass der alte Polizeibeamte vorschnell handelte. Noch mehr beunruhigte Lennart die Vorstellung, selbst etwas Entscheidendes übersehen zu haben.

Und damit war auch dieses Wochenende vorbei, bevor es begonnen hatte.

25

Noch in derselben Nacht zog ich aus.

Notdürftig hatte ich die Platzwunde an Jörgs Stirn versorgt. Danach fing ich an, meine Sporttasche zu packen. Ohne groß darüber nachzudenken, wie lange ich wegbleiben und ob ich die Wohnung jemals wieder betreten würde, stopfte ich alles hinein, was ich noch nicht in Neuharlingersiel benutzt hatte.

»Könntest du jetzt bitte deine Kollegen rufen?« Mit verschränkten Armen stand Jörg in der Schlafzimmertür.

»Nein, das ist zwecklos«, antwortete ich, ohne von der Tasche auf dem Bett aufzusehen. »Es ist nichts weggekommen.« Dass die Kamera verschwunden war, behielt ich vorerst für mich.

»Unser Badezimmerfenster ist ausgehebelt worden! Und du hast gesagt, dass du dir sicher bist, deine Handtasche auf der anderen Seite des Flurs abgestellt zu haben, bevor wir ins Restaurant gegangen sind.«

»Ich kann mich getäuscht haben«, sagte ich und wusste hundertprozentig, dass dem nicht so war.

Jörg sah mich an, als hätte ich den Verstand verloren. Vermutlich hatte ich das, zumindest aber war ich sehr nah dran. »Was zum Teufel geht hier vor sich, Femke?«

»Das wüsstest du, wenn du mir zuhören würdest.«

»Ich höre dir zu, doch ich verstehe nichts! Anstatt meinen Heiratsantrag höflich abzulehnen, verprügelst du mich! Du entdeckst einen Einbruch in unsere Wohnung. Aber anstatt die Polizei zu rufen, packst du deine Sachen und lässt mich mit der Ungewissheit allein!«

»Der Einbruch hat damit nichts zu tun. Ruf die Polizei, wenn du meinst, dass du dich dann besser fühlst! Du weißt, warum ich gehe.«

Ich sah dabei zu, wie ihm die Tränen in die Augen schossen. Ich zog den Reißverschluss der Sporttasche zu, ging zur Tür, legte meinen Kopf auf Jörgs Brust und schlang die Arme um ihn.

Sanft streichelte er meinen Hinterkopf. »Du musst dir helfen lassen.«

*

Wortlos verließ ich die Wohnung. Die Tasche warf ich auf die Rückbank meines Volvos und fuhr nach Norden.

Eine Viertelstunde später war ich in Oberneuland, einem ländlich geprägten Wohngebiet im Nordosten Bremens, unter dessen zugewachsenen Alleen es niemals richtig hell wurde. Die einer Waldsiedlung nicht unähnliche Enklave hatte keinen Ortskern. Stattdessen hielten Edel-Lokale, Privatpraxen und Geschäfte, in denen lächerlich teurer Kunstkitsch verkauft wurde, entlang der Hauptstraßen diskret Abstand. Viele der von hohen Hecken und jahrhundertealtem Baumbestand verdeckten Wohnhäuser waren von Vermögen erbaut worden, die aus dem Handel mit Baumwolle, Kaffee und Schokolade oder aus hoch dotierten Fußballerverträgen stammten.

Gegen die meisten dieser gigantischen Anwesen nahm sich das Haus meines Bruders bescheiden aus. Es war Anfang der Neunzehnhundertachtzigerjahre erbaut worden und lag am Ende einer Sackgasse.

Marion riss vor Überraschung die Augen auf, als sie die Tür öffnete. Noch auf dem Türabsatz versagten mir die Knie, und ich sackte zusammen wie eine angestochene Gummipuppe.

*

Auf dem Sofa kam ich langsam zu mir. Die Hand meiner Schwägerin lag auf meiner Stirn. Marion trug bequeme Freizeitkleidung, von der jedes einzelne Teil vermutlich mehr gekostet hatte als der gesamte Inhalt meines Kleiderschranks. Dampfschwaden von kräuterigem Tee stiegen mir in die Nase.

»Du siehst beschissen aus, Süße.« Marion lächelte mich besorgt an. Sogar mit wackeligen Knien in waagerechter Sofalage musste ich darüber nachdenken, wie es diese sportlich-schlanke Frau von Mitte vierzig anstellte, mit jedem Jahr besser auszusehen.

»Ist sonst noch jemand da?«, fragte ich, denn ich sorgte mich, dass die Kinder etwas von meinem Zusammenbruch mitbekommen haben könnten.

Marion schüttelte den Kopf. »Saskia schaut sich WGs in Köln an, und wo sich Felix herumtreibt … Ich weiß es nicht. Zwei Jahre noch, dann ist der auch endlich erwachsen. Und ich muss mir diese Sorgen nicht mehr machen.«

»Und Frank?«

»Sein Flieger ist um halb elf gelandet. Danach ist er noch kurz ins Büro. Er müsste bald hier sein.«

Seit Pauls Beisetzung hatte ich die Familie meines Bruders nicht mehr gesehen. Nachdem ihre ersten Versuche, mich in ihre Aktivitäten einzubinden, ins Leere gelaufen waren, hatten sie meinen stillen Wunsch nach Ruhe respektiert und sich zurückgezogen.

»Die letzten Wochen waren zu viel für dich«, sagte Marion. »Ich glaube, es ist besser, wenn wir einen Arzt rufen.«

Ich legte ihr die Hand auf den Arm. »Mir geht es schon viel besser. Wir müssen keinen Aufstand machen. Wahrscheinlich habe ich nur zu wenig Schlaf bekommen.«

»Deine Entscheidung.« Marion lächelte verständnisvoll und sah auf die Uhr. »Wo ist Jörg?«

Bevor ich antworten konnte, tauchten die Scheinwerfer von draußen das Wohnzimmer in grelles Licht. Wenige Augenblicke später stand Frank im Wohnzimmer.

Mein Bruder war sieben Jahre älter als ich, sah gut aus und hatte es immer leicht gehabt. Alles schien ihm zuzufliegen – Erfolg, Geld, Frauen. Mit einer sorgsam abgewogenen Mischung aus Charme und Verbissenheit hatte er stets bekommen, was er sich in den Kopf gesetzt hatte. Als Partner in einer großen Unternehmensberatungsfirma entwarf er Strategien für Logistikkonzerne und Windenergie-Unternehmen und flog in jeder Woche an drei von sechs Arbeitstagen durch die Weltgeschichte. Viel Geld und Zeit hatte er investiert, um das verwohnte Haus in ein modernes, luxuriöses Heim für seine Traumfrau und die zwei perfekten Kinder zu verwandeln.

Sie waren nicht reich – zumindest nicht nach Oberneulander Maßstäben. Aber von allen Sundermanns hatte Frank es am weitesten gebracht, und wir waren mächtig stolz auf das, was er geleistet hatte. Ich gönnte Marion und ihm das gemeinsame große Glück von ganzem Herzen – auch wenn es mir mein eigenes Scheitern nur allzu deutlich vor Augen führte.

Zur Begrüßung küsste er mich auf den Mund und streichelte mir die Wange. »Was ist passiert?«

Ich erzählte es ihnen.

Mit einer sorgsam formulierten Mischung aus Mitgefühl und Tadel sagte Marion: »Ich habe nie verstanden, warum ihr nicht geheiratet habt. Ihr hattet alles, was man für ein erfülltes Familienleben braucht.« Ich merkte, dass sie sich innerlich auf die Zunge biss, da hatte sie den Satz aber schon ausgesprochen.

»Mag sein, doch das ist nicht mehr«, erwiderte ich knapp und versuchte, einen trotzigen Unterton zu unterdrücken.

»Wie soll es weitergehen?«, fragte Frank.

»Ich weiß es nicht. Kann ich bei euch bleiben, bis ich das herausgefunden habe?«

»Selbstverständlich«, sagte Marion und klang dabei etwas beleidigt – fast so, als hätte sich in meiner Frage ein Zweifel eingenistet. »Es wird Zeit, dass endlich jemand das Gästezimmer bewohnt. Vor lauter Verzweiflung wollte ich mir darin schon ein zweites Arbeitszimmer einrichten.«

»Du weißt, dass du hierbleiben kannst, solange du willst«, unterstrich Frank die Aussagen seiner Frau.

Ein Blick auf die Uhr bedeutete uns, die Unterhaltung am nächsten Tag fortzusetzen. Marion bereitete mir das Gästezimmer im Erdgeschoss für die Nacht vor – was nicht nötig gewesen wäre, denn das Zimmer war makellos hergerichtet wie ein Hotelzimmer, das auf einen lange im Voraus angekündigten Gast wartete.

Auch wenn ich wusste, dass ich eine längere Zeit hier verbringen würde, nahm ich nur die Dinge aus meiner Sporttasche, die ich benötigte, um mich für die Nacht vorzubereiten: meinen Pyjama und die Kulturtasche, die mich mit ihrer Geruchsmischung aus Zahnpasta und meinem Eau de Toilette schon um die halbe Welt begleitet hatte. Den Rest ließ ich verpackt, was die Pistole einschloss. Hier war sie sicher. Und was noch viel wichtiger war: Mit ihr in meiner Nähe fühlte ich mich sicher.

Nachdem das Haus in Stille und Dunkelheit versunken war, lag ich noch eine ganze Weile wach und sammelte nach und nach meine Amok laufenden Gedanken ein. Kurz bevor mir die Augen zufielen, hatte ich die nächsten Schritte beisammen.

Ich nahm mein Handy und tippte mit schnellen, aber wohlüberlegten Bewegungen eine SMS:

Es tut mir leid, dass Sie nicht gefunden haben, wonach Sie suchten. Wir treffen uns am Montag um 13 Uhr vor dem Bürgerpark am Stern. Kommen Sie, sonst muss ich die Leute einschalten, vor denen Sie sich so mühsam verstecken.

Noch dreimal las ich den Text. Schließlich wählte ich aus der Telefonbuchliste den in Anführungszeichen gesetzten Namen und drückte auf *Senden*.

26

Am Montagmorgen hatte Toby ein überraschend schnelles Ergebnis, das mich in meinen nachfolgenden Ermittlungen ein entscheidendes Stück voranbringen sollte.

Den größten Teil des Wochenendes hatte ich im Bett und auf der Couch verbracht. Marion hatte mich bekocht, bebackt und bespaßt, als kämpfte sie um den Finalsieg bei *Germany's Next Super Housewife*. Felix setzte sich nur zu den Mahlzeiten zu uns und war so wortkarg, wie man es von Jungs seines Alters gewohnt war. Frank hatte alle Wochenendtermine abgesagt und mich zu ausgedehnten Spaziergängen in die benachbarten Parks und Naturschutzgebiete überredet. Zum ersten Mal seit Pauls Tod fand ich Gelegenheit, mich zu öffnen und über all das zu sprechen, was mich in den letzten Monaten an den Rand des Lebensüberdrusses gedrängt hatte – alle Ängste, alle Zweifel, alle Wut. Mein Bruder entpuppte sich als der Therapeut, den ich nie gesucht hatte. Obwohl wir seit unserer Kindheit ein gutes Verhältnis gehabt hatten und wir uns aufgrund des großen Altersunterschiedes nie in Konkurrenz- und Eifersuchtskämpfe verstrickt hatten, waren wir uns nie so nah gewesen wie an diesem Februar-Wochenende, drei Monate nach Pauls Tod.

*

Montag früh hatte uns der Alltag wieder. Als ich mich an den Küchentisch setzte, war Frank schon seit zwei Stunden auf dem Weg nach London, Saskia noch immer in Köln und Marion mit Felix auf dem Weg zur Schule und anschließend zum Yoga-Kurs.

Zwischen Obstteller und Birchermüsli schaltete ich mein Mobiltelefon ein und registrierte, dass Toby bereits zweimal versucht hatte, mich zu erreichen.

»Hast du was herausgefunden?« Ich kippelte mit dem Küchenstuhl nach hinten und langte mit ausgestrecktem Arm nach Block und Kugelschreiber, die auf der Arbeitsplatte hinter mir lagen.

»Warte kurz.« Ich hörte, wie er das Telefon auf einen harten Untergrund legte, sich ein paar Schritte entfernte und eine Tür schloss. Er saß schon im Büro. »Ja, habe ich«, meldete er sich zurück. »Deine Zielperson telefoniert mit einer Prepaid-Karte.«

»Ich hab's befürchtet.«

Das war die denkbar ungünstigste Ausgangslage. Zwar waren die Anbieter von Guthabenkarten gesetzlich verpflichtet, vor Freischaltung der Karte den Namen, die Adresse und das Geburtsdatum des Kunden aufzunehmen, obwohl sie diese Angaben für die Erbringung ihrer Dienste eigentlich nicht bräuchten. Datenschutzrechtlich eine fragwürdige Praxis, die uns Ermittlern aber die Arbeit enorm erleichtern konnte – zumal wir einen direkten Online-Zugriff auf eine zentrale Kundendatenbank hatten. Allerdings ließen sich nur wenige Kiosk- und Discounter-Angestellten einen Personalausweis vorlegen, um die Angaben zu überprüfen. Richtig kompliziert wurde es, wenn die Prepaid-Karte im Ausland angeschafft worden war.

Auch Toby behielt seine Euphorie unter Kontrolle. »Die Karte ist erst vor zehn Tagen gekauft worden«, berichtete er. »Kann natürlich gestohlen sein.«

»Das lässt sich schnell herausfinden«, sagte ich, obwohl ich wusste, dass diese Masche bei schwerwiegenden Delikten nicht unüblich war. Auch wir hatten schon erlebt, dass bewaffnete Polizeieinheiten das Haus eines mutmaßlichen Bankräubers umstellt hatten, um herauszufinden, dass sie es mit einer fünfundsiebzigjährigen Rentnerin zu tun hatten, deren Handy verloren gegangen war und den Weg auf einen Flohmarkt gefunden hatte.

»Du stehst doch zu deinem Wort, Femke?« Toby sprach wieder mit diesem nervösen Unterton, den ich schon am Freitag vernommen hatte.

»Mach dir keine Sorgen!«, beschwichtigte ich ihn. »Ich habe dir mein Wort gegeben. Darauf kannst du dich verlassen.«

»Danke. Ich will nicht, dass mich die Sache mein Leben lang verfolgt.«

»Wird sie nicht. Es kann aber sein, dass ich deine Hilfe noch mal in Anspruch nehmen muss.«

Am anderen Ende der Leitung vernahm ich einen verzweifelten Seufzer. »Wohnst du eigentlich noch immer in der Dijonstraße?«, fragte Toby.

Da ich nicht vorhatte, einen Kollegen in die düsteren Niederungen meines Privatlebens einzuweihen, antwortete ich knapp mit: »Ja.«

Toby ließ sich von mir die Hausnummer bestätigen und schlussfolgerte nüchtern: »Dann spionierst du entweder gerade deiner Nachbarin nach, oder du verarschst mich.«

Es dauerte einige Sekunden, ehe meine Rezeptoren Tobys Worte verarbeitet und mit Bedeutung versehen hatten. »Was für ein Miststück!«, platzte es aus mir raus. Sie hatte doch tatsächlich den Mumm besessen, meine Anschrift einzutragen! Sie hatte sie bereits gehabt, bevor sie mich in Neuharlingersiel aufgesucht hatte. Das wusste ich. Doch wie lange schnüffelte sie mir schon hinterher?

»Alles in Ordnung?«, wollte Toby wissen. »Bist du noch dran?«

»Anscheinend versucht jemand, mich zu linken.« Ich bemühte mich, mir meine Wut nicht anmerken zu lassen. »Ihr Name?«

»Der wird dann wohl auch gefälscht sein.«

»Muss nicht.«

»Wenn nicht, muss deine Betrügerin aber noch fleißig an ihrer Kriminellenkarriere arbeiten. Professionell wäre das nicht.«

»Das könnte sogar sehr professionell sein«, widersprach ich und nahm den Kugelschreiber wieder zur Hand. »Vielleicht will sie ja, dass man sie identifiziert.«

27

Bis dreizehn Uhr war noch etwas Zeit, und so überbrückte ich sie mit einem Besuch an meiner alten Wirkungsstätte.

Seit den tödlichen Schüssen hatte ich den dreigeschossigen, dunkelroten Backsteinbau auf dem ehemaligen Kasernengelände nicht mehr betreten. Frank hatte mich ermutigt, mich langsam wieder an meine alte Umgebung heranzutasten. Er war überzeugt davon, dass mir eine Aufgabe und ein geregelter Tagesablauf guttun würden – wenn sie mich ließen.

Vermutlich hatte er recht. Früher oder später musste ich nach vorne sehen und entscheiden, wie es weitergehen sollte. Auch wenn diese Entscheidung noch weit in meiner Zukunft lag, hatte ich beschlossen, dass es wenigstens an der Zeit war anzufangen, die Vergangenheit zu bewältigen. Ein Versuch war es wert.

Eine Putzfrau, die mein Gesicht offenbar noch kannte, grüßte mich freundlich und hielt mir die Tür zum Block F auf. Mit zittrigen Knien ging ich die Stufen nach oben und atmete den vertrauten Geruch von kaltem Stein und Bohnerwachs ein. Die Flure der Kommissariate, die im Stadtstaat gleichzeitig die Aufgaben des Landeskriminalamtes wahrnahmen, waren verwaist. Die meisten Kollegen saßen wahrscheinlich gerade in der Frühbesprechung. Den Zeitpunkt meines Besuches hatte ich bewusst gewählt.

Vor dem Eingang zu meinem Büro verharrte ich ein, zwei Minuten, so lange, bis sich mein Herzschlag normalisiert hatte. Vorsichtig öffnete ich die Zimmertür.

Es war ganz anders, als ich erwartet hatte. Meine Hände waren feucht und zitterten, aber die befürchteten Bilder blieben aus.

Keine blutverschmierte Spieldecke auf dem Boden. Kein wild im Raum verteiltes Spielzeug. Keine Blutspritzer an der Wand. Keine Schreie. Ich hatte die Bilder ausgeschlossen, und sie waren vor der Tür geblieben, zurückgelassen in meinen nächtlichen Albträumen.

Stattdessen starrte ich auf den graublauen Teppich. Die zitronengelben Wände. Auf die Buchenmöbel, die ich immer verabscheut hatte, mit ihren glatten, gerundeten Oberflächen. Das Bücherbord neben dem Fenster. Der große Aktenschrank. Die zwei roten Besucherstühle vor meinem Schreibtisch. Darauf die Fotos von Jörg und Paul.

Es war, als wäre ich nie fort gewesen. Als wäre nie etwas passiert.

Ich zuckte zusammen, als die Tür zum Nachbarzimmer geöffnet wurde. Durch den offenen Durchgang sah ich, wie Lothar Hemmer sein Büro betrat.

Überrascht schaute er zu mir herüber. »Femke! Wieder da?«

Ich probierte ein Lächeln. »Hi.«

»Du darfst nicht hier sein. Die Innenrevision ermittelt noch.«

»Ich will nur meine persönlichen Sachen holen. Fotos und so.«

»W-weiß nicht, ob das so schlau ist.« Lothar Hemmer war ein Ermittler mit mehr als vierzig Jahren Berufserfahrung, Leiter unzähliger Sonderkommissionen. Aber diese Begegnung schien ihn zu überfordern.

»Hast du einen Kaffee für mich?«, versuchte ich, uns und die Situation zu entspannen.

»Was? Na gut, komm rein und setz dich!«

Gegen Ende seines Berufslebens war Lothar Hemmer müde geworden. Bedingungsloser Einsatz, Fälle, die an die Grenzen der persönlichen Vorstellungskraft gingen, und durchgearbeitete Nächte hatten Spuren auf seinem Gesicht und in seinem

Leben hinterlassen. Seine Frau hatte ihn schon vor Jahren verlassen, der Kontakt zu seiner Tochter und der Enkelin war oberflächlich und sporadisch.

Seit ungefähr zehn Jahren war Lothar Hemmer trocken, doch nach seiner Schussverletzung Ende der Neunzigerjahre hatte er plötzlich angefangen zu stottern. Selten, aber es war da. Das Stottern war nicht störend, und es behinderte ihn nicht. Es reichte nicht einmal aus, um sich über ihn lustig zu machen. Aber niemand hatte eine Erklärung für den Sprachfehler, der sich meist dann einschlich, wenn Hemmer unter Stress stand oder sich in einer Situation unwohl fühlte. Nur in meiner Gegenwart kamen die Laute meist flüssig und ohne Unterbrechung aus seinem Mund. Fühlte er sich mir überlegen? Oder waren wir einfach noch immer in der Rollenverteilung gefangen, die uns seit meiner Ausbildung anhaftete? Ich, die wissbegierige, grünohrige Nachwuchspolizistin. Und er mir gegenüber der alte, erfahrene Hase, der mir zeigen konnte, wo es langging in der Welt der Kriminologie?

»Andreas ist tot«, sagte ich.

Er sah mich fragend an.

»Hab in der Zeitung darüber gelesen. Du hättest mich befragen können.«

»Warum hätte ich das tun sollen?«

»Weil du wusstest, dass wir uns kannten.«

»Das ist wie lange her? Zwanzig Jahre? Neunzehn?«

»Hat mich nur gewundert.«

»Um ehrlich zu sein, hatte ich kurz mit dem Gedanken gespielt. Aber ich dachte, du hättest momentan ganz andere Sorgen. Sagte mir, belästige die Kleine mal lieber nicht damit.« Das väterliche Lächeln stand ihm so wenig wie einer Nonne Reizwäsche.

Hemmer ging zur Kaffeemaschine, eine der alten Sorte, die

noch mit einer beigefarbenen Filtertüte und Pulver arbeitete und nicht mit überteuerten Pads. Er ergriff die halb volle Kanne und goss uns ein. Er hatte noch mehr an Gewicht zugelegt, seit wir uns das letzte Mal gesehen hatten. Wie immer war er unrasiert und nachlässig gekleidet.

»Was ist mit Andreas passiert?«, fragte ich.

»Darf ich dir nicht sagen.« Er stellte mir eine Tasse hin.

»Danke. Da ihr ermittelt, war es wohl kein Unfall.«

»Die Ermittlungen sind abgeschlossen. Spätestens Ende der Woche wirst du es erfahren.«

Ich rührte einen Schuss Milch in meinen Kaffee. Er schmeckte genauso abgestanden, wie das Büro, in dem ich saß, aussah. »Andreas hat im Prozess gegen Bernd Noack ausgesagt.«

»Das musst du mir nicht erzählen. Ich habe die Kommission damals geleitet.«

»Ist lange her.«

»Den Fall vergesse ich nicht.«

Auch das war mir bekannt. Der Fall Anja und Lena Weitz hatte Lothar Hemmer genauso gezeichnet wie mich und alle anderen, die privat oder beruflich daran gekettet gewesen waren.

»Wann wusstest du, dass du den Mörder von Anja und Lena hattest?«

Er dachte einen Augenblick nach und antwortete dann mit Nachdruck: »Als ich ihm das erste Mal gegenübersaß.« Zielstrebig griff er in die Innentasche seines ausgebeulten Tweed-Jacketts und holte eine halb leere Packung Lucky Strike hervor. Dass in allen Gebäuden Rauchverbot herrschte, hatte ihn noch nie interessiert. Immerhin öffnete er das Fenster. Auch dass draußen Minusgrade herrschten und ich schon nach einer Minute fror, war ihm egal. »Noack war überheblich, arrogant, seiner Sache viel zu sicher. So ein gelecktes Schwachhauser Berufssöhnchen. Aber was erzähle ich? Du kanntest ihn.«

»Du hattest mir mal beigebracht, dass der erste Eindruck meistens täuscht.«

»Nicht bei ihm. Schon im ersten Verhör hat er sich in Widersprüche verstrickt. Wie es ausging, wissen wir.«

»Glaubst du immer noch, dass er auch das Baby getötet hat?«

»Warum hätte ich meine Meinung ändern sollen?«

»Weil ihr die Leichen nie gefunden habt.«

»Die haben wir nicht gefunden, weil er sie hat verschwinden lassen und weil das Schwein bis heute schweigt.« Hemmer nahm einen tiefen Zug. »Er weiß, warum. Er weiß, welche Macht er besitzt – über ihren Vater, über mich und …« Er zeigte mit dem Zeigefinger auf mich. »… über dich.« Mit seinem Finger vollführte er kreisende Bewegungen. »Über uns alle.«

Lothar Hemmer hatte nie verwinden können, dass Bernd Noack auch nach seiner Verurteilung über den Verbleib der Leichen geschwiegen hatte. »Dieses eiskalte Schweigen …« Er machte eine Pause und holte tief Luft. »An diesem Schweigen sind Leute zugrunde gegangen.« Ich glaube, er meinte sich.

Ich nickte und startete einen neuen Versuch: »Aber was, wenn er das Baby am Leben gelassen hat?«

Er lachte laut auf. »Wie hätte das gehen sollen? Wie hätte ein so kleiner Wurm allein überleben sollen?«

»Noack hätte Lena mitnehmen können. Er hatte Zeit genug, sie auszusetzen, vor einer Klinik oder einem Waisenhaus.«

»Dazu fehlte ihm die Menschlichkeit. Außerdem haben wir alle Einrichtungen überprüft.«

»In Bremen, ja. Er hätte sie aber von hier fortbringen können.«

»Nein, Femke, das ist Unsinn. Gib die Hoffnung auf! Du weißt, was passiert ist. Du hast die Verhandlung selbst mitverfolgt und kennst alle Protokolle.« Hemmer zog die Augenbrauen zusammen. »Warum stellst du auf einmal diese absurden Fragen?«

»Ich hatte in den vergangenen Monaten viel Zeit zum Nachdenken.« Das war Wahrheit und Lüge zugleich.

»Ich könnte den Rest meines Lebens nur Zeit zum Nachdenken haben … An diesem Urteil würde ich nie zweifeln.«

»Das habe ich auch gedacht.«

»Und ich bin mir sicher, irgendwann wird er sprechen. Weißt du, es gibt nur eine einzige Sache, die mich in diesem Scheißjob hält: Ich will erleben und dabei sein, wie er auspackt. Die Hoffnung habe ich nicht aufgegeben.«

»Dir bleibt nicht mehr viel Zeit«, sagte ich. »Wann wirst du pensioniert? In zwei Jahren?«

»Drei.«

»In drei Jahren. Und Bernd Noack sitzt noch immer im Gefängnis und ergötzt sich an seinem Schweigen. Er wird es nicht brechen.«

Lothar Hemmer drückte die Zigarette aus, zog eine neue aus der Packung und zündete sie an. »Kriminalhauptkommissarin Femke Sundermann, ich werde dir jetzt mal was sagen. Du meinst, dass du alles über diesen Fall weißt, nur weil du persönlich involviert warst. Du glaubst, dich besser auszukennen als jeder andere, der sich jemals mit diesem Fall beschäftigt hat. Und warum? Aus gefühlsduseliger Anteilnahme. Weil Anja Weitz deine beste Freundin war und Lena dein Patenkind. Die notwendige Distanz fehlte dir von Anfang an, von dem Augenblick an, als wir die Vermisstenmeldung herausgegeben haben. Nein, du schaust nicht aus der Vogelperspektive auf die ganze Szenerie, du stehst mit der Nase zu dicht davor. Deine süße kleine Nasenspitze berührt die Toten. Du siehst nur, was du sehen willst. Und trotzdem glaubst du, alles über Anja Weitz, Lena Weitz und Bernd Noack zu wissen.«

Ich richtete mich in dem engen, unbequemen Besucherstuhl auf. »Ich weiß eine ganze Menge«, verteidigte ich mich gegen seinen unfairen Angriff. »Mag sein, dass ich befangen bin. Aber ich kenne die Fakten, und die lassen Raum für Zweifel.«

»Fakten?«, äffte Lothar Hemmer mich nach. »Lehn dich zurück und entspann dich!« Er sah mich mit ernster Miene an. »Denn ich werde dir jetzt einmal einen Fakt über Bernd Noack erzählen, den du noch nicht kennst.«

28

Dr. Da-Jeong Lee hatte den ganzen Montagvormittag damit zugebracht, einer verwesten Moorleiche menschliche Züge zurückzugeben.

Die Form des skelettierten Schädels und der rechtsmedizinische Bericht lieferten ihr die entscheidenden Anhaltspunkte über die Beschaffenheit des Gesichts.

Den Schädel hatte sie mit breiten Knetmassestreifen belegt. Eine spezielle Schiene sorgte dafür, dass die Schichten die richtige Dicke aufwiesen. Jeden Arbeitsschritt hielt Da-Jeong Lee mit der Kamera fest und dokumentierte alle Verwandlungsphasen in einem digitalen Tagebuch.

Ebenfalls auf ihrer Festplatte lagerten Fotos von Gesichtsausschnitten – Münder, Augen, Wangen, Haaransätze, Kinne –, die sie von Arbeitskollegen und Freunden gemacht und von Fremden im Internet gesammelt hatte. Die katalogisierten Bilder lieferten Ansatzpunkte für den kreativen Part ihrer Arbeit. Denn als Nächstes ging es an die Modellierung der Gesichtszüge.

Eine Arbeit, die Wochen in Anspruch nehmen würde.

Zum Glück saßen ihr bei diesem Projekt weder die Kripo noch ihr Chef im Nacken. Die Rekonstruktion der Moorleiche hatte mehr historischen als kriminalistischen Wert. Die Leiche hatte schätzungsweise eintausend Jahre in einem der unzähligen Moorfelder im nördlichen Bremer Umland gelegen. Da würde sie ein paar weitere Wochen in den klimatisierten Räumen im Hotel Rechtsmedizin gut aushalten können.

Da-Jeong legte den Plastikspachtel beiseite, setzte sich an ihren Rechner und rief das E-Mail-Programm auf.

Die erste Mail war von Lennart. Den ganzen Vormittag hatte er sich noch nicht bei ihr sehen lassen, was eher ungewöhnlich war. Seiner kurzen, knappen Mail vom Sonntag entnahm sie, dass er sich das ganze Wochenende mit der Brandleiche aus dem Blockland beschäftigt hatte. Da-Jeong war überrascht, denn ihre gemeinsame Arbeit an dem Fall war doch eigentlich längst abgeschlossen. Sie schickte ihm das Dokument, um das er sie gebeten hatte, und beförderte die E-Mail in den virtuellen Papierkorb.

Nachdem Lennart Maaß seine Stelle in Bremen angetreten hatte, musste er feststellen, dass Spezialanfragen der Kriminalpolizei und der Staatsanwaltschaft und häufig auch andere rechtsmedizinische Aufträge immer wieder an andere Institute gingen. Kurzerhand richtete er einen neuen Fachbereich für Gesichtsweichteilrekonstruktionen ein und holte Da-Jeong, die er ein Jahr zuvor auf einem Medizinerkongress kennengelernt hatte, als wissenschaftliche Mitarbeiterin an die Weser.

Dr. Da-Jeong Lee war vor fünfunddreißig Jahren als Lee Da-Jeong in Seoul geboren worden. In Korea wird der Nachname dem Vornamen vorangestellt. Ihre ersten zwei Lebensjahre hatte sie in einem Waisenhaus verbracht, bis sie von einer Wilhelmshavener Familie adoptiert und nach Norddeutschland geholt worden war. Obwohl der Koreakrieg zu dieser Zeit schon Jahrzehnte vorbei und das Land eine reiche Industrienation geworden war, exportierte es weiter Säuglinge ins Ausland – so viele wie kein anderes Land der Erde.

Da-Jeong bekam einen deutschen Namen, deutsche Freunde und deutsche Feinde, die sie in der Schule wegen ihrer Hautfarbe und ihrer Augen hänselten. Sie trat in den Boßelverein ein und engagierte sich in der Freiwilligen Feuerwehr.

Nach dem Abitur wurde ihr Drang, mehr über die eigene Herkunft zu erfahren, so schmerzhaft, dass sie mit fünfzig anderen Koreanern eine Einladung des koreanischen Außenministeriums annahm, in der alten Heimat nach ihren Wurzeln zu forschen.

Aber Da-Jeong wurde nicht fündig. Ihre Babyakte gab nicht mehr her als eine Auflistung ihrer Essgewohnheiten und ihres Gesundheitszustandes.

Sie blieb im Land, nahm ihren Geburtsnamen in westlich angepasster Reihenfolge an, studierte Kunst und koreanische Kultur. Als nach fünf Semestern noch immer kein Lebensziel in Sicht war, brach sie das Studium ab, flog nach Berlin und schrieb sich für Medizin ein. Nach einem Vortrag über die Techniken der Gesichtsweichteilrekonstruktion, den ein kalifornischer Rechtsmediziner an ihrer Uni gehalten hatte, wusste sie, wie sie die in ihr schlummernden künstlerischen und wissenschaftlichen Talente am besten kombinieren konnte. Vor allem aber konnte sie nun daran mitwirken, verlorene Identitäten wiederherzustellen. Die Suche nach der eigenen Identität war ein Thema, dass Da-Jeong Lee auch Jahre nach ihrem Korea-Aufenthalt immer wieder beschäftigte und wahrscheinlich ein Leben lang begleiten würde.

Also spezialisierte sie sich auf diese Fachrichtung, die in Deutschland nur wenige Wissenschaftler beherrschten.

An einem neuen Standort einen eigenen Bereich aufzubauen, hatte seinen ganz besonderen Reiz. Auch wenn Aufträge und Prioritäten wie überall in der Rechtsmedizin nicht planbar waren, so ließ ihr Lennart Maaß den größtmöglichen Freiraum, ihre Arbeit eigenständig zu organisieren. Weil Da-Jeong aber wusste, dass Lennart auf Vertrauensbrüche unberechenbar reagieren konnte, hatte sie beschlossen, jenen kleinen Geheimauftrag für sich zu behalten. Da-Jeong Lee öffnete Lennarts Outlook-Kalender, für den er allen Mitarbeitern Leserechte gewährte, und vergewisserte sich, dass sein Außentermin im Krankenhaus Links der Weser nicht abgesagt worden war.

Erst dann las sie die E-Mail vom Samstagvormittag. Im Anhang fand sie das Foto der jungen Frau, die sich als Lena Weitz ausgab, und einen Scan von Lenas Babyfoto als JPEG-Dateien. Die Qualität der Bilder war mäßig. Insbesondere das neuere war zu unscharf, was der fahrigen Situation und den Lichtverhältnissen im Café geschuldet war. Ob Da-Jeong damit arbeiten konnte, würde sich erst noch herausstellen.

Sie sah auf den unfertigen Moorleichenschädel, dann auf die Uhr und beschloss, ihre Mittagspause zu opfern.

Im ersten Arbeitsschritt musste sie sich mit dem Babyfoto befassen. Sie speicherte das Bild auf der Festplatte und rief eine Spezialsoftware auf, die sie bei der Modellierung und Animation von Gesichtern und Kopfmodellen unterstützte. Das Morphing-Tool, mit dem man Menschen künstlich altern lassen konnte, setzte sie immer dann ein, wenn sich die Kripo ein Bild davon machen wollte, wie ein Straftäter oder eine vermisste Person nach mehreren Jahren aussehen könnte.

Beim Morphing wurde mithilfe eines Algorithmus der Übergang von einem Bild auf ein anderes berechnet. Der Schritt von der Vorlage zum Zielbild wurde dabei so wirklichkeitstreu wie möglich gestaltet. Weltberühmt wurde das Verfahren Anfang der Neunzigerjahre durch Michael Jacksons Musikvideo *Black or White*, in dem nacheinander die Gesichter von Menschen verschiedener ethnischer Herkunft verschmolzen, und durch den Film *Terminator 2*, in dem sich ein Android in einen Menschen verwandelte.

In der kriminalistischen Anwendung konnten vor allem bei der Suche nach vermissten Erwachsenen erstaunlich brauchbare Ergebnisse erzielt werden. Bei Kindern war es schon schwieriger. An Säuglingsfotos hatte Da-Jeong das Verfahren noch nicht ausprobiert.

Die Kunst bestand darin, eine Zielbildvorlage zu erstellen, die sich nicht allzu sehr von der Ursprungsvorlage unterschied – was bei einem Säugling und einer erwachsenen Frau von achtzehn Jahren schon mal eine enorme Herausforderung darstellte.

Der Morphing-Prozess vollzog sich in zwei Teilschritten: Zunächst reduzierte Da-Jeong den Bildausschnitt auf das Gesicht und setzte Bildpunkte an den markantesten Stellen – Augen, Mund, Nase und Kinn. Mithilfe der *Warping*-Funktion verzerrte sie die ausgewählten Bildpunkte so, dass jeder Position eine neue Markierung innerhalb des Quellbildes zugeordnet wurde.

Im zweiten Schritt überführte Da-Jeong die Positionen jedes einzelnen Punktes im Quellbild schrittweise an seine neue Position im Zielbild. Parallel leitete sie das *Blending* ein, indem sie die einzelnen Farbwerte vermischte, bis ausschließlich die des Zielbildes enthalten waren.

Das Ergebnis sicherte sie in einer separaten Datei.

Der detaillierte Abgleich mit dem Foto der jungen Frau aus dem Restaurant würde mehr Zeit in Anspruch nehmen.

Auf dem Flur hallten Schritte wider. Da-Jeong hielt kurz inne. Der dynamische Gang war unverkennbar. Lennart war zurück. Schwere, dumpfe Schritte, die seiner Größe und dem trainierten Körper geschuldet waren, dennoch federnd in ihrer Bewegung. In wenigen Sekunden würde er in ihrem Büro stehen.

Zielgerichtet sicherte Da-Jeong die letzten Arbeitsschritte und erstellte ein *Backup*. Die Tür wurde geöffnet, und Lennart trat ein. Bevor sie die Programme schloss, sah sie noch einmal auf den Bildschirm und war sich nicht sicher, ob ihrer Auftraggeberin das Ergebnis gefallen würde.

29

Die junge Frau hatte mir den Rücken zugewandt, als ich um kurz nach eins auf den verabredeten Treffpunkt zulief.

Der *Stern* war ein stark befahrener Verkehrskreisel mit der höchsten Unfallrate der Stadt, nicht weit von unserer Schwachhauser Wohnung entfernt. Oder musste ich schon schreiben: *von Jörgs Wohnung*?

An seiner Nordflanke grenzte der Stern an den Bürgerpark, Bremens grüne Lunge. Park und angrenzender Stadtwald erstreckten sich auf mehr als zweihundert Hektar nördlich des Hauptbahnhofes und boten den Städtern eine Erholungsoase mit romantischen Liegewiesen, Wäldern, Seen, urigen Kaffeehäusern und ausgebauten Joggingstrecken.

Zum ersten Mal in diesem Monat schien die Sonne, und so hätte der Treffpunkt nicht besser gewählt sein können. Der Himmel war blau und die Luft eisig klar. In der Ferne heraufziehende Schneewolken deuteten an, dass das Wetterglück nur von kurzer Dauer sein würde.

Um zu vermeiden, dass sie mich kommen sah, war ich eine Straße vorher in den Park abgebogen. Regungslos stand sie an der Bordsteinkante und beobachtete die wilden Manöver der scharf bremsenden Autos und der mutigen Fahrradfahrer, deren Wegmarkierung sich in der Mitte der Fahrbahn befand.

Ruhigen Schrittes näherte ich mich ihr von hinten. Noch immer auf Distanz, aber in normaler Lautstärke sprach ich sie mit ihrem echten Namen an: »Lisa Keller?«

Ruckartig drehte sie sich um. Überraschung und Schreck standen ihr ins Gesicht geschrieben.

»Das ist Ihr Name, richtig?«, fragte ich und wiederholte ihn: »Lisa Keller.«

»Nein, wie kommen Sie darauf?« Wie angewurzelt stand sie am Fahrbahnrand.

»Warum haben Sie sich dann umgedreht?«

Darauf antwortete sie nicht und tat es damit doch. »Sie wollten mich sprechen?«, sagte sie stattdessen.

Mit einem Nicken deutete ich auf den Parkeingang. »Gehen wir ein Stück!«

Die meisten Angestellten der angrenzenden Bürohäuser und Geschäfte hatten ihre Mittagspause in den Bürgerpark verlegt. Sie alle wussten, dass solche Sonnenphasen im Bremer Februar nicht lange anhielten.

»Wer hat Ihnen diesen Namen gegeben?«, fragte ich.

Sie machte keine Anstalten, den gesenkten Blick vom Sandweg zu lösen.

»Wir können das hier für uns beide erträglicher machen, wenn Sie akzeptieren, dass ich weiß, wer Sie sind, und wenn ich Sie ab sofort Lisa Keller nenne. Also noch mal von vorn: Von wem haben Sie diesen Namen?«

»Das weiß ich nicht genau. So haben die mich genannt, seit ich denken kann. Aber er ist falsch und hat sich immer falsch angefühlt. Jetzt weiß ich ja, dass mein richtiger Name Lena Weitz ist.«

»Wer sind ›die‹?«

Sie zuckte mit den Schultern.

»Die Leute aus dem Heim?«

»Auch«, sagte sie leise.

»Welches Heim war das?«

»Das spielt doch keine Rolle.« Ihre Stimme hatte einen genervten Klang.

»Wann wollen Sie mir meine Kamera wiedergeben?«, wechselte ich das Thema.

Sie lief weiter, ohne aufzusehen. »Ich habe Ihre Kamera nicht, Frau Sundermann.«

»Warum sind Sie dann in meine Wohnung eingebrochen?«

Mich überraschte nicht, dass sie wieder die Antwort verweigerte.

In Höhe des Schwanensees blieb ich stehen. Sie lief noch ein paar Schritte weiter, ehe sie bemerkte, dass sie sich von mir entfernte.

»Waren Sie wütend, als Sie feststellten, dass ich die Speicherkarte schon entfernt hatte?«

Sie reagierte noch immer nicht.

»Ich habe echt keine Lust mehr auf Ihre Spielchen. Und wenn Sie mir jetzt nicht auf der Stelle antworten, werde ich zur Polizei gehen. Warum wollten Sie an das Foto?«

»Ich habe Angst!«

Ich ging zwei Schritte vor und packte sie mit beiden Händen an den Schultern. »Dann sagen Sie mir endlich, wovor oder vor wem!«

»Ich kann gut auf mich aufpassen. Sie bräuchten mir nur meine Waffe zurückzugeben.«

»Es reicht!« Ich sprach so laut, dass sich die junge Frau, die vor uns einen Kinderwagen schob, erschrocken umdrehte.

Plötzlich gab Lisa Keller ihre defensive Haltung auf. Entschlossen schüttelte sie meinen Griff ab und schrie mich mit erstarkter Stimme an: »Wann merken Sie endlich, dass hier etwas nicht stimmt? Sie würden sich doch nicht ständig mit mir treffen, wenn Sie noch immer tief in Ihrem Innersten daran glauben würden, dass Lena Weitz tot ist! Sie zweifeln doch auch, Frau Sundermann. Und Sie sehen, dass ich vor Ihnen stehe. Also hören Sie auf, mir Fragen zu stellen, die uns nicht weiterbringen! Und hören Sie auf, mich mit einem Namen anzureden, der nicht mehr ist als ein Pseudonym, das mir fremde Menschen verpasst haben. Und hören Sie auf, Fotos von mir zu machen! Helfen Sie mir einfach nur herauszufinden, was damals mit mir und meiner Mutter passiert ist! Bitte!«

In einem hatte sie recht: Mittlerweile zweifelte ich an Lenas Tod. Zumindest so lange, bis meine Nachforschungen ihre Behauptungen widerlegen konnten. »Ja«, sagte ich, »ich will auch wissen, was damals passiert ist. Aber dafür benötige ich Ihre Ehrlichkeit und Aufrichtigkeit. Doch Sie lügen mich an. Und Sie weichen mir ständig aus. Und deshalb werde ich nicht lockerlassen, bis ich herausgefunden habe, ob Sie Lena Weitz oder Lisa Keller sind. Denn ganz offensichtlich wissen Sie das selbst nicht.«

Ein paar Minuten gingen wir schweigend nebeneinander her. Schließlich sagte sie: »Sie glauben wirklich, dass mein Vater mich erstickt hat?« Die Formulierung klang absurd, aber Lisa schien das nicht zu stören.

»Das wäre der schnellste und sauberste Weg gewesen, einen wehrlosen Säugling zu beseitigen«, antwortete ich.

»Er hätte den Leichnam entsorgen müssen.«

»Zusammen mit Anjas, ja.«

»Aber beide hat man nie gefunden, obwohl ein gigantisches Polizeiaufgebot ganz Norddeutschland abgesucht hat.«

Ich nickte.

»Dann die Blutspuren … War es wirklich das Blut meiner Mutter?«

»Die Rechtsmediziner waren sich da ziemlich sicher.«

»Wie lange wurde die DNA-Analyse zum Zeitpunkt des Prozesses verwendet? Drei Jahre? Vier?«

Ich musste zugeben, dass sie sich für ihr Alter detaillierte Gedanken gemacht hatte. Andererseits verwunderte das nicht, wenn man erlebte, wie sehr sie von diesem Thema besessen war.

»Zum Zeitpunkt der Verhandlung waren die Ergebnisse einer

DNA-Analyse ein zulässiges Indiz. Auch wenn ein Angeklagter nicht allein aufgrund eines genetischen Fingerabdrucks verurteilt werden durfte.«

»Die DNA-Analyse ist also nicht perfekt.«

»Oh, soweit ich das beurteilen kann, ist sie ziemlich zuverlässig. Es gibt keine bessere Methode.«

Sie hielt dagegen: »99,99 Prozent lassen noch immer 0,01 Prozent Raum für Spekulation.«

»Was wollen Sie mir damit sagen? Glauben Sie etwa, dass Anja noch lebt?«

»Können Sie beweisen, dass sie tot ist?« Weil sie offenbar keine Antwort erwartete, fuhr sie fort: »Das sind nur ein paar der offenen Fragen, auf die ich bisher keine schlüssige Antwort bekommen habe.«

»Nur ein paar?«

»Wieso hat mein Vater die Aussage ab einem gewissen Zeitpunkt verweigert?«

»Bernd Noack wurde zweifacher Mord aus niederen Beweggründen vorgeworfen«, erklärte ich. »Die Indizien waren erdrückend, sein Alibi lächerlich. Hätte er die Morde gestanden und den Ablageplatz der Leichen offenbart, hätte das nicht viel an seiner lebenslangen Strafe geändert. So aber hatte er wenigstens etwas, das sonst niemand außer ihm besaß: das Wissen um die Lage der Gräber. Dieses Wissen verleiht ihm in seinen Augen Macht.«

Die junge Frau sah vom Weg auf. »Das ist die offizielle Version, die kenne ich. Er hat mich aber am Leben gelassen. Dann hätte er, was meine Mutter betraf, auf Notwehr oder Totschlag plädieren können. Das hätte sich sehr wohl strafmildernd ausgewirkt. Warum hat er diese wichtige Information für sich behalten, wenn sie ihm doch genützt hätte?«

»Er hatte ein Mordmotiv und hat die Tat angekündigt. Aber

Sie scheinen sich ja schon lange mit dem Gedanken zu beschäftigen, also sagen Sie es mir!«

»Ich könnte mir vorstellen, dass er jemanden gedeckt hat.«

»Und wer soll dieser Jemand sein?«

»Das will ich mit Ihrer Hilfe herausfinden.«

»Ist es dieser Jemand, vor dem Sie solche Angst haben?«

»Ja.«

»Auch vor Bernd Noack?«

»Sollte ich?«

Vor uns tauchten die weiße Fassade und das ovale Kuppeldach des *Parkhotels* auf, die luxuriöseste und prominenteste Herberge der Stadt, die von Weitem einer gestauchten Variante des Capitols in Washington ähnelte.

Ich blieb stehen und erzählte ihr, was Hemmer mir am Vormittag offenbart hatte: »Bernd Noack ist vor sechs Wochen aus dem Gefängnis entlassen worden.«

30

Wie in jeder Nacht seit Pauls Tod wälzte ich mich auch in der folgenden hin und her, ohne die Ursachen meiner Unruhe ausblenden zu können. Da waren die Gedanken an mein Kind, na klar, immer wieder, eine Endlosschleife aus Schmerz, Zorn und Sehnsucht. Sie mischten sich mit Erinnerungen an mein letztes Treffen mit der jungen Frau. Ich hatte beschlossen, sie fortan Lisa Keller zu nennen – mindestens so lange, bis sie, ich oder jemand anders beweisen konnte, dass sie die vermisste Lena Weitz war.

Ich sah Lisas kühlen Blick vor mir, der weniger Überraschung ausdrückte, als ich erwartet hatte.

Ob sie bereits von Bernd Noacks Entlassung aus dem Gefängnis wusste? Sie hatte den Kopf geschüttelt.

Hatte sie Angst vor ihm? War sie sicher dort, wo sie untergekommen war? In einer hilflosen Geste hatte sie mit den Schultern gezuckt.

Dann hatte sie, wie so oft zuvor, das Gespräch abgebrochen und sich unter einem Vorwand verabschiedet.

»Helfen Sie mir?«, wollte sie zum Abschied wissen. Da lief sie bereits in Richtung Straßenbahnhaltestelle.

Ja, ich wollte uns helfen, ich war ja schon dabei. Und wenn ich ihr am Ende lediglich ihre Identität zurückgeben konnte.

Dass ich herausfinden musste, was vor achtzehn Jahren geschehen war, hatte ich mehr meiner Not zur Selbsthilfe zu verdanken als dem Drang, Lisa Keller einen Gefallen zu erweisen. Denn da war Hoffnung. Hoffnung, dass Bernd seine eigene Tochter nicht getötet hatte. Was eine solche Schuld auslösen konnte, wusste ich ja nur zu gut. Vielleicht tat ich das alles hier für Paul. Und für meinen Seelenfrieden.

Ihre kruden Theorien entfalteten, wie ich zugeben musste, längst einen suchtartigen Reiz: Hatte Bernd Noack die Taten nicht allein begangen? Wer waren die Hintermänner? Oder war Lisa wirklich Lena, und war auch Anja noch am Leben?

Vor allem aber trieb mich seit meinem Gespräch mit Lothar Hemmer ein Gedanke um: Mussten ich und alle anderen, die wir vor Gericht gegen Bernd Noack ausgesagt hatten, uns um unsere Sicherheit sorgen?

*

Ich schob das Kopfkissen, das ich fest umschlungen auf meinen Bauch gedrückt hatte, beiseite. In dem großen Bett, das bequem war und vertraut erschien und dennoch nicht meines war, kam es mir vor, als hätte ich seit dem Zubettgehen ununterbrochen an die Zimmerdecke gestarrt. Ein Blick auf den Wecker aber verriet, dass ich mindestens für zwei Stunden eingenickt sein musste.

Ich stand auf, ging ins Bad, trank einen halben Zahnputzbecher Leitungswasser und legte mich wieder hin.

Nur langsam glitten meine Gedanken zurück in die Dämmerwelt. Die nächsten Stunden sollten schlimmer werden als die vorigen.

Denn ich begann zu träumen.

Es fällt mir stets schwer, mich im Nachhinein an Einzelheiten meiner Träume zu erinnern. Nach dem Aufwachen bleiben meist nur zusammenhanglose Fetzen übrig, eine diffuse Ahnung und manchmal ein ungutes Gefühl. Aber der Traum jener Nacht war um einiges plastischer und so präsent, dass ich mir später Stichworte notierte. Er lief in etwa so ab:

Ich halte Paul im Arm. Nein, ich halte ihn nicht, ich presse ihn fest an mich. Er ist erst wenige Wochen alt, und ich stille ihn. Er saugt so schnell und so fest, dass meine Brustwarze schmerzt. Es brennt wie Feuer, aber ich ertrage den Schmerz mit mütterlicher Zufriedenheit, drücke Paul noch fester an mich, versenke meine Nase in seinem Nacken und inhaliere seinen reinen, unschuldigen Geruch. Ich liebe mein Kind über alles und weiß, dass ich es immer beschützen und niemals hergeben werde.
Während des Stillens wird Paul immer schwerer, so schwer, dass ich ihn nicht mehr halten kann. Nein! Er findet kaum noch Platz auf meinem Schoß. Aber er saugt und saugt, und ich muss meine Zähne zusammenbeißen, weil ich denke, dass es sonst gleich meine Brust zerreißt. Wie ist er so schnell so groß und stark geworden? Er ist noch immer ein Baby, doch er entgleitet mir. Ich kann ihn nicht mehr halten! Ich verliere mein Kind! Ich schreie auf, als er hintenüberkippt und Richtung Boden fällt. Es trennen uns mindestens fünf Meter von den Steinfliesen. Ich rufe ihm hinterher und sehe gerade noch, wie er auf alle viere fällt. Ich will hinterherspringen, aber irgendetwas hält mich an meinem Stuhl fest. Ich rufe seinen Namen. Paul! Paul! Ist alles in Ordnung? Hast du dir wehgetan? Dann – endlich! – höre ich sein glucksendes Lachen. Gott sei Dank, denke ich, er ist nicht verletzt!
Ich strecke die Arme aus, will ihn wieder hochheben, aber er ist so weit weg, so weit da unten. Wieder rufe ich seinen Namen. Er steht auf. Er ist noch ein Baby, doch er kann stehen! Auf beiden Beinen! Endlich dreht er sich um. Und er sieht mich an. Und wieder schreie ich. Sein Gesicht! Sein Gesicht ist nicht mehr da! Er ist noch mein Baby, aber er hat kein Gesicht! Wo seine Augen sein müssten, sein Mund, seine Nase, ist nur eine große, ebene Fläche rosiger Haut.

Dann dreht er sich wieder um und läuft. Er läuft vor mir davon! Ich muss hinterher, doch noch immer hält mich etwas auf meinem Stuhl fest. Dreh dich um, Paul, rufe ich, dreh dich um! Komm zu Mama! Aber er läuft weiter.
Schließlich kann ich mich losreißen, springe hinab und laufe hinterher, doch ich kann ihn nicht einholen. Und er … er wird immer größer … Paul wächst im Laufen. Plötzlich ist er so groß wie ein zweijähriges Kind, dann wie ein vierjähriges, und er läuft immer schneller, ich hinterher. Ich höre sein Lachen, er will Fangen spielen, aber er lässt mir gar keine Chance.
Endlich bleibt er stehen, dreht mir seine gesichtslose Vorderseite zu und winkt mich heran. Ich stolpere hinter ihm her. Je näher ich komme, desto schärfer kommen die Gesichtszüge zurück. Zuerst ein schemenhafter Mund, angedeutete Augen, zarte Nasenlöcher. Endlich habe ich ihn eingeholt. Mein Kind ist jetzt so groß wie ich!
Paul ist kein Junge mehr. Vor mir steht ein hochgewachsenes Mädchen. Als ich es umarmen will, verzerrt sich das Gesicht zu einer bösen Fratze. Aus den Augen schießen Blutfontänen, der Mund ist weit aufgerissen. Sie schreit. Es ist ein Ton, der mir durch Mark und Bein geht – wie die Räder eines Eisenbahnzuges auf rostigen, alten Schienen –, ein greller, schriller, nicht enden wollender Schrei.

Einen Moment später wachte ich auf.

31

Der Traum fand kein Ende. Das Schreien wollte nicht abebben.

Orientierungslos tastete ich mich in der Dunkelheit auf dem schweißfeuchten Bettbezug vor. Ich brauchte eine Weile, um zu realisieren, wo ich war, und um zu verstehen, dass nicht das Mädchen schrie und auch kein Zug bremste.

Das Schrillen kam von meinem Handy. Der Retro-Klingelton imitierte das Läuten eines alten Wählscheibentelefons. Ungläubig betrachtete ich die Anzeige. *5:45*!

Das Telefondisplay zeigte eine Bremer Festnetznummer an, die ich weder kannte noch auf Anhieb zuordnen konnte. Da ich nicht mehr im Dienst war, musste im Privaten etwas Schlimmes passiert sein. War meinen Eltern etwas zugestoßen? Jörg?

Ich versuchte, mich zu sammeln und die letzten Überbleibsel des verwirrenden Traumes zu verscheuchen, bevor ich mit klopfendem Herzen das Gespräch annahm.

»Wir müssen reden!« Die Stimme war mir vertraut. Sie klang mehr als gereizt.

»Lennart?« Jetzt war ich noch verwirrter. Und wütend. »Hast du noch alle Latten am Zaun? Es ist Viertel vor sechs!«

»Eben, und ich will endlich Feierabend machen.«

»Deine Assistentinnen sind nicht zu beneiden«, entgegnete ich. »Das wird eurem Betriebsrat nicht gefallen.«

»Ich bin allein«, antwortete er, »und um mich muss sich der Betriebsrat keine Sorgen machen.« Sein Tonfall hatte nichts von der Giftigkeit des ersten Satzes eingebüßt.

»Manche Menschen muss man vor sich selbst schützen.«

»Hervorragende Überleitung zum Anlass meines Anrufs, *merci.*«

»Ich soll dich schützen?«

»Nein, du sollst bleiben, wo du bist. Femke, wenn du noch einmal das Büro von Dr. Lee betrittst oder sie anrufst oder sonst wie mit ihr in Kontakt trittst, werde ich dir Hausverbot auf Lebenszeit erteilen!«

»Und wie komme ich zu dieser VIP-Behandlung?«

»Komm, lass die Spielchen, Femke, ich will ins Bett. Du weißt, worum es geht.«

»Ja, dann können wir ja auflegen. Aber nett, dass du mir die frohe Botschaft persönlich überbracht hast.«

»Ich war noch nicht fertig.«

»Ich bin ganz Ohr.«

»... *es sei denn* ... So sollte der Satz weitergehen ...«

»Noch einmal von vorn. Ich schlafe noch halb.«

Ich hörte Lennart tief durchatmen. »Du hörst sofort auf, meine Mitarbeiter mit deinen obskuren Privatanfragen zu belästigen, sonst wird das weitreichende Konsequenzen haben. *Es sei denn*, du erzählst mir alles. Ich will wissen, woran du arbeitest, wer involviert ist und warum die Ermittlungen nicht offiziell sind.«

»Oh, der Herr stellt Bedingungen!«

»Mit denen du leben können solltest, finde ich.«

»Warum interessiert dich, woran ich arbeite?«, wollte ich wissen.

»Du glaubst nicht ernsthaft, ich treibe mich um diese Uhrzeit zum Spaß im Institut herum?«

»Um ehrlich zu sein: Eigentlich hatte ich dich genau so eingeschätzt. Aber wenn dem nicht so ist: Warum arbeitest du mitten in der Nacht? Und warum allein? Ich dachte, das sei ein Rechtsmediziner-Klischee aus schlechten Krimis.«

»Ich seziere ja nicht. Aber ich schlafe schlecht. Und es gibt hier etwas, über das ich mir erst einmal klar werden muss, bevor das den Weg in die Akten findet. Doch dafür brauche ich mehr Informationen. Hemmer ist keine große Hilfe.«

Ich war nicht wirklich überrascht. »Was ist mit Hemmer?«

»Das muss ich dir in Ruhe erzählen. Also: Teil eins meiner Bedingungen hast du verstanden.«

»Ah, es geht noch weiter …«

Lennart ignorierte meinen ironischen Tonfall. »Sollte sich mein Verdacht erhärten, dass Andreas Hebestreits Tod kein Zufall war, wirst du umgehend deine illegalen Arbeiten einstellen und dein gesamtes gesammeltes Wissen der Mordkommission zur Verfügung stellen. Wie es sich gehört.«

Ich wollte protestieren, aber ein anderes Stichwort hatte meine Aufmerksamkeit gekapert. »Andreas?«

»Kann ich dir am Telefon nicht erklären. Komm heute Mittag in mein Büro.«

»Das geht nicht«, protestierte ich, »bis ungefähr vierzehn Uhr muss ich zu meiner Suspendierung aussagen.«

»Dann eben um vierzehn Uhr fünfzehn. Gute Nacht und guten Morgen.«

Lennart hatte aufgelegt.

32

Der Albtraum ließ mich auch fünf Stunden nach dem Aufwachen nicht los. Die Erinnerung daran war inzwischen so gut wie verblasst, nicht aber die Furcht, die sich in mir eingebrannt hatte wie ein Tattoo. Zum wiederholten Male an diesem Vormittag sagte ich mir, dass Paul und das Mädchen aus dem Traum nicht real waren. Und obwohl ich wusste, dass sie fort waren und vermutlich nicht wiederkommen würden, hörten meine Hände nicht auf zu zittern.

Ich saß am Steuer meines Volvos, auf dem Weg ins Präsidium – um Aussagen zu tätigen, die sie längst von mir gehört hatten, und um zu erfahren, wie meine unwürdige berufliche Existenz ein für alle Parteien einvernehmliches Ende finden würde.

Statt meine Alltagsjeans zu tragen, hatte ich mich für den einzigen Hosenanzug, den ich besaß, entschieden. Weniger, weil ich mir erhoffte, Eindruck zu schinden und längst gefällte Urteile zu revidieren, sondern weil ich fand, dass es für diesen formellen Anlass angemessen war.

Dieses Mal musste ich mich nicht hereinschleichen, sondern meldete mich wie eine vorgeladene Zeugin in dem kleinen Flachbau, der gleichzeitig als Polizeidienststelle diente. Der Pförtner war ein untersetzter aschblonder Hüne, der offensichtlich viel zu selten das Tageslicht erblickte. Unmotiviert händigte er mir eine Besuchermarke aus und teilte mir mit, ich sollte mich im Vorzimmer des Direktionsleiters melden. »Den Weg kennen Sie ja«, murmelte er, ohne noch einmal aufzuschauen.

Zu meiner Überraschung wurde ich nicht in einen Besprechungsraum geführt. Stattdessen bat mich die Sekretärin des Direktors, im Vorzimmer zu warten. Na klar, die mussten sich vorbesprechen, die Untersuchungsergebnisse studieren, die Rollen verteilen. *Good cop, bad cop*. Man kennt das ja.

Nach einer Viertelstunde öffnete sich die Tür, und Martin Holzinger, Direktionsleiter der Kriminalpolizei und des Landeskriminalamtes, trat heraus. Ich hatte Holzinger als stillen, abwägenden Chef kennengelernt, impulsiver Aktionismus war ihm fremd. »Tut mir leid, dass Sie warten mussten«, entschuldigte er sich und winkte mich zu sich, »kommen Sie.«

Der ersten Überraschung folgte eine zweite: Im Büro saß sonst niemand. Holzinger nickte seiner Sekretärin zu, die damit offenbar den stummen Befehl entgegengenommen hatte, keine Anrufe durchzustellen, und schloss die Tür. Wir setzten uns an den Besprechungstisch.

Martin Holzinger war fast zwei Meter groß, ein hagerer Mann mit hoher Stirn und kurz geschorenem Resthaar. Geboren in Bayern, war er als Polizeischüler nach Norddeutschland gekommen. Zielgerichtet, schnell und erfolgreich hatte er sich innerhalb der Kriminalpolizei die Karriereleiter hochgearbeitet. Im Alter von zweiundvierzig Jahren hatte er die Stelle des Direktors von seinem pensionierten Vorgänger übernommen. Das war vor drei Jahren gewesen. Holzinger berichtete direkt an den Polizeipräsidenten und befehligte sechshundert Beamte, die für eine akzeptable Aufklärungsrate sorgten, weshalb er auf seinem gut gepolsterten Sessel sicher und bequem saß.

Demonstrativ sah ich mich in seinem Büro um.

»Sie vermissen jemanden?«, fragte er.

»Meinen Chef zum Beispiel.« Und die Mitglieder der Innenrevision und einen oder zwei Vertreter des Personalrates. Aber das sagte ich ihm nicht, denn genau genommen vermisste ich sie kein Stück.

»Wir machen das hier kurz und schmerzlos.« Wie jeden seiner Sätze brachte er auch diesen frei von Emotionen hervor. Holzinger war direkt, jedoch immer sachlich, was ihm Autorität verlieh, aber ohne dass Untergebene vor ihm kuschten.

»Ich dachte, das hier soll eine Anhörung werden«, sagte ich.

Er schüttelte den Kopf. »Mit den Kollegen von der Innenrevision hatten Sie ja schon gesprochen. Mehr wollen die gar nicht wissen.«

»Aha, das Urteil ist also schon gefällt.«

Er griff nach der Mineralwasserflasche in der Tischmitte und goss sich etwas ein. Als er bemerkte, dass mein Glas noch unangetastet war, wies er hektisch auf die überschaubare Getränkeauswahl: »Sie bedienen sich?«

Ich nickte abwesend.

»Nein, kein Urteil, wir sind doch hier nicht bei Gericht.« Er winkte ab. »Aber sie haben ihren Bericht abgeschlossen.«

Um unabhängige Ermittlungen zu gewährleisten, war das Referat 03, auch ZAKS genannt, was für Zentrale Antikorruptionsstelle stand, vor einigen Jahren direkt dem Senator für Inneres unterstellt worden. So wollte man vermeiden, dass die fünf Kriminalbeamten der Innenrevision gegen direkte Kollegen ermitteln mussten.

»Die ZAKS wird die Untersuchungsergebnisse dem Staatsanwalt zukommen lassen. Was das heißt, ist Ihnen bekannt.«

Ja, das wusste ich. Grob zumindest.

Holzinger ließ es sich trotzdem nicht nehmen, mir die Konsequenzen in aller Deutlichkeit zu skizzieren: »Erhebt die Staatsanwaltschaft Anklage und es kommt zu einer Verurteilung, hängt Ihr Arbeitsvertrag von der Höhe der verhängten Strafe ab. Werden Sie unter einem Jahr verurteilt, können Sie zurück in den Staatsdienst. Über einem Jahr, und Sie sind draußen. Kündigung. Basta.«

»Das ist eindeutig geregelt, ja.« Was sollte ich auch sonst erwidern?

Holzinger machte eine ernste Miene. »Das Risiko ist mir zu groß.«

Ich glaubte, mich verhört zu haben. »Wie bitte?«

»Ich bin der Meinung, wir können die Kirche im Dorf lassen«, sagte er. »Die Höchststrafe haben Sie längst auf sich genommen. Von dieser Last kann weder ich noch der Staatsanwalt noch der Richter Sie befreien. Höchstens der da oben.« Mit ausgestrecktem Zeigefinger deutete er in Richtung Decke. »Gleichzeitig möchte ich auf eine so gute Polizistin wie Sie nicht verzichten.«

»Freut mich, dass Sie meine Arbeit zu schätzen wissen«, antwortete ich.

»Nicht nur ich. Die ZAKS-Beamten, die einmal unsere Kollegen waren, sehen das genauso. Und der Staatsanwalt.«

»Welcher?«

»Das muss Sie nicht interessieren. Was für Sie aber interessant sein könnte, ist die Tatsache, dass wir uns in Bezug auf Ihren Fall geeinigt haben.«

»Geeinigt?« Jetzt verstand ich gar nichts mehr.

Holzinger legt den Kopf schräg und führte die Fingerspitzen beider Hände zusammen. »Ich habe dem Staatsanwalt vorgeschlagen, wie wir die Kuh vom Eis bekommen, und nach langer Diskussion war er mit meinem Vorschlag einverstanden.«

»Ich bin eine Kuh?«

»Nein, nein!« Er lachte ein unechtes Lachen. »Eher ein wertvolles Rennpferd.«

»Ein Pferd! Was sind das für merkwürdige Zirkel, in denen Sie über meine Karriere verhandeln? Das norddeutsche Viehhandelskontor?«

Holzinger ließ mich mit einem Blick wissen, dass er meine Bemerkung unangemessen fand.

Ich griff den Diskussionsfaden wieder auf: »Und worüber genau haben Sie sich verständigt? Wie wollen Sie das Rennpferd über die Ziellinie bringen?«

»Auch das muss Sie nicht interessieren. Wichtig ist, dass wir uns einig geworden sind.«

Na, das mit der unabhängigen Innenrevision klappte ja prima.

»Sie müssen lediglich ein paar Regeln befolgen«, fuhr er fort, »dann ist der Fall für uns alle erledigt.«

»Ich bin gespannt.«

»Die ZAKS hat den Bericht so wohlwollend formuliert, wie es angesichts der offensichtlichen Tatumstände ging. Der Staatsanwalt wird die Ermittlungsergebnisse prüfen. Sie kennen die dortige Arbeitsbelastung, er wird sich Zeit lassen müssen. Irgendwann wird sich die Aufregung um Ihren Fall gelegt haben. Schließlich wird der Staatsanwalt die Ermittlungen einstellen. Dann können Sie an Ihren Schreibtisch zurückkehren.«

Ich kräuselte die Stirn. »So einfach? Das ist alles?«

»Fast. Bis dahin bleiben Sie suspendiert. Ihre Dienstwaffe bleibt selbstverständlich unter Verschluss, und Sie werden sich nicht in der Nähe Ihres Büros sehen lassen. Auch jeglicher Kontakt zu Ihren Kollegen hat zu unterbleiben.« Die eh schon dunkle Tonlage seiner Stimme wanderte noch eine Etage tiefer. »Und damit meine ich wirklich jeglichen Kontakt. Haben wir uns verstanden?«

Warum ritt er so energisch darauf herum? Wusste er von meinem unangemeldeten Gespräch mit Hemmer?

»Kriegen Sie das hin?« Die Frage ließ durchblicken, dass er davon nicht überzeugt war.

»Muss ich wohl«, sagte ich und klang dabei wohl außerordentlich unmotiviert.

Denn Holzinger legte nach: »Das werden Sie müssen, ja. Halten Sie sich von hier fern! Tauchen Sie für zwei, drei Monate einfach ab. Fahren Sie in den Urlaub, weit weg. Lassen Sie sich eine Kur verschreiben. Die bewilligen die in solchen Fällen. Ach ja, eine Sache noch: Sie werden sich einer Psychotherapie unterziehen müssen.«

»Ich werde *müssen*?«

»Das ist hier keine Verhandlung, Frau Sundermann.« Er sah auf seine viel zu groß geratene Armbanduhr und schob seinen Stuhl zurück, um das Ende des Gesprächs einzuläuten. »Es geht hier um Ihre berufliche und private Zukunft. Sie kennen jetzt die Rahmenbedingungen. Halten Sie sich einfach daran, und alles wird gut. Das werden Sie doch schaffen?«

Ich nickte zögerlich, spielte aber die Zuversichtliche. »Das krieg ich hin. Bin doch ein Rennpferd, das Ziel immer vor Augen.«

»Sehen Sie!«

Holzinger konnte nicht wissen, dass meine Lüge weder eine disziplinarische noch eine moralische Bedeutung hatte. Denn er unterschlug ein entscheidendes Detail: Er hatte mich gar nicht gefragt, ob ich beabsichtigte, jemals in den Polizeidienst zurückzukehren.

33

»Warum ist Bernd Noack schon wieder auf freiem Fuß?«

Lennart beachtete mich nicht, während er sprach und gleichzeitig unablässig auf die Tastatur seines MacBooks eindrosch. *Klack-klack-klack.* »Ich dachte, der hat lebenslang bekommen.«

»Der hat sogar noch mehr bekommen.« Ich hockte im halben Schneidersitz auf dem Besucherstuhl und war von Lennart genervt. Dabei saß ich noch nicht einmal dreißig Minuten in seinem Büro. Soeben hatte ich meinen Teil der Abmachung erfüllt und eine Kurzversion von meiner, Lenas und Anjas Vorgeschichte zum Besten gegeben. »Bei ›lebenslang‹ ist nach fünfzehn Jahren normalerweise eine Freilassung möglich«, fuhr ich fort, »bei guter Führung und so weiter.«

Klack-klack-klack.

»Der Richter hat bei Bernd Noack die besondere Schwere der Schuld festgestellt. Hörst du mir eigentlich zu, Lennart Maaß?«

Klack-klack-klack.

Noch immer fühlte er sich offenbar nicht genötigt aufzusehen. »Ich höre dir zu, Femke. Wort für Wort.«

Klack-klack-klack.

»Dann hör bitte auf herumzuklimpern. Das ist unhöflich. Du nervst!«

Endlich hielt er inne und sah auf – was ich wiederum auch nicht erwartet hatte. Demonstrativ verschränkte er die Arme vor dem Oberkörper und zog eine Flunsch.

Er hatte mich rausgebracht. »Wo waren wir stehen geblieben?«

»Besondere Schwere der Schuld. Wegen des Doppelmordes, nehme ich an?«

»Und wegen der Heimtücke. Und weil das Baby wehrlos war. Und weil er bis zuletzt nicht verraten hat, wo die Leichen liegen. Stellt die Kammer die besondere Schwere der Schuld fest, ist eine vorzeitige Entlassung normalerweise erst ab dreiundzwanzig bis fünfundzwanzig Jahren möglich.«

»Die sind aber noch lange nicht um.«

»Nach fünfzehn Jahren haben Bernd und sein Anwalt den ersten Antrag auf Aussetzung der Reststrafe gestellt. Der ist abgelehnt worden.«

»Keine Überraschung.«

Meine Zustimmung signalisierte ich durch Kopfschütteln. »In der Regel kann alle zwei Jahre ein neuer Bewährungsantrag gestellt werden. Und schon beim nächsten Anlauf hat die Strafvollstreckungskammer zugestimmt.«

»Große Überraschung!«

»Eine Riesenschweinerei ist das.«

»Warum?«

Ich sah Lennart entgeistert an: »*Warum*?«

»Na ja, er wurde aufgrund von Indizien verurteilt. Die Morde konnte man ihm nicht zu hundert Prozent nachweisen. Und wenn er sich gut geführt hat, spricht eigentlich nichts gegen eine Entlassung, oder?«

»Darüber diskutiere ich nicht mit dir. Du warst nicht dabei.«

Mit beiden Händen machte er eine kapitulierende Geste.

»Okay«, sagte ich, »jetzt habe ich mich vor dir entblößt. Du kennst meine Geschichte. Bekomme ich nun meine Gesichtsfeldanalyse?«

Anstatt zu antworten, sprang Lennart von seinem Schreibtischstuhl auf, schnappte sich die Lederjacke, die über dem zweiten Besucherstuhl hing, und verließ das Büro.

»Hey!«, rief ich ihm hinterher. »Was ist mit unserer Abmachung?«

Vom Flur her echote Lennarts bassiges Timbre: »Ich sterbe vor Hunger. Kommst du?«

*

Gegenüber der Inneren Medizin lag an einer Straßenecke ein gut frequentiertes Bistro. Von dort aus sah man auf die wuchtige Klinkerfront des Zentralkrankenhauses. Ich bestellte einen Nudelauflauf, Lennart den Kasselerbraten mit Sauerkraut.

»Was ist mit Andreas?«, fragte ich, nachdem die Kellnerin zwei Bionade-Flaschen auf den Tisch gestellt hatte.

»Die Staatsanwaltschaft hat seine Leiche zur Bestattung freigegeben. Keine eindeutigen Hinweise auf Fremdverschulden. Das gefällt mir nicht.«

»Warum nicht? Sie werden sich doch wohl auf deinen Bericht bezogen haben?«

»Jetzt fang du nicht auch noch damit an! Ja, mein Bericht ist nicht ganz eindeutig. Da das Opfer ...«

»Nenne ihn Andreas«, unterbrach ich ihn, »bitte!«

»Das verstößt zwar gegen meine professionelle Überzeugung. Aber gut, dir zuliebe nenne ich ihn beim Vornamen. Also, da Andreas die tödlichen Dämpfe eingeatmet hat und ein Sedativ intus hatte, spricht sicher einiges für Selbsttötung. Doch das Feuer hat die Leiche so stark verstümmelt, dass ich nicht hundertprozentig nachweisen könnte, ob jemand nachgeholfen und die Leiche verbrannt hat. Klar, alle anderen Indizien, unter anderem der Suizidversuch vor etlichen Jahren, stützen die Selbstmordtheorie. Normalerweise würde ich mir keine weiteren Gedanken darüber machen. Meine Arbeit ist abgeschlossen.« Mit beiden flachen Händen machte er eine Geste, als wollte er die Luft durchschneiden. »Sollen sich deine Kollegen darum kümmern, meine Untersuchungsergebnisse und die anderen Ermittlungsresultate zusammenzuführen, würde ich sagen.«

»Vermutlich wäre meine Schlussfolgerung nicht anders ausgefallen.«

»Vermutlich. Aber jetzt stell dir mal vor, du hättest eine penetrante, suspendierte Kommissarin an den Hacken.«

Ich warf ihm einen missbilligenden Blick zu. »Du hast eine seltsame Art, Komplimente zu äußern.«

»Das war kein Kompliment. Also: Diese penetrante, suspendierte Kommissarin führt illegale Undercover-Ermittlungen in einem obskuren Vermisstenfall durch. Und nicht nur das. Sie war mit dem Toten, Andreas, liiert. Nervkuh hin oder her: Da schmecken mir voreilige Schlüsse einfach nicht. Die penetrante, suspendierte Kommissarin weigert sich jedoch, ihr Wissen mit der Mordkommission zu teilen, und ermittelt stattdessen lieber auf eigene Faust. Weil ich ahne, dass an dieser ganzen Geschichte etwas faul ist, ich aber nicht weiß, was ich noch machen soll, und eigentlich auch gar nichts mehr machen kann, sitze ich jetzt hier mit dir. Prost!« Er hob die Bionade-Flasche und nahm einen ordentlichen Schluck.

»Nun heul nicht rum«, sagte ich. »Was hast du herausgefunden?«

Er stellte die Flasche ab, beugte sich nach vorn und senkte die Stimme – was ich ein wenig lächerlich fand, da sich die anderen Gäste laut genug unterhielten, um einen tief fliegenden Düsenjet zu übertönen. »Die Leiche wies eine Fraktur der äußeren Schädeltafel auf.«

Ich zog die Augenbrauen zusammen. »Das ist bei extrem verkohlten Leichen nicht ungewöhnlich, oder?«

»Es kommt schon mal vor, dass die Schädeldecke als Folge der direkten Hitzeeinwirkung zerplatzt. Postmortale Hitzesprengung.«

»Klingt, als wäre die Sache klar.«

»Oder aber eben nicht.« Lennart legte den Kopf schräg. »War Andreas ein Fan amerikanischer Sportarten?«

»Was soll das jetzt wieder?«

»Baseball vielleicht?«

Ich dachte nach, konnte mich aber nur vage erinnern. »Nein, jedenfalls nicht, als ich ihn kannte. Für Mannschaftssport hatte er nichts übrig, und für die Vereinigten Staaten höchstens Verachtung. Warum fragst du mich das?«

»Weil ich am Leichenfundort die Metallplakette eines Baseballschlägers gefunden habe.«

»Wo haben Baseballschläger Metallplaketten?«

»Die meisten haben keine. Aber ich habe selbst einmal Baseball gespielt und hatte so einen Holzschläger aus einer Sonderedition, bei dem an der Unterseite des Knaufs eine hauchdünne Platte mit einem geschwungenen Logo angeschraubt war. Den Schläger könnte ich blind ertasten.«

»Was sagt Hemmer dazu?«

»Nichts. Ich habe ihn auf die Metallplakette angesprochen. Er behauptet, niemand wüsste etwas von einer Plakette. Die Brandermittler hätten sämtlichen Schutt untersucht, aber definitiv kein Metallstück gefunden. Doch ich weiß genau, dass sie da war, im Fußraum, hinter dem Fahrersitz.«

»Solch einem Beweisstück wäre Hemmer nachgegangen.«

»Vielleicht hatte er gar kein Interesse daran. Genau genommen könnte es seine Theorie gefährden.«

»Quatsch, ausgeschlossen«, protestierte ich. »Hemmer kenne ich seit Jahren. Er ist ein gründlicher Ermittler. Er ist derjenige, der Bernd Noack hinter Gitter gebracht hat. Du hast dich sicher geirrt.«

»Nein.« Seine Antwort klang überzeugend, weil sie so kurz war.

»Du meinst also, jemand hat das Feuer gelegt, um den Mord an Andreas zu vertuschen«, fasste ich zusammen.

»Nein, nein, nein. Jetzt verdreh du mir nicht auch noch die Worte im Mund! Ich sage dir lediglich, dass Asservate verschwinden und dass das Untersuchungsergebnis nicht eindeutig sein kann. Solch ein Schläger wäre jedenfalls massiv genug, um einem erwachsenen Menschen mit einem Schlag ein schweres Schädeltrauma zuzufügen. Und leicht genug, damit auch eine zierliche Achtzehnjährige damit fertig würde.«

»Lisa Keller?«

»Lisa Keller … Lena Weitz … Wer immer dieses Mädchen ist: Du solltest sie endlich einmal deinen Kollegen vorstellen.«

»Vielleicht sollte ich das. Auch wenn ich versprochen habe, das nicht zu tun. Nein, Lennart, das ergibt keinen Sinn. Warum sollte sie das getan haben?«

»Ich fasse noch einmal zusammen: Eine Nacht bevor dieses Mädchen unangemeldet vor deiner Tür stand, ging Andreas Hebestreit in Flammen auf. Andreas und du wart ein Paar, als Anja und Lena verschwanden. Ihr beide habt im Prozess gegen Bernd Noack ausgesagt. Vielleicht bin ich ja nur ein nichts ahnender Kadaver-Doc, der Fakten falsch miteinander kombiniert. Deshalb übergebe ich wieder an dich. Denn das hier ist echt nicht meine Baustelle.«

Ich wurde aus Lennart Maaß nicht schlau. Normalerweise interessierte er sich nicht sonderlich für seine Mitmenschen oder die Themen, die sie beschäftigten. Im nächsten Moment konnte er ein Engagement an den Tag legen, dass einem unheimlich wurde. Konzentration verwandelte sich in Fahrigkeit, Gleichgültigkeit in Empathie. Ein Buch mit sieben Siegeln, zumindest war er das für mich zu diesem Zeitpunkt.

»Wenigstens verstehst du, was mich antreibt«, sagte ich. »Das alles kann kein Zufall sein. Du könntest mit dem Staatsanwalt sprechen. Die müssen auf jeden Fall die Freigabe der Leiche zurücknehmen.«

»Zu spät«, antwortete Lennart. »Andreas Hebestreits Überreste sind heute früh eingeäschert worden.«

34

Das Erste, was ich auf meiner Reise in Lisa Kellers Vergangenheit lernte, war, dass der Begriff *Waisenhaus* schon seit Jahrzehnten nicht mehr verwendet wurde. *Kinderheim* lautete die korrekte Bezeichnung, weil heute die wenigsten Kinder, die außerhalb ihrer Herkunftsfamilie aufwuchsen, Waisen waren, sondern viele ihren Familien aufgrund sozialer Verwahrlosung entzogen worden waren.

Kinderheim also. Exakter formuliert, konzentrierte ich mich auf Jugendwohngruppen und geschlossene Unterbringungen, denn es gab unzählige Unterformen der Heimerziehung – von Mutter-Kind-Betreuung bis hin zu Kurzzeitunterbringungen, sogenannten *Clearings*.

Mein Oberneulander Exil hatte ich noch etwa zwei Stunden für mich allein. Am Küchentisch hatte ich mich mit Laptop, Schreibblock und Kräutertee für die anstehenden Recherchen gerüstet.

Ein Besuch auf Lisas selbst erstellter Internetpräsenz hatte mir einen ersten vagen Hinweis geliefert, wo ich suchen musste. Ihr Blog bestand aus einer wilden Sammlung von biografischen Fakten, Sehnsuchtstexten, Hilferufen nach Unterstützung (*Bitte liked meine Seite und helft mir, meine Herkunft zu entschlüsseln!*) und selbst erstellten Videos. Über mehrere soziale Netzwerke stand sie in Kontakt zu lebensüberdrüssigen Teenagern, Erwachsenen mit ausgeprägtem Helfersyndrom und Verschwörungstheoretikern. Außer einiger vager Beschreibungen hinterließ sie keinerlei konkreten Hinweis auf den Ort, an dem sie aufgewachsen war. Den letzten Eintrag hatte sie drei Wochen vor unserer ersten Begegnung verfasst. Wenn sie in den Kurzfilmen sprach, kam ihr natürlicher Akzent deutlich stärker zum Vorschein als in unseren Gesprächen. An mehreren Textstellen verriet sie sich: Statt *Rechtsfall* verwendete sie wiederholt den Begriff *Causa*. Statt *T-Shirt* schrieb sie *Leiberl*, eine *Lache* war für sie eine *Lacke* – was aber auch ein Rechtschreibfehler gewesen sein konnte.

Die Recherche ihrer Computer-IP-Adresse hätte einen genaueren Hinweis auf ihre letzten Aufenthaltsorte liefern können, doch da der Blog auf einer amerikanischen Plattform eingerichtet worden war, konnte das dauern – ohne offizielle Ermittlungen und richterlichen Beschluss war es eigentlich unmöglich, auf diesem Weg zu Ergebnissen zu kommen.

Normalerweise kümmerten sich unsere Kommissarsanwärter um derlei Recherche-Aufgaben. Da mir diese nicht mehr zur Verfügung standen und momentan keine Beschäftigungen auf mich warteten – die gut gemeinten Aufmunterungsversuche meines Bruders und meiner Schwägerin einmal ausgenommen –, griff ich zum Telefon und wählte die österreichische Vorwahlnummer. Meine Liste arbeitete ich in geografischer Reihenfolge ab und begann entlang der Grenzgebiete zu Deutschland. Natürlich gab ich mich als Kriminalhauptkommissarin aus. Nur zwei Heimleiter wollten eine offizielle, schriftliche Anfrage sehen, ein anderer wunderte sich, warum nicht die örtliche Polizei bei ihm anrief. Alle anderen ließen sich von meinem autoritären Auftreten und meiner Dringlichkeitsbeteuerung beeindrucken und gaben telefonisch Auskunft. Doch keine der Einrichtungen hatte eine Lisa Keller oder eine Lena Weitz betreut.

Auf der Liste strich ich jede abtelefonierte Heimeinrichtung durch. Nach der ersten Stunde kamen eine Menge Striche zusammen.

Mein einundzwanzigster Anruf war anders als die anderen.

Nachdem ich mich vorgestellt hatte und der Name Lisa Keller gefallen war, erntete ich Schweigen.

»Hallo?«

»Ja, ich bin noch dran«, antwortete die weibliche Stimme, die in ihrer gütigen Wärme Bilder von Ma aus *Unsere kleine Farm* vor meinem geistigen Auge entstehen ließ – den starken österreichischen Dialekt mal ausgeblendet. »Ich kann Ihnen leider keine Auskunft geben. Sie müssen mit Herrn Bartovic, unserem Heimleiter, sprechen.«

»Okay. Könnten Sie ihn bitte ans Telefon holen?«

»Das kann ich nicht. Er hat Urlaub. Übermorgen ist er zurück.«

»Wer vertritt ihn?«

»Ich.«

»Dann können Sie mir doch sagen, in welchem Jahr Ihre Einrichtung Lisa Keller aufgenommen hat.«

Eine Pause. Schließlich: »Ich darf solche Auskünfte nicht am Telefon erteilen. Sie müssen warten, bis Herr Bartovic wieder da ist. Tut mir leid.«

»Aber der Name Lisa Keller sagt Ihnen etwas.« Das war mehr eine Feststellung als eine Frage.

»Haben Sie bitte Nachsicht. Ich kann ihm einen Zettel hinlegen, dass Sie angerufen haben.«

Ich gab auf. »Ja, bitte tun Sie das!«

Nachdem wir das Gespräch beendet hatten, überflügelte eine Gänsehaut zaubernde Aufregung meine Ungeduld. Fast vierzig Jahre Menschenkenntnis und beinahe zwanzig Jahre Polizeiarbeit gaben mir Zuversicht, dass ich eine erste, verlässliche Spur hatte. Lisa Keller – bald habe ich dich!

Das Kinderheim Bergbach, eine katholische Einrichtung am Stadtrand von Salzburg, berichtete auf seiner Website von seiner Bestimmung, elternlosen Kindern Geborgenheit, Fürsorge und christliche Erziehung zukommen zu lassen. Das Heim war 1875 gegründet worden und betreute hundert Kinder im Alter von eins bis achtzehn Jahren. Im Internet suchte ich nach Artikeln, die sich mit dem Heim Bergbach beschäftigten, aber außer der oberflächlichen Verwicklung in einen Spendenskandal war es in der Öffentlichkeit kaum in Erscheinung getreten.

Ich rief Toby an und bat ihn, zur Sicherheit die Einwohnermeldeämter abzuklappern, was innerhalb Deutschlands von einem Polizeirechner nur noch wenige Mausklicks, in Richtung Österreich jedoch einen kleineren bürokratischen Aufwand erforderte. Wie erwartet schien Toby wenig begeistert zu sein. Um ihn nicht noch weiter zu demotivieren, verschwieg ich ihm, dass ich von dieser Methode am allerwenigsten Aufschluss erwartete und selbst eine andere, viel heißere Spur hatte.

Danach räumte ich die Küche auf und sah auf die Uhr. Ich hatte die Wahl: Entweder wartete ich noch eine Viertelstunde und ließ mich von meiner Familie auf andere Gedanken bringen. Oder ich flüchtete aus meiner *Wohlfühlzone* und ging dem zweiten Themenkomplex nach, der mir keine Ruhe ließ.

Die Frage nach Lisa Kellers Identität, ihrer Vergangenheit, ihrem Geheimnis und ihrer Motivation, sich als Lena Weitz auszugeben, stellte nur die eine Hälfte meiner Ermittlungen dar. Die andere warf die Frage auf, ob in den Mordermittlungen vor achtzehn Jahren nicht doch Fehler gemacht worden waren – und wenn ja, welche? Um das herauszufinden, war ein Ortswechsel nötig.

35

Auch wenn ich damals noch nicht Polizistin gewesen war: Es hatte eine Zeit gegeben, in der ich alle Akten, die sich mit Anjas und Lenas Fall beschäftigten, in- und auswendig gekannt hatte. Doch die Erinnerungen waren verblasst, Details hatte ich verdrängt, um ein Leben leben zu können.

Würde ich die nüchternen Berichte heute mit anderen Augen lesen? Würde ich nach fast zwei Jahrzehnten offen für andere Sichtweisen sein? Hatte ich den nötigen Abstand, einzelne Ermittlungsergebnisse zu hinterfragen?

Kopien der Akten lagerten in einem Umzugskarton im Keller unserer Schwachhauser Wohnung. Manchmal, wenn ich die Kiste sah, hinterließ der Gedanke daran ein schlechtes Gewissen. Dann vertrieb ich das Bild und die Erinnerungen.

Ich öffnete das Vorhängeschloss der schweren Holztür, die weder ganz bis auf den Boden noch bis zur Decke reichte. Unser Kellerraum – »Kellerabteil« wäre die treffendere Bezeichnung gewesen – war schmal wie ein Schlauch und nötigte Jörg und mich, uns von wirklich Überflüssigem zu trennen. Der Gedanke, die Kiste zu entsorgen, war mir nie gekommen. Nicht, solange die Leichen nicht gefunden waren.

Der Karton stand in der hinteren rechten Ecke, unter zwei weiteren Kisten mit Weihnachtsbaumschmuck und alten Schulbüchern, hinter Fahrrädern und ausrangierten Balkonstühlen. Gerade hatte ich den Karton befreit, als ich aus dem Augenwinkel einen Schatten wahrnahm. Langsame Schritte knirschten auf dem brüchigen Betonfußboden. Im nächsten Moment flog die Tür auf, und jemand schrie:

»Finger weg!«

Ich ließ die Kiste fallen, fuhr herum und sah Jörg vor mir, sein Fahrrad untergeklemmt.

»Warum erschreckst du mich?«, entfuhr es mir.

»Mit dir hatte ich nicht gerechnet«, antwortete er kleinlaut. »Ich dachte schon: Jetzt brechen sie auch noch unseren Keller auf!«

»Entspann dich!«

»Suchst du was?« Er stellte das Fahrrad an seinen vorgesehenen Platz, blieb stehen und war offensichtlich verunsichert, ob er mich zur Begrüßung umarmen oder besser auf Abstand halten sollte. Schließlich blieb er, wo er war. Jörg sah aus, als wäre er noch einmal um zehn Jahre gealtert.

»Ich hole mir nur kurz die alten Prozessakten von Anjas Fall heraus.«

»Woher hast du die?« Jörg kannte die Kurzversion des Mordfalls. Was ich in dem Karton aufbewahrte, hatte ihn nie interessiert.

»Anjas Eltern sind als Nebenkläger aufgetreten. Nach Ende des Prozesses haben sie sich Kopien der Akten aushändigen lassen, das ist ihr gutes Recht, und sie mir überlassen.«

»Wo bist du gewesen?«

»Ich bin bei meinem Bruder eingezogen. Ich werde erst einmal nicht zurückkommen, Jörg.«

Er nickte, als verstünde er. Vielleicht war mein Auszug auch in seinem Sinne; wer wollte schon mit einer emotional debilen Furie zusammenleben? »Hab mir Sorgen gemacht«, sagte er. »Wie ist die Anhörung gelaufen?«

»Alles okay. Wahrscheinlich kann ich in ein paar Wochen wieder anfangen zu arbeiten, wenn ich möchte.«

»Das ist gut.« Er machte ein noch besorgteres Gesicht und zeigte auf den Karton. »Und du bist sicher, dass du dich nicht gerade in eine Sache verrennst, die dich noch weiter herunterzieht? Wäre es nicht besser, du konzentriertest dich auf die Trauerarbeit und darauf, ins normale Leben zurückzukehren?« In *unser* Leben, wollte er wohl sagen.

Entschlossen fasste ich in die Griffschlitze des Pappkartons und zog ihn zu mir hoch. »Das hier ist meine Trauerarbeit.«

Wieder nickte Jörg. Ob er wirklich verstand? »Kann ich dir dabei helfen?«

»Wie?«

»Nun, das sind Prozessakten, und ich bin Jurist.«

»Du hast genug mir dir selbst zu tun.«

»Wahrscheinlich habe ich dir in letzter Zeit nicht genug zugehört. Vielleicht verstehe ich besser, was in dir vorgeht, wenn wir das hier gemeinsam anpacken?«

Ich ließ die Kiste zurück auf den Boden sinken und dachte über seine auf mich absurd wirkenden Worte nach.

36

Lothar Hemmer entstammte einer Bremer Beamtenfamilie. Ende der Sechzigerjahre des letzten Jahrhunderts hatte er einen Karriereweg eingeschlagen, der niemand in seinem Umfeld überraschte: Abitur, klassische Ausbildung bei der Polizei, Schutzpolizist. Anschließend Studium an der Hochschule für öffentliche Verwaltung. Mitarbeiter der Mordkommission. Leiter der Mordkommission. Hemmer war ein durchschnittlich erfolgreicher Ermittler mit leichtem Hang zur Selbstüberschätzung. Eine Mischung aus Beharrlichkeit und Glück hatte ihn in der Hierarchie nach oben gespült.

Dann verschwanden Anja und Lena Weitz.

Hemmers Ermittlungserfolg und die daraus resultierende Anklage und Verurteilung Bernd Noacks führten nicht wenige auf seine Arbeit zurück.

Ich lernte Hemmer im Rahmen meiner Ausbildung kennen, einige Jahre vor der wendebringenden Schießerei. Von Anfang an heftete ich mich an seine Fersen und hatte nur ein Ziel: Alles von ihm zu lernen – denn ich wusste, was ihm Anjas Familie und Freundeskreis zu verdanken hatten. Nicht nur für mich, für viele war er ein Held. Kompromisslos. Unbeirrbar. Unantastbar. Bis zu jenem Frühlingstag Ende der Neunzigerjahre.

Eine Geiselnahme endete für Lothar Hemmer mit einer Kugel im Kopf. Not-OP. Nahtoderfahrung. Posttraumatische Störung – unbehandelt. Was danach folgte, war ein Abstieg: das plötzliche Stottern, das er nicht mehr loswurde. Der Alkoholismus, den er nach fünf Jahren loswurde. Ebenso wie seine Frau nach fünfundzwanzig Jahren Ehe. Seitdem hatte eine Bitterkeit von Lothar Hemmer Besitz ergriffen, die ihn für wenige erträglich machte. Für viele im Präsidium war Hemmer eine alternde Diva, die mit dem Ruhm vergangener Tage prahlte.

Unsere jüngeren Kollegen priesen die Möglichkeiten der modernen Datenverarbeitung als revolutionär. Für Hemmer war das kalter Kaffee. Seit Ende der Siebziger war er glühender Fan von Rasterfahndung und Observation. Und egal, wie sich die technischen Möglichkeiten auch weiterentwickelten: Das Grundprinzip funktionierte noch immer so gut wie vor dreißig Jahren.

In diesem überschaubaren Bundesland entkam Hemmer so schnell niemand. Auch nicht der Mann, der dort unten in den Wallanlagen auf einer Parkbank am Ufer des Stadtgrabens saß.

Die Grünflächen und Wasserläufe, die die Bremer Altstadt im Nordosten wellenförmig umschlossen, waren auf mittelalterliche Befestigungsanlagen und Stadtmauern zurückzuführen und dienten einer nicht eben hektischen Stadt als Ruheoase.

Der Mann trug eine Jeans, ein kariertes Hemd und eine abgetragene Windjacke, die der nassen Kälte kaum etwas entgegenzusetzen hatte. Er beobachtete die Enten, die am Ufer Schutz gesucht und den Kopf in das wärmende Gefieder gesteckt hatten.

Hemmer näherte sich dem Mann mit lässigen Schritten, nahm wortlos am anderen Ende der Bank Platz und starrte ebenfalls auf das Wasser. Am gegenüberliegenden Ufer sah man zwischen laublosen Buchen, Linden und Kastanien die schmucken Fassaden der Maklerbüros und Anwaltskanzleien hindurchschimmern.

Nach zwei stillen Minuten, die nur von gelegentlichem Entengeschnatter und entfernten Motorengeräuschen untermalt wurden, unterbrach Hemmer das Schweigen: »Hat sich viel verändert, was?«

Der Mann blickte zur Seite, nicht fragend – wissend. Er sah

zehn Jahre älter aus, als er war, ein Gesicht, aus dem die Spuren von überschwänglichen Emotionen, Herzlichkeit und schönen Erlebnissen ausradiert worden waren.

Hemmer schnaubte. »T-Telefone, mit denen man im Internet surfen kann … Fernseher, so flach wie CD-Hüllen … Autos, die mit Strom fahren … Ich komme da auch nicht mehr mit. Und *i-ich* hab keine siebzehn Jahre im Bau verbracht.«

Lothar Hemmer drehte sich zur Seite und bot Bernd Noack eine Zigarette an. Zögerlich nahm Noack eine aus der Packung und balancierte sie zwischen Zeige- und Mittelfinger. Die Flamme von Hemmers Feuerzeug ignorierte er und sah stattdessen weiter den Enten zu.

»Hätte nicht gedacht, dass sie dich jemals wieder rauslassen«, sagte Lothar Hemmer. »Gute Führung, hm? Ha-hast dich bei den Wärtern eingeschleimt und unter der Dusche immer brav die Seife aufgehoben.« Noch immer erntete er keine Reaktion. Hemmer grunzte. »Wenn's nach mir und einigen anderen gegangen wäre, hättest du obendrauf noch die Sicherungsverwahrung bekommen. Aber wir sind ja hier im sozialliberalen Bremen.«

Die Zigarette wanderte von Noacks rechter zu Noacks linker Hand.

Hemmer zündete seine Zigarette an, nahm einen Zug und fuhr fort: »In dieser Stadt, ach was, in ganz Norddeutschland gibt es viele, die nicht erfreut über deine Freilassung sind. Hast die Bevölkerung ganz schön gegen dich aufgebracht damals.« Er löste den Blick vom Wasser, stützte sich schwerfällig mit dem linken Ellenbogen auf der Parkbanklehne auf und beugte sich zu Noack hinüber. »Ich gebe dir einen gut gemeinten Rat: Mach dich dünne! B-Bist zwar ein Schwein, aber ansonsten doch ein schlaues Kerlchen. Bau dir woanders eine neue Existenz auf! Bist doch noch jung, Anfang vierzig? Such dir eine Frau, setz Kinder in die Welt. Nur n-nicht in dieser Stadt. Hörst du? Geh hin, wo dich keiner kennt. Aber vorher tust du noch, was man von dir erwartet.«

Bernd Noack dachte noch immer nicht daran, den Mann, der ihn für fast zwanzig Jahre ins Gefängnis gebracht hatte, eines Blickes zu würdigen.

»Wir haben die Leiche von Andreas Hebestreit ausführlich untersucht«, sagte Hemmer. »Der Staatsanwalt glaubt, dass er sich mit Benzin übergossen und angezündet hat. Einiges spricht für diese Theorie. Dabei kann es bleiben. Sag uns einfach, wo du die Leichen von Anja und Lena Weitz versteckt hast, und der Fall ist abgeschlossen.«

Bernd Noack erwiderte Lothar Hemmers eindringlichen Blick nicht. Er schwieg beharrlich.

»Rede oder ich gebe dich zur Jagd frei!«

Mit einem sanften Knirschen zerbröselte die Zigarette zwischen Bernd Noacks Fingern. Mit dem feuchten Sand vermengten sich die Tabakkrümel in der Pfütze zu einem dunklen Brei.

Ohne ein Wort stand Noack auf und ließ den alten Kommissar auf der Parkbank zurück.

37

Entscheidend für das verhängte Strafmaß war das Gutachten des Psychiaters, der Bernd Noack weder paranoide Schizophrenie noch ein Affektdelikt attestieren wollte. Den Erkenntnissen des Sachverständigen zufolge war Noack voll zurechnungs- und schuldfähig gewesen.

Während Jörg die alten Gerichtsakten und Vernehmungsprotokolle vor dem Kamin unserer Wohnung durchforstete, hatte ich mich in das Oberneulander Gästezimmer zurückgezogen. Ich las in den alten Akten und Aufzeichnungen, die muffig rochen, wie in einem jahrzehntelang verschollenen Tagebuch.

Die vielen dunklen Details, die für mich ein Déjà-Vu waren und schmerzliche Erinnerungen und längst verdrängt geglaubte Ängste zurück an die Oberfläche holten, waren für Jörg nur Einzelheiten eines weiteren juristischen Falls. Von der beklemmenden Befangenheit war Jörg weit entfernt, wie mir in einem unserer Gespräche klar wurde, und ich beneidete ihn darum.

Obwohl ich den Ablauf lückenlos vortragen könnte, selbst wenn man mich mitten in der Nacht wecken würde, notierte ich die wichtigsten Eckdaten auf meinem Schreibblock.

*

Mitte August hatte Anja Bernd Noack um eine Aussprache gebeten. Das Kind war auf der Welt, und sie wollte ein für alle Mal die Vaterschaft geklärt wissen. Bernd legte auf, für ihn war das Thema erledigt, eine kurze, heftige Affäre, ewig her. Seit Monaten schon studierte er in Berlin.

Am Wochenende darauf fuhr Anja zur Villa seiner Eltern in der Nähe des Rhododendronparks, die er hin und wieder für ein paar Tage besuchte. Er ließ sie im strömenden Regen stehen. Erst als sie drohte, seine Eltern einzuweihen und ihn öffentlich an den Pranger zu stellen, willigte er in eine Aussprache ein.

Nachdem ich Anja und Lena am dritten September zum Kinderarzt begleitet hatte, setzten wir uns in ein Café. Dort erzählte sie mir von dem bevorstehenden Treffen mit Bernd, schließlich verabschiedete ich mich von den beiden. Für immer.

Am späten Nachmittag klingelte er an unserer Wohnungstür. Anja ließ ihn herein, Lena schlief wahrscheinlich in ihrer Wiege, die im Schlafzimmer stand. Mehr als das zwanzig Quadratmeter kleine WG-Zimmer konnte sich Anja als Alleinerziehende nicht leisten. Auch deshalb war es so schwierig für sie, eine eigene Wohnung für sich und Lena zu finden. Die Miete überwiesen ihre Eltern, das Mutterschaftsgeld reichte kaum für Nahrung und die wichtigsten Babyutensilien.

Was dann geschah, konnte anhand der Zeugenaussagen und Indizien nur gemutmaßt werden. Mir gegenüber hatte Anja offenbart, dass sie Bernd Noack zwingen wollte, die Vaterschaft anzuerkennen. Die Hoffnung auf eine gemeinsame Zukunft hatte sie längst ziehen lassen. Aber wenn er sie schon mit einem kleinen Baby sitzen ließ, sollte er wenigstens zu Lena stehen und finanziell für das Kind sorgen. Und wenn nicht er, dann zumindest seine vermögenden Eltern.

Anja war fest entschlossen gewesen, und niemand aus ihrem Umfeld zweifelte daran, dass sie alle Register gezogen hatte. Andere Zeugen deuteten vage an, Anja könnte versucht haben, Bernd zu erpressen. Er sei in dubiose Geschäfte verstrickt gewesen, und sie hätte ihn mit einem Anruf bei der Polizei ans Messer liefern können. Diese Vermutungen konnten vor Gericht nie bestätigt werden.

Nach Anjas und Lenas Verschwinden entdeckten Polizisten verwischte Blutspuren im Bad, in Anjas Zimmer und auf dem dunklen Flurteppich. Die zu diesem Zeitpunkt noch relativ neue DNA-Analyse ergab, dass es sich um Anjas Blut handelte. Der Teil eines Schuhabdrucks im Blut auf dem Flur konnte Bernd Noack zugeordnet werden.

Bernd Noack leugnete, etwas mit dem Verschwinden seiner Affäre und des Kindes zu tun zu haben.

Als Hemmers Leute weiteres Blut von Anja an seiner Jeans fanden, wurde schließlich der Haftbefehl gegen ihn ausgestellt. Die fadenscheinige Erklärung, Anja habe sich vor einiger Zeit in seinem Beisein beim Möhrenschälen geschnitten und dabei seine Hose verschmutzt, half ihm nicht mehr.

Die fieberhafte Suche nach den Leichen hielt ganz Norddeutschland in Atem. Wälder wurden abgesucht, in Seen wurde getaucht und das parkähnliche Anwesen von Noacks Eltern mit Spürhunden durchkämmt. Zeugen wollten Noack am Abend des Verschwindens in der Nähe einer Müllverbrennungsanlage und in einem Waldstück im Bremer Umland gesehen haben.

Schließlich erhob die Staatsanwaltschaft Anklage wegen Doppelmordes und schob einen spektakulären Indizienprozess an.

*

Ich schrieb nicht nur den Tatablauf auf, sondern notierte auch Widersprüche, die mir erst achtzehn Jahre später auffielen. Ich wühlte mich durch Aussagen, Gutachten und schließlich die präzise Rekonstruktion des Mordabends. Ein Abend voller Hass, voller Blut. Ich bemerkte nur am Rande, wie meine Hände zitterten. Sie zitterten nicht nur beim Betrachten der verstaubten Seiten. Sie zittern noch heute, während ich auf meiner Computertastatur diese Zeilen schreibe.

38

An die Staatsanwaltschaft
beim Landgericht Bremen
z. Hd. Herrn Staatsanwalt Onno Schneider
Ostertorstr. 10
28195 Bremen

Aktenzeichen 3 E. 2076/95
Strafsache gegen Noack, Bernd

FORENSISCH-PSYCHIATRISCHES GUTACHTEN

über Herrn Bernd NOACK,
derzeit Justizvollzugsanstalt
Bremen-Oslebshausen

Das nachfolgende, im Auftrag der Staatsanwaltschaft Bremen erstellte Gutachten basiert auf den zur Verfügung gestellten Akten sowie auf einer ambulant durchgeführten psychiatrischen Untersuchung des Angeklagten in der Psychiatrischen Klinik des Klinikums Bremen-Ost am 23.09., 25.09. und 26.09. d. J.

Das Gutachten soll gem. Auftrag der Staatsanwaltschaft u. a. zu der Frage Stellung beziehen, ob bei dem Angeklagten die Voraussetzungen der §§ 20 und 21 StGB (Schuldfähigkeit oder verminderte Schuldfähigkeit) vorliegen und ob eine affektive Störung festzustellen ist, die zu der gegenständlichen Tathandlung geführt haben könnte.

Zu Beginn der Untersuchung wurde Herr Noack darüber aufgeklärt, daß das Gutachten im Auftrag der Staatsanwaltschaft erstellt wird und die Untersuchungsergebnisse nicht der ärztlichen Schweigepflicht unterliegen. Des weiteren wurde er darüber unterrichtet, daß ihm selbst das Recht zusteht zu schweigen, ohne daß ihm daraus ein rechtlicher Nachteil entstehen darf. Herr Noack hat die Zusammenarbeit zunächst verweigert, erklärte sich jedoch nach Rücksprache mit seinem Anwalt schlußendlich mit der Begutachtung einverstanden.

Zusammenfassende Einschätzung und Befund

Die dieser Zusammenfassung nachstehende, ausführlich dargelegte Übersicht der Aktenlage, Zeugenaussagen, Krankengeschichte und Untersuchungsbefunde lassen die folgende zusammenfassende Beurteilung zu:

Herr Noack ist nicht psychisch krank. In seiner Familie sind weder psychiatrische noch neurologische Erkrankungen aufgetreten. Herr Noack stellte sich selbst als psychisch vollkommen gesund dar. Eine affektive Störung ist ebenfalls nicht zu erkennen. Herr Noack hat seit seinem sechzehnten Lebensjahr und bis vor zwei Jahren gelegentlich Marihuana konsumiert, Alkohol trinkt er nur unregelmäßig und in überschaubarem Maße. Seine sexuelle Verhaltensweise entspricht der Norm.
Aus psychiatrischer Sicht sind die Voraussetzungen einer verminderten oder aufgehobenen Schuldfähigkeit – sofern er die gegenständliche Tat begangen hat – nicht gegeben.

Herr Noack entstammt einem überaus leistungsorientierten Elternhaus und steht seit seiner Kindheit unter hohem Erwartungsdruck. Mittelmaß wurde weder im schulischen noch im

sportlichen Bereich toleriert. Er versteht es geschickt, mittelmäßige und unterdurchschnittliche Leistungen in Schule und Studium positiv zu inszenieren.
Seinen strengen Eltern, insbesondere seinem Vater, begegnet er mit beinahe ehrfürchtigem Respekt. Herr Noack führt einen für einen Studenten außerordentlich aufwendigen Lebensstil und richtet viele seiner Handlungen darauf aus, sein beachtliches zukünftiges Erbe nicht zu gefährden.

Seine Beziehungen zu Frauen waren von kurzer Dauer und auf die Sexualität fokussiert. So war auch die vermutlich getötete Anja Weitz für Herrn Noack nicht mehr als eine sexuelle Gespielin.
Als feste Partnerin kam sie für ihn nicht in Frage: Sie entstammte einer Arbeiterfamilie, hatte weder Abitur noch studiert, arbeitete in einem handwerklichen Beruf, war selbstbewußt, eigenständig und fordernd. Eine gemeinsame Zukunft hat er zu keinem Zeitpunkt, auch nicht nach der Geburt der mutmaßlich gemeinsamen Tochter, in Erwägung gezogen. Frau Weitz' Eröffnung seiner Vaterschaft versetzte ihn in Panik. Sein Unwille, sich einem Vaterschaftstest zu unterziehen, begründete er mit unzuverlässigen Meßmethoden.

Herr Noack ist sich seiner positiven Wirkung auf Frauen sehr bewußt. Er entfaltet Charme und verhält sich zuvorkommend, wenn es darum geht, Frauen für sich und seine Zwecke zu gewinnen. Kommilitonen, Lehrer, Professoren und Freunde hingegen zeichnen ein abweichendes Bild: Vielen gilt er als arrogant, herablassend, unterkühlt, herrisch, auf sich bezogen. Manche bezeichnen ihn als »Psychopathen« (eine umgangssprachliche Behauptung, die durch die Untersuchungsergebnisse nicht gestützt wird).

Seine Ziele verfolgt er verbissen und handelt rücksichtslos gegenüber anderen. Dabei schreckt er auch nicht vor Lügen und Manipulationen zurück. Unbequeme Angelegenheiten versuchte er gelegentlich, mit Geld aus der Welt zu schaffen.
In privaten wie karrierebezogenen Fragen agiert er vorausschauend und berechnend. Komplizierte Situationen meistert er mit einer für sein Alter erstaunlichen Gelassenheit. Auch in Zuständen größten Drucks wird er nicht nervös und handelt nicht kopflos. Im Widerspruch dazu steht die Aussage, er habe Anja Weitz geschlagen. Diese Behauptung ist jedoch zum Zeitpunkt der Abfassung dieses Gutachtens nach Kenntnis der mir vorliegenden Akten nicht belegt.

Die Herrn Noack zur Last gelegte Tat setzt eine vielschichtige Planung voraus. Die Voraussetzungen einer Affekthandlung sehe ich als nicht erfüllt an.

39

»Die psychiatrische Beurteilung war äußerst tendenziös.« Jörg wedelte mit dem schmalen Hefter, in dem das Gutachten abgelegt war.

Ich saß im Schneidersitz auf dem Eichenparkett seines Büros und sortierte unsere Notizen. Jörg hatte zunächst ein Treffen in unserer Wohnung vorgeschlagen, was für mich nicht infrage kam. Sein Kanzleibüro kam der Definition »neutraler Boden« in etwa so nahe wie ein Beduine einem Eisberg. Mangels brauchbarer Alternativen war ich schließlich auf Jörgs Vorschlag eingegangen.

»Der Psychiater hat Noack so beschrieben, wie ich und viele andere ihn gesehen haben«, entgegnete ich.

»Der Gutachter sollte schwerpunktmäßig zur Schuldfähigkeit Noacks Stellung beziehen. Stattdessen hat er ein psychologisches Täterprofil auf Basis von Ermittlungsakten und Zeugenaussagen erstellt. Auch dass Noack nur widerwillig an der Erstellung des Gutachtens mitgearbeitet hat, wurde vom Gericht nicht angemessen gewürdigt. Und an den Widersprüchen hat sich anscheinend ebenfalls niemand gestört.«

»Welche Widersprüche?«

Jörg schlug die Mappe auf und blätterte zur entsprechenden Seite. »Der Psychiater beschreibt ihn als abwägend und gelassen. Selbst in Stresssituationen ist er nicht aus der Ruhe zu bringen. Andererseits soll er zu Wutausbrüchen geneigt und Anja mehrmals geschlagen haben. Außer zweier Zeugenaussagen gibt es hierfür keinen glaubhaften Beweis.« Er schlug die Mappe wieder zu und warf sie auf den Stapel zu den anderen.

»Anja hat es mir selbst erzählt. Als sie ihm eröffnete, dass er der Vater des Kindes war, schlug er ihr mit dem Handrücken ins Gesicht.«

»Aber du warst nicht dabei.«

»Ich war mehrmals dabei, als er sie verbal gedemütigt hat. Sie hatte keinen Grund, mich anzulügen.«

»Das ist etwas dünn. Schließlich geht es hier um lebenslange Haft. Auch daran hängt ein Menschenleben.«

»Sitze ich hier im Kreuzverhör?«

»Nein, Femke, ich mache nur, worum du mich gebeten hast: die Akten kritisch zu prüfen.«

»Du bist also der Meinung, Bernd Noack ist zu Unrecht verurteilt worden?«

»Das habe ich nicht gesagt. Ich stelle aber fest, dass ein fairer Prozess anders auszusehen hat. Was hast du gefunden?«

Ich setzte meine Hornbrille auf, die ich bloß gelegentlich bei mir trug, weil ich sie nur zum Lesen brauchte, und schnappte mir eine Notizenseite. »Mich wundert, dass die Polizei die Vermisstentheorie noch aufrecht hielt, als schon längst klar gewesen sein musste, dass Anja und Lena tot waren.«

»Das fand ich auch merkwürdig. Vielleicht hatte das ermittlungstaktische Gründe?«

»Möglich, aber es war unklug, denn damit haben sie das Hinweisverhalten der Bevölkerung in eine falsche Richtung gelenkt. Damals war mir das nicht aufgefallen.«

»Auch nicht die teils widersprüchlichen Zeugenaussagen? In der Nacht nach dem Mord will ein Zeuge Noacks Wagen in der Nähe des Findorffer Müllheizkraftwerks gesehen haben. Eine andere Zeugin war sich sicher, dass er ihr zur selben Zeit im Hasbruch, einem Waldrevier zwischen Delmenhorst und Oldenburg, aufgefallen ist.«

»Dann hat sich eben einer von beiden geirrt. Damals war nur

wichtig: Jemand hat ihn an Orten gesehen, an denen man Leichen verschwinden lassen konnte.«

»Ein Entlastungszeuge, der Noack zur möglichen Tatzeit am späten Nachmittag in der Innenstadt gesehen haben will, wurde gar nicht erst geladen. Einsprüche der Verteidigung wurden abgelehnt. Mir scheint es, in allen Punkten folgte der Richter ausschließlich den Ermittlern und der Argumentation des Staatsanwaltes. Warum hat das damals niemand hinterfragt?«

»Weil niemand auch nur eine Sekunde an Bernd Noacks Täterschaft gezweifelt hat. Er war da. Er hatte ein Motiv. Es gab Spuren. Du hast seinen eiskalten Blick nicht gesehen.«

Jörg schnappte sich einen schweren Aktenordner und schlug ihn an einer Stelle auf, an der er einen gelben Klebezettel befestigt hatte. »Für die Tat gibt es keine Zeugen. Sie konnte sich nach Überzeugung von Kriminalhauptkommissar Lothar Hemmer nur auf zwei Arten zugetragen haben.« Jörg fuhr mit dem Finger über die Seiten und fasste zusammen: »Möglicher Tatablauf A: Nach einem Streit um den von Anja Weitz geforderten Vaterschaftstest ist im Badezimmer ein Kampf ausgebrochen. Anja Weitz schlägt mit dem Kopf auf dem Rand der Badewanne auf und stirbt. In Panik braust und wischt Noack das Blut ab, allerdings nicht gründlich genug. Schließlich erdrosselt oder erstickt er das Baby, um den Tod der Mutter zu vertuschen. Möglicher Tatablauf B: Noack erschlägt oder erwürgt Anja Weitz an einem anderen Ort in der Wohnung. Er verlässt das Haus und kommt später am Abend mit Werkzeug zurück. Das würde auch erklären, warum er in der City gesehen wurde. Zurück in der Wohnung, zerteilt er den Leichnam in der Badewanne, um ihn transportfähig zu machen. Dabei verteilt er Anja Weitz' Blut in der Wohnung.«

Jörg ließ den Aktenordner sinken und sah mich an. »Was ich an dieser ganzen Sache am allerwenigsten verstehe: Wie kann jemand für einen Doppelmord verurteilt werden, wenn es keine Leichen gibt?«

»Man fand einen Teil seines Fußabdrucks in Anjas Blut.«

»Chucks. Die hat damals fast jeder getragen, Männer wie Frauen, auch Anja.«

»Anjas Blut fand man an seiner Jeans. Eindeutiger geht's ja wohl nicht.«

»Dafür hatte er eine Erklärung. Nur hat sich dafür offenbar niemand interessiert.«

»Die Theorien der Kriminalbiologen und Ermittler erschienen schlüssiger und glaubwürdiger.«

»War ja klar, dass du deine Kollegen in Schutz nimmst. Mitte der Neunziger durfte ein Angeklagter noch nicht allein aufgrund von Indizien, die auf einer DNA-Analyse beruhten, verurteilt werden. Die anderen Indizien waren jedoch weitaus schwammiger.«

»Selbst wenn Noacks Version stimmen würde: Über achtzehn Jahre später hat noch immer niemand eine Erklärung, wo Anja und Lena abgeblieben sind.«

Jörg malte mit dem Kugelschreiber imaginäre Kreise in die Luft. »Vielleicht hat es ja diesen Kampf gegeben. Vielleicht ist dabei Blut geflossen. Aber was, wenn Anja überlebt hat und mit dem Baby abgehauen ist? Nur raus aus der Tür und ab in ein neues Leben? Ich an ihrer Stelle hätte es vielleicht getan.«

»Zu dir hätte das definitiv nicht gepasst«, bemerkte ich sarkastisch, »zu Anja vielleicht. Aber wohin hätte sie ohne Geld gehen sollen?«

»Vielleicht gab es ja jemanden im Hintergrund, der ihr half.«

Ich sprang vom Boden auf. »Warum versuchst du, mit mir zu streiten?«

»Ich streite nicht.«

»Ständig greifst du mich an! Alles, was ich über diesen Fall weiß, stellst du infrage! Was für eine Scheißidee, dich da mit reinzuziehen!«

»Nein, das war es nicht«, antwortete Jörg in dieser unbeirrbar ruhigen Stimmlage, die einen in den Wahnsinn treiben konnte. »Ich glaube, den Sparringspartner hättest du schon viel früher gebraucht.«

Ich drehte mich zur Tür, damit er mein enttäuschtes Gesicht nicht sehen konnte. Von ihm abgewandt, stellte ich die Frage, auf die niemand eine Antwort wusste, auch Jörg nicht: »Wenn die Beweislast so fraglich ist … Wenn Noack angeblich mit ihrem Tod nichts zu tun hat … Wenn nicht nur Lena, sondern vielleicht auch Anja noch lebt: Warum hat Bernd den Großteil des Prozesses und achtzehn Jahre danach geschwiegen?«

40

Von: Lee, Da-Jeong
An: Sundermann, Femke
CC: Maaß, Lennart
Betreff: Gesichtsrekonstruktion

Guten Morgen, Femke,

meine Analyse des Babyfotos zur Übereinstimmung mit deiner Zielperson findest du im zweiten Teil dieser E-Mail. Lass mich zunächst kurz erläutern, worin die Schwierigkeit bei der Erstellung des Abgleichs bestand:
Auch wenn wir heute beim biometrischen Gesichtsvergleich eine ähnlich hohe Trefferquote wie beim Fingerabdruck erzielen, hatte es dein Auftrag in sich: Um zunächst das Gesicht des Babys in das einer erwachsenen Frau zu verwandeln, benötigte ich eine sogenannte Zielmaske (junge Frau von knapp 20, Europäerin + weitere Hauptmerkmale). Bei der Auswahl der Maske lege ich mich auf ganz bestimmte Merkmale fest, die das Resultat erheblich beeinflussen. Damit erhält das Bild automatisch eine ganz bestimmte Erwartungshaltung – und dadurch eine Vielzahl möglicher Fehlerquellen. Weitere Ungenauigkeiten sind auf die schwache Bildqualität zurückzuführen.
Kurzum: Die Computersimulation kann nur das ungefähre heutige Aussehen dieser Person widerspiegeln und nicht als verbindlich betrachtet werden.

Dieses vorausgeschickt, hier die Zusammenfassung meiner biometrischen Analyse:
Der Abgleich der beiden Gesichter erfolgte über die prägendsten Merkmale, die im Zeitverlauf weitgehend konstant bleiben. Im direkten One-to-one-Matching bestimme ich deren Position, Abstand und Lage zueinander.
Eine leichte Ähnlichkeit ist in der Mundpartie erkennbar. Weniger Übereinstimmungen sind in den Bereichen der Kieferknochen zu finden. Die oberen Ränder der Augenhöhlen liegen bei der gemorphten Person etwas niedriger als bei deiner Zielperson.
Die computergestützte zweidimensionale geometrische Vermessung bestätigte meine Einschätzung: Die Wahrscheinlichkeit, dass es sich bei dem Baby und der erwachsenen Frau um ein und dieselbe Person handelt, liegt bei 35, höchstens 40 Prozent. Das ist nicht viel und reicht dir vermutlich nicht.
Um absolute Gewissheit zu bekommen, gibt es nur eine Methode. Die ist nicht weniger aufwendig – aber das weißt du wahrscheinlich besser als ich.

Hoffe, dir trotzdem geholfen zu haben. Falls du die detaillierte Analyse lesen willst oder Lennart und ich sonst noch etwas für dich tun können, sag Bescheid.

Schöne Grüße,
Da-Jeong

41

Ich war überhaupt nicht in Stimmung für ein gemeinsames Abendessen. Die Diskussion mit Jörg hatte mir die Laune verdorben, und Da-Jeongs E-Mail sorgte nicht gerade dafür, dass sie sich wieder hob.

Nach der Rückkehr in mein Übergangsheim hatte ich mich ins Gästezimmer zurückgezogen, E-Mails abgerufen und mich darangemacht, meine Notizen zu sortieren.

Schließlich gab ich Marions Drängen doch nach und setzte mich mit an den Küchentisch. Auf Bouillabaisse folgte eine Zucchini-Kabeljau-Lasagne, und wie alles, was Marion auftischte, schmeckte es fantastisch. Sie war die Perfektion auf zwei Beinen. Ihr Lehramtsstudium hatte sie abgebrochen, als sie mit Saskia schwanger wurde, und war fortan für Mann und Kinder da. Ihre Entscheidung hatte sie nie bereut. Im Gegensatz zu allen anderen Müttern, die auf eine Karriere verzichtet hatten, glaubte ich ihr aufs Wort.

Nach dem Hauptgang verschwand Felix auf sein Zimmer, um weiter an seinem *World-of-Warcraft*-Level zu arbeiten.

»Aber höchstens eine halbe Stunde!«, rief Marion ihm hinterher.

»Mama, ich bin sechzehn!«

»Eben drum!«

Als Antwort knallte eine Tür.

Wir Erwachsenen setzten uns mit dem Nachtisch – selbst gebackener Aprikosen-Lavendel-Kuchen – auf die Wohnzimmercouch und sprachen bis tief in die Nacht. Die beiden vermieden tunlichst, auf mein totes Kind zu sprechen zu kommen. Frank berichtete von seinen Projekten, Marion von Saskias Fortschritten bei der WG-Suche und von Felix' sportlichen Erfolgen.

Schließlich erzählte ich ihnen von meiner Begegnung mit der Frau, die sich als Lena Weitz ausgab. Verschwiegenheitsverpflichtungen hatten keine Bedeutung, und so erzählte ich ihnen alles. Von der stürmischen Gewitternacht in Neuharlingersiel, von meinen Recherchen, von Bernds Freilassung, von den Obduktionsergebnissen zu Andreas' Leichnam.

Die beiden hatten Anja und Bernd gekannt und den Mordprozess mit nicht weniger Anteilnahme als alle anderen verfolgt. Sichtlich mitgenommen lauschten sie meinem Bericht.

»Als hättest du nicht schon genug Sorgen!«, seufzte Marion und sah Frank ratlos an.

»Bist du sicher, dass du das durchstehst?«, fragte mein Bruder.

»Das muss ich«, antwortete ich. »Ich hänge doch schon mittendrin. Aus der Nummer komme ich nicht mehr raus.«

»Ich habe nur Angst, dass es dir zu viel wird. Nach dem, was …« Er ließ den Satz unvollendet. Wir alle wussten auch so, was er sagen wollte. »Wenn du Unterstützung brauchst, sind wir für dich da. Wir helfen, wo wir können.«

Ich legte ihm dankbar meine Hand auf die Schulter. Er erwiderte die Geste.

»Wie geht es mit der Frau jetzt weiter?«

Ich berichtete von Da-Jeongs Gesichtsabgleich. »Dr. Lee hält eine Übereinstimmung von fünfunddreißig bis vierzig Prozent für wahrscheinlich. Das ist nicht viel, aber nah genug an einem Fünfzig-fünfzig-Ergebnis. Allerdings«, räumte ich ein, »kannte Da-Jeong Lee das Foto der jungen Frau und hat sich davon bei der Zielvorlage vermutlich unbewusst leiten lassen. Also kann man die fünfunddreißig Prozent wahrscheinlich noch einmal herunterkorrigieren.«

»Womit eine Ähnlichkeit so gut wie ausgeschlossen werden

kann«, schlussfolgerte mein Bruder, die Intelligenzbestie. »Die Frau wäre demnach eine Betrügerin.«

Ich seufzte. »Ja, wahrscheinlich ist sie das. Aber woher wusste sie von dem Strampler? Woher wusste sie all die Details?«

»Solche Menschen kommen auf die wildesten Ideen. Durchsuchen Mülltonnen, recherchieren im Internet, befragen Zeugen … Es gibt viele Möglichkeiten, so eine Rolle anzunehmen und auszufüllen.«

Mir schossen Tränen in die Augen. »Scheiße, ich weiß das doch! Ich müsste es viel besser wissen. Es macht keinen Sinn. Und gleichzeitig doch. Warum sollte sie das tun? Ich bin so … verwirrt!«

Marion und Frank sahen einander hilflos an.

Schließlich beugte meine Schwägerin sich vor und nahm meine Hand. »Femke, du hast viel durchmachen müssen in letzter Zeit. Vielleicht ist es besser, wenn du diese Frau, diese Hochstaplerin, einfach ignorierst.«

»Das kann ich nicht. Ich muss wissen, ob sie es ist.«

»Das verstehe ich. Es muss doch Möglichkeiten geben, genauer herauszufinden, wer die Frau ist.«

Ich wischte mir die Nase mit dem Handrücken ab. »Das ist nicht so einfach, aber ich bin dran. Stellt euch doch nur mal vor, was es bedeuten würde, wenn Lena noch lebte!«

Marion erwiderte: »Anja war deine Freundin. Eine sehr, sehr gute Freundin. Es tut noch immer weh. Auch ich muss noch viel an sie denken. Immer wieder habe ich mir vorgestellt, wie ihr weiteres Leben wohl verlaufen wäre. Hätte sie einen neuen Mann gefunden? Stell dir vor, was wir alles zusammen erlebt hätten! Aber diese Geschichte … Dass sie irgendwo, an irgendeinem geheimen Ort, überlebt haben … Nein, das kann ich mir beim besten Willen nicht vorstellen. Wie hätte das gehen sollen?«

»Die Leichen wurden nie gefunden«, erwiderte ich. »Was,

wenn Bernd doch Zeit genug gehabt hatte, das Kind in Sicherheit zu bringen, nachdem er Anjas Leiche beseitigt hatte?«

»Aber wohin?«, fragte Marion. »Lena war ein kleiner, wehrloser Säugling. Wie hätte sie überleben können?«

»Bernd musste Lena töten, um den Beweis seiner Vaterschaft zu beseitigen und um den Mord an Anja zu vertuschen«, fasste Frank zusammen.

»Ich weiß, das habe ich Jörg auch gesagt«, erwiderte ich. »Eigentlich bin ich mir ja sicher, dass das Urteil richtig war, auch wenn es ein paar Ungereimtheiten gibt. Die Polizei und der Staatsanwalt standen unter enormem Druck.«

»Wie passt Andreas' Tod in das Ganze?«, fragte Marion, die nun auch viel verunsicherter aussah als zu Beginn unseres Gesprächs. »Glaubst du, er wusste mehr als wir?«

»Zumindest ist der Zeitpunkt seines Todes ein gruseliger Zufall.«

»Andreas hat wie wir alle gegen Bernd ausgesagt. Unsere Aussagen haben das psychiatrische Gutachten befeuert.«

Ich nickte, und gleichzeitig versuchte ich, sie zu beruhigen: »Ich sehe nicht, dass wir uns etwas vorzuwerfen hätten. Wir haben nach bestem Wissen und Gewissen ausgesagt, was wir für die Wahrheit hielten.«

Marion fummelte am Nagelbett ihres rechten Daumens herum und sah mich mit großen Augen an. »Wir alle wissen, wie er war, was er getan hat und zu was er imstande ist. Sei ehrlich, Femke: Glaubst du, Bernd wird versuchen, sich an uns zu rächen?«

Ich probierte ein beruhigendes Lächeln – was eine große Herausforderung war, denn ich hätte lügen müssen, um ihre Frage zu verneinen.

42

Mit dem Ziel, Informationen zusammenzutragen, um Marion beruhigen zu können, rief ich am nächsten Morgen Lothar Hemmer an.

»Was kann ich für dich tun?« Seine Stimme klang nach wenig Schlaf.

»Du hattest mir am Montag erzählt, dass Bernd Noack wieder auf freiem Fuß ist …«

»Der Kerl beschäftigt dich noch immer mächtig, was?«

»Wundert dich das?«

»Nicht wirklich.«

»Ich habe mich gefragt, ob er noch in Bremen ist. Was wisst ihr über seinen Aufenthaltsort?«

»D-die Frage gefällt mir nicht, Femke. Sag mir, was du mit dieser Information anfangen würdest.«

»Nichts. Mich interessiert nur, ob er es wagt, in der Stadt zu bleiben.«

»Er hat es gewagt.«

»Ist er zu seinen Eltern gezogen?«

»Sein Vater ist vor vier Jahren gestorben. Seine Mutter lebt noch in der Villa am Rhododendronpark. Sie hat ihn enterbt und den Kontakt abgebrochen. Er hat viel Schande über die Familie gebracht.«

»Was macht er jetzt? Wovon lebt er?«

»Er hat ein kleines Ein-Zimmer-Apartment in Gröpelingen bezogen und sich arbeitslos gemeldet. Von Papas Freunden kann er keine Hilfe erwarten. Und was soll er mit einem abgebrochenen Jura-Studium anfangen?«

»Er hat immerhin zwei gesunde Hände.«

»Das lohnt sich nicht.«

»Wieso?«

»Wir werden ihn zu einer Vernehmung laden.«

»Was für eine Vernehmung?«

»Das kann ich dir nicht sagen.«

»Hast du mich schon abgeschrieben, oder was?«

»Komm erst mal zurück in den Dienst, dann kann ich dir alles erzählen.«

»Lothar, mach dich nicht lächerlich!«

Am anderen Ende der Leitung hörte ich ein unentschlossenes Schnaufen. Schließlich wieder Hemmers Brummen: »Andreas Hebestreit ist keines natürlichen Todes gestorben. Und da er damals gegen Noack ausgesagt hat und kurz nach dessen Entlassung aus dem Knast umgekommen ist, soll uns Noack einige Fragen beantworten.«

Ich war baff. Hatte Lennart mir nicht erst vorgestern erzählt, dass Hemmer unbeirrt an der Suizidtheorie festhielt? Woher kam sein plötzlicher Sinneswandel? Das konnte ich Lothar natürlich nicht fragen. Stattdessen ließ ich mir meine Verwirrung nicht anmerken. »Nur eine Befragung? Oder habt ihr etwas gegen ihn in der Hand?«

»Selbstverständlich. Es gibt neue Erkenntnisse. Und ich halte ihn für dringend tatverdächtig.«

43

In Worpswede war die Zeit stehen geblieben. Die Künstlerkolonie, dreißig Kilometer nordöstlich von Bremen, umgeben von Feuchtgebieten und ebenen Wiesen, war über Norddeutschland hinaus berühmt für seine Galerien, Ateliers, Gehöfte und verwunschenen Gärten – ehemals Heimat für Künstler wie Heinrich Vogeler und Paula Modersohn-Becker.

Die Fahrt dauerte nicht lange. Es hatte begonnen zu tauen; der Schnee war auch hier wieder völlig verschwunden. Als ich aus dem Auto stieg, war der Himmel saphirblau und die Luft kalt, aber klar. Hier, inmitten des Teufelsmoors, zeigte sich die bezaubernde Seite des Winters.

Anjas Eltern hatten sich in den frühen Siebzigerjahren in einer kleinen Siedlung am äußeren Rand der Gemeinde niedergelassen, weit entfernt von den Sahnegrundstücken mit ihren unanständigen Preisen, die es trotz der ländlichen Lage durchaus mit denen der elegantesten Bremer Gegenden aufnehmen konnten.

Das Häuschen hatte nicht mehr als neunzig Quadratmeter und war in einem erbärmlichen Zustand. Es wirkte deplatziert inmitten dieser Ansammlung pittoresker Heime. Der Garten war verwildert, die verputzte Fassade seit mindestens fünfzehn Jahren nicht gestrichen worden, und die ehemals pechschwarzen Dachpfannen hatten die Farbe von mit Vogelkot besprenkelter Asche angenommen. Ich drückte die Klingel, deren Schild kaum noch zu lesen war.

Meinen Besuch hatte ich telefonisch angekündigt. Reinhard Weitz begrüßte mich mit einem dankbaren, aber nicht überschwänglichen Lächeln und bat mich ins Wohnzimmer.

Aus dem mit hellem Holz getäfelten Raum schlug mir ein abgestandener Geruch entgegen. Der renovierungsbedürftige Zustand der Latten wurde von unzähligen Bildern mit Naturmotiven nur unzureichend verdeckt. Ich nahm auf einem abgenutzten dunklen Sofa mit roten und grünen Blumenmotiven Platz und sah zu, wie Anjas Vater ungeschickt das Kaffeegeschirr auf dem Couchtisch drapierte.

Reinhard Weitz war zeit seines Berufslebens Gärtner gewesen. Zuletzt hatte ich ihn auf der Beerdigung seiner Frau gesehen, das war vor zwölf Jahren gewesen.

Anjas Mutter hatte im Ortskern ein kleines Künstlercafé betrieben. Nach dem Tod ihrer einzigen Tochter und der Enkelin war sie in tiefe Depressionen verfallen. Bald konnte sie morgens nicht mehr aufstehen und war schließlich gezwungen, das Café zu verkaufen. Als der Schmerz unerträglich wurde, trank sie eine Flasche Pflanzenschutzmittel.

Ich fragte mich, ob der Wunsch, diese Welt zu verlassen, im Laufe der Zeit stärker wurde oder ob er sich von Anfang an derart verfestigte, dass diese letzte Entscheidung eigentlich unabänderlich feststand. Und ich wünschte mir, ich hätte sie fragen können, wie es gewesen war. Ob der Tod schnell gekommen war und ob er ihr die Erlösung gebracht hatte, die sie so verzweifelt gesucht hatte (und die ich noch immer suchte).

Reinhard Weitz schenkte Kaffee ein und nahm auf der anderen Seite des Couchtisches in einem schweren Sessel Platz. Der Zustand des alten Mannes war nicht besser als der seines Hauses. Seine rissigen Hände und die gebräunte, zerklüftete Gesichtshaut erzählten von jahrzehntelanger Arbeit im Freien. Die Traurigkeit, die nach Anjas und Lenas Verschwinden von ihm Besitz ergriffen hatte, hatte er nie abschütteln können. Reinhard Weitz weinte ununterbrochen – ohne dass jemals eine einzige Träne seine Wange berührt hatte. Zumindest hatte ich ihn niemals weinen sehen. Nach Ende der polizeilichen Ermittlungen und der Verurteilung Bernd Noacks hatte er noch Jahre damit zugebracht, die Leichen zu finden. Er war mit seinem alten Ford Transit durch halb Norddeutschland gefahren – an die Orte, an denen Zeugen Bernd Noack gesehen haben wollten. Zu Wäldern, Mooren und Seen, an denen er seine geliebte Tochter und Enkelin wähnte. Mit bloßen Händen hatte er Uferböschungen gerodet und Löcher gegraben. Er hatte Privatdetektive und Geisterbeschwörer beauftragt, nach ihnen zu suchen. Erst nach dem Freitod seiner Frau schien er ruhiger geworden zu sein. Sich damit abfinden, dass er niemals an einem Grab würde trauern können, nein, das konnte er offenbar nicht.

Ich bildete mir ein, dass ich vieles von dem, was in ihm vorging, verstand. Wir beide hatten unser Kind verloren. Und doch gingen wir anders mit unserem Schmerz und unserer Trauer um unseren größten Verlust um. Ich hatte es nie geschafft, Pauls Grab zu besuchen. Mehrfach hatte ich es versucht. Ich kann es nicht. Schon auf dem Weg dorthin breche ich zusammen. Ich weigere mich, die Endgültigkeit vor mir zu sehen. Ich weigere mich, mir vorzustellen, dass mein Kind allein, verlassen und hilflos in einem Erdloch liegt. Ich kann es nicht. Ich kann es einfach nicht.

Ich nahm einen Schluck von dem Kaffee. Er schmeckte grauenvoll. »Wer schaut nach dir?«

Er lachte und hustete dabei trocken. »Niemand. Ich bin allein. Und das werde ich auch bis zu meinem Tod bleiben. Freunde haben sich abgewandt. Ich bin ihnen nicht böse, Femke. Ich komme schon zurecht.«

Ich beschloss, bis zum nächsten Besuch keine weiteren zwölf Jahre vergehen zu lassen. »Ich denke jeden Tag an sie.«

Er nickte nur.

Lächelnd sagte ich: »Als ich draußen im Vorgarten stand, fiel mir wieder ein, wie wir als Kinder über den Rasensprenger gehüpft sind, immer wieder. Ihr hattet einen tollen Garten.«

Wieder nickte er, immer heftiger. Und kämpfte nun doch mit den Tränen. Beschämt drehte er den Kopf zur Seite. Als es wieder ging, sagte er: »Leider kann ich mich kaum noch darum kümmern. Hab's mit dem Herzen. Hab schon überlegt, das Haus zu verkaufen. Aber wo soll ich denn hin?« Er griff in die Hosentasche, holte ein Stofftaschentuch hervor, nestelte unentschlossen daran herum und steckte es wieder weg. »Hast du ihn mal im Gefängnis besucht?«

»Ich?«, entgegnete ich überrascht. Mit der Frage hatte ich am allerwenigsten gerechnet. »Bernd? Nein, nie.«

»Dieses Schwein darf niemals freikommen. Nie!« Er ballte eine Faust und schlug so fest auf den Wohnzimmertisch, dass die Kaffeetassen auf den Untertassen klirrten. Ich beschloss, ihm nichts von Bernds vorzeitiger Haftentlassung zu erzählen. Ebenso verschwieg ich das Auftauchen der jungen Frau. Wenigstens so lange, bis ihre wahre Identität feststand.

»Ich denke wirklich oft an die beiden«, nahm ich meinen Faden wieder auf. »Aber mir ist kürzlich aufgefallen, dass ich außer ein paar Fotos kaum Erinnerungsstücke an Anja und Lena bei mir habe.«

Unvermittelt erhob er sich aus seinem Sessel und legte den Kopf etwas schräg. »Komm mal mit.«

Reinhard führte mich die schmale, unbeleuchtete Treppe hinauf ins Obergeschoss. Er griff in die rechte Hosentasche, holte einen Schlüssel hervor und öffnete die Tür zu Anjas ehemaligem Kinderzimmer.

»Du hast es abgeschlossen?«, fragte ich.

»Falls mal jemand ins Haus einbricht … Ich kann doch nicht zulassen, dass mir auch noch die Erinnerungen genommen werden.« Dann schüttelte er heftig den Kopf, als könnte er seine eigenen Worte nicht ernst nehmen. »Du musst auch denken, der Alte hat sie nicht mehr alle. Wer bricht hier schon freiwillig ein?«

Wir lachten beide.

Er ging voran. »Wir haben alles aufbewahrt, alles.«

Damit untertrieb er nicht. Sie hatten sich große Mühe gegeben, das Zimmer wie ein Museum aussehen zu lassen. Herausgekommen war der überfüllte Lagerraum eines Museums – denn nicht nur Anjas Jugendzimmer, auch der Besitz aus ihrer Bremer WG hatte untergebracht werden müssen. Zwei Schränke standen hintereinander, und sogar auf dem Bett lagen Hosen, Taschen und Babysachen.

Ich deutete auf einen türlosen Schrank mit Reihen von Aktenordnern, die mit Anjas und Lenas Namen beschriftet waren und Zusätze trugen wie *1. Verhandlungstag, Indizien* oder *Zeitungsartikel.*

»Du hast wirklich alles aufbewahrt, hm?«

»Gerichtsakten, Zeitungsberichte, Aufzeichnungen der Fernsehsendungen … Alles.«

Ich sah mich um, und als ich entdeckte, wonach ich gesucht hatte, öffnete ich die rot-gelbe Plastikkiste, in der Anja Babyzubehör aufbewahrt hatte. Ich griff nach dem rosa verzierten Fläschchen, dessen Latex Mundteil sich im Laufe der Jahre schmutzig gelb verfärbt hatte. »Das hatte sie von mir. Mein erstes Geschenk für Lena. Anja war nicht sicher, ob sie stillen wollte, da dachte ich …«

»Wir waren zusammen bei der Geburt dabei«, sagte er und lächelte angesichts der bittersüßen Erinnerungen. »Weißt du noch?«

»Ja, ein wunderschönes Ereignis.«

Sein Blick verfinsterte sich, und seine Augen verrieten, dass er mit den Gedanken nicht mehr in diesem Zimmer war. »Wir waren da. Aber nicht dieser Nichtsnutz … dieses Monster …«

Ich hielt die Flasche hoch. »Darf ich …«

Mit irritiertem Blick kehrte Reinhard zurück in die Gegenwart. »Ja, ja, selbstverständlich, nimm es mit. Was soll ich noch mit dem ganzen Krempel?«

»Den Rest wirst du schön hierbehalten. Du hältst die Erinnerung an sie wach. So soll es bleiben.«

Er nickte zustimmend, und in Gedanken gab ich ihm das stille Versprechen, ihm eines Tages zu erzählen, was ich mit der Flasche vorhatte.

44

Da ich einen Großteil des Tages im Auto verbringen sollte, kam es mir sehr gelegen, dass es nicht mehr schneite.

Nachdem ich mich von Reinhard Weitz verabschiedet hatte – nicht ohne zu versprechen, von nun an regelmäßig vorbeizuschauen –, startete ich meine zweistündige Fahrt nach Neuharlingersiel, wo ich weitere Puzzleteilchen einsammeln und zusammenfügen musste.

Ich verließ Worpswede in Richtung Südwesten. Auf den Straßen war mehr los als erwartet, und so brauchte ich fast eine halbe Stunde, ehe ich die B 6 erreichte, die in Höhe der Beck's-Zentrale über die Weser führte. Als ich auf der anderen Uferseite angekommen war, bekam ich einen Anruf. Die Hauptnummer kannte ich nicht, aber die Ländervorwahl verriet mir den Anrufer. »Guten Tag, Herr Bartovic«, meldete ich mich.

»Guten Tag. Sie wissen, wer ich bin? Spreche ich mit Frau Sundermann von der Kriminalpolizei in Bremen?«

»Am Apparat. Danke, dass Sie zurückrufen. Ihre Mitarbeiterin hat Ihnen ausgerichtet, worum es geht?«

»Sie haben Fragen zu einer unserer ehemaligen Heimbewohnerinnen?« Sein brummiges Österreichisch ließ ihn merkwürdig unbeteiligt klingen.

»Lisa Keller ist bei Ihnen aufgewachsen?« Tobys Recherche bei den Einwohnermeldeämtern hatte wie erwartet zu nichts geführt – sie hatte sich nirgends wohnhaft gemeldet –, und so war ich auf die Auskünfte des Kinderheim-Leiters angewiesen.

»Sie hat uns im November, einige Monate nach ihrem achtzehnten Geburtstag, verlassen. Was hat sie ausgefressen?«

»Wie kommen Sie darauf, dass sie etwas ausgefressen haben könnte?«

»Warum würde sonst die Polizei bei uns anrufen?«

»Lisa geht es gut, zumindest soweit ich das beurteilen kann. Und sie hat nichts angestellt.« Das hoffe ich noch immer, fügte ich in Gedanken hinzu. »Darf ich Ihnen ein paar Fragen stellen?«

»Sie können's versuchen. Ob ich sie beantworten kann … Die Aussage verweigern darf ich wohl nicht, oder?«

Ich hatte ihm eine Kopie meines konfiszierten Dienstausweises, die ich noch in meiner Wohnung gefunden hatte, gefaxt, um Fragen nach meiner Legitimation im Vorfeld zu vermeiden.

»Zumindest wäre das sehr schade, Herr Bartovic.« Also gut, dachte ich und rollte mit den Augen, machen wir uns locker, wärmen wir uns ein wenig auf! »Ist das ihr richtiger Name, Lisa Keller? Oder wie ist sie dazu gekommen?«

»Lisa ist als Findelkind bei uns gelandet. Jemand hat sie in einer Baby-Tragetasche an einem Seiteneingang des Doms abgestellt. Kein Name, keine Nachricht, nix. Nur eine kleine Tasche mit Babyzubehör, ein Schnuller, eine Windel, so was. Mehr weiß ich leider nicht. Ich habe erst vor vier Jahren im Bergbach angefangen. Den Namen hat ihr eine der Heimmütter gegeben, ich glaube, die hieß Keller mit Nachnamen.«

»Wann war das genau?«

»Warten Sie. Ich habe die Akte vor mir liegen, muss aber erst nachsehen.«

Kurz vor der Abfahrt Grolland nahm ich den Fuß vom Gas und trat mit voller Wucht auf die Bremse, um ein Erinnerungsfoto aus einem der stadtbekannten Blitzkästen zu vermeiden.

In der Zwischenzeit war der Heimleiter fündig geworden. »Hier steht, sie wurde am siebzehnten September gefunden.«

Zwei Wochen nach Lenas Verschwinden. Bernd Noack wurde

erst am dreizehnten September als Zeuge geladen, und weitere sechs Tage vergingen bis zum Haftbefehl. Er hätte also ausreichend Zeit gehabt, das Baby nach Salzburg zu bringen, um die Tat zu vertuschen. Warum ausgerechnet Salzburg? Die naheliegende Antwort: über die Grenze und so weit wie möglich von Bremen entfernt.

»Hat es keinen Abgleich mit den damals aktuellen Vermisstenlisten gegeben?«

»Das kann ich Ihnen nicht sagen, davon steht in der Akte nix. Nur, dass sie einige Zeit im Krankenhaus gewesen ist, zur Beobachtung, denke ich, und dann zu uns gekommen ist. Sicher hat die Polizei hier vor Ort nach der Mutter gesucht. Aber wir kriegen davon ja in der Regel nix mit.«

Für einen erfolgreichen Abgleich hätte Lena auf einer Vermisstenliste stehen müssen, was eher unwahrscheinlich war, da sie ohne ihre Mutter als nicht überlebensfähig und damit als tot eingestuft worden war. Und ob die österreichische Polizei eine europaweite Fahndung ausgeschrieben hatte, ist ebenfalls fraglich.

»Wir erleben so etwas ja häufiger, also dass eine Mutter so verzweifelt und so sehr in Not ist, dass sie ihr Kind aussetzt. Einigen unserer Kinder hier ist das widerfahren. Sicher wird versucht, die Mutter im Rahmen der Möglichkeiten ausfindig zu machen. Aber wollen Sie eine Frau zwingen, ihr Kind anzunehmen? Da hat es es doch bei uns viel besser.«

»Ist an einer Stelle erwähnt, wie die Babytasche ausgesehen hat?«, wollte ich von Bartovic wissen.

»Warten Sie …« Die Telefonverbindung war gut. Ich konnte deutlich hören, wie er die Akte durchblätterte. »Hier steht, sie hatte rosa- und türkisfarbene Streifen.«

Das war Lenas Babytasche! Ich spürte, wie Endorphine meine Blutbahnen fluteten. »Steht da eventuell auch etwas von einem Strampelanzug?«

»Nur, dass sie einen Pippi-Langstrumpf-Strampler trug.«

Das war sie!

»Aber, Frau Sundermann, darf ich mal fragen, warum Sie das alles wissen wollen? Was hat das mit unserer Lisa zu tun?«

»Eine ganze Menge«, wich ich aus. »Könnten Sie mir die Unterlagen bitte einscannen lassen und per E-Mail schicken?« Ich gab ihm die Adresse. »Ich danke Ihnen sehr für Ihre Auskünfte, Herr Bartovic. Sie haben mir eine weite Reise erspart. Erzählen Sie mir bitte abschließend noch: Wie war Lisa als Kind? War sie eine gute Schülerin?«

Die Antwort kam sehr zögerlich. »Lisa ist intelligent, aber leider stinkend faul, wenn Sie verstehen, was ich meine. Ihre schulischen Leistungen waren in Ordnung. Doch damit konnte sie nicht von den Problemen ablenken.«

»Was für Probleme?«

Die Antwort ließ so lange auf sich warten, dass ich schon vermutete, wir seien unterbrochen worden. »Sie ist immer sehr zielstrebig gewesen, aber auch …« Er unterbrach den Satz, um nach passenden Worten zu suchen. »Sie war schwierig im Umgang«, sagte er schließlich, was vermutlich die diplomatische Übersetzung für eine weitaus schonungslosere Wahrheit war.

»Würde es Ihnen etwas ausmachen, präziser zu werden?«

Seine Antwort klang, als gäbe er sie nur unfreiwillig. »Sie kann sehr jähzornig werden und neigt zu Gewalt.«

»Lisa?« Das passte ganz und gar nicht ins Bild der jungen Frau, die mir zitternd und mit feuchten Augen gegenübergesessen hatte. »Was ist passiert?«

»Soll ich es Ihnen sagen? Ich hoffe sehr, dass ich die Lisa nicht in Schwierigkeiten bringe. Aber früher oder später würden Sie es ja eh herauskriegen, oder?«

45

Der Pförtner des Präsidiums war in Erklärungsnot: »Es ist mir sehr unangenehm … aber ich darf Sie nicht hereinlassen.«

Ich war baff. So weit hatte Holzinger es also kommen lassen! Was bedeutete, dass es ihm mit meiner Abstinenz ernst war. Je weiter ich weg war, desto weniger Schaden konnte ich anrichten. Verständlich, durchaus, und trotzdem kochte ich vor Wut.

Bevor ich meinem Ärger Luft machen konnte, legte jemand eine Hand auf meine rechte Schulter und sagte sanft: »Ist schon okay, Herr Kuhlenkampf. Frau Sundermann hat einen Termin bei mir.«

Ich fuhr herum und blickte in Malin Janssens eisblaue Augen. Wache Augen, denen so leicht kein Detail entging. Malin war promovierte Biologin und hatte seit vier Jahren eine Festanstellung beim Landeskriminalamt. Und ich hatte tatsächlich einen Termin bei ihr.

Pförtner Kuhlenkampf stand die Verzweiflung auf der Stirn geschrieben. »Aber ich hab die Anweisung …«

»Lassen Sie es bitte gut sein«, unterbrach ihn Malin mit einem charmanten Lächeln, »und händigen Sie Frau Sundermann einen Besucherausweis aus, ja?«

Ich wusste nicht, worüber ich mich mehr ärgern sollte: darüber, dass mir mein Chef Hausverbot erteilt hatte, obwohl er angeblich alles daransetzte, mich schnell wieder im Dienst zu sehen, oder darüber, dass ausgerechnet Dr. Malin Janssen, eine Fachfremde, ein *Alien* unter uns LKA-Ermittlern, mir den Weg freiboxen musste.

Malins Büro und Labors waren auf derselben Etage wie die

Operative Fallanalyse und die Fachabteilungen für Fingerabdrücke und chemische Spuren untergebracht.

Sie warf ihren Mantel auf den Garderobenständer, bat ihre Assistentin um zwei Tassen Kaffee und bot mir einen Platz am Besprechungstisch an. Nachdem sie ihre Rufumleitung aus der Telefonanlage gelöscht hatte, setzte sie sich zu mir und machte ein betroffenes Gesicht. »Wie geht es dir? Ich denke sehr oft an dich und Jörg.«

Die eisblauen Augen konnten irritieren. Malin war viel schöner, als eine Frau in diesem Beruf sein sollte. Und sie war eine Koryphäe auf ihrem Gebiet. Es war selten genug, dass ein kluger *und* schöner Kopf nicht den Weg in die freie Wirtschaft gefunden hatte.

»Danke«, erwiderte ich kurz und knapp. »Ich möchte heute nicht über mich sprechen. Ist nicht böse gemeint.«

»Ist doch vollkommen okay.« Ihr verständnisvoller Tonfall wurde von einer federleichten, schnippischen Nuance begleitet. »Was kann ich für dich tun?«

Ich hatte einen Rucksack mitgebracht, aus dem ich den ersten Gegenstand zog: Lenas altes Fläschchen. »Ihr könnt doch kleine Wunder vollbringen. Diese Flasche ist achtzehn Jahre alt. Ich brauche ein DNA-Profil aus dem Sauger. Das kriegt ihr doch hin?«

Malin nahm die Flasche und drehte sie in der Hand. »Die achtzehn Jahre sind nicht das Problem. Entscheidend für die Verwertbarkeit ist, welchen äußeren Einflüssen, welcher Witterung sie in dieser Zeit ausgesetzt war.«

»Sie hat bei Zimmertemperatur in einer Kiste gelegen.«

»Dann könnte damit etwas anzufangen sein.«

Wieder griff ich in den Rucksack. Dieses Mal nahm ich die benutzte Teetasse und meinen Pullover heraus, den Lisa getragen hatte. Die Gegenstände, die ich am Vortag aus dem Ferienhaus in Neuharlingersiel geholt und in Plastikbeutel gesteckt hatte, legte ich sorgfältig auf den Tisch. »Und schau bitte mal, ob du auch in diesen Objekten Material für ein Profil findest. Davon«, ich deutete auf das Fläschchen, »bräuchte ich dann einen Abgleich.«

Malin stellte es zurück auf den Tisch und biss sich mit ihren makellosen Vorderzähnen auf die Unterlippe. »Es geht mich ja nichts an, aber … Du bist nicht mehr im Dienst. Und noch nicht einmal der Pförtner wollte dich reinlassen. Worum geht es hier genau? Sorry, ich muss dich das fragen.«

»Schon okay. Mach dir keine Sorgen! Ich ermittle nicht, das hier ist eine rein private Sache. Da ich aber keinerlei Kontakte zu privaten Analysefirmen habe, es hier nicht um einen Vaterschaftstest geht und ich deine Arbeit sehr schätze, bitte ich dich um diesen Gefallen. Und es wäre klasse, wenn …«

»… du die Ergebnisse schon gestern haben könntest. Ist klar, ich kenne dich ja.«

»Vorgestern wäre noch besser.« Ich lächelte dankbar.

Malin setzte einen gespielt strengen Blick auf. »Immerhin, du bist noch immer die Alte.«

»Diesmal ist es wirklich sehr, sehr dringend.«

»Das behauptest du jedes Mal.«

»Für jede Sonderschicht werde ich dir bis zum Rest meines Lebens dankbar sein. Schafft ihr das übers Wochenende?«

»Ich weiß nicht, ob ich das überhaupt darf.« Oje, so sehr gespielt war der strenge Blick also doch nicht gewesen.

»Du leitest diese Abteilung!«

Wieder nahm sie das Fläschchen in die Hand. Durchdringend sah sie mich an. »Damit eines klar ist: Ich kann und werde hier nichts vertuschen.«

Miss Hundertfünfzigprozentig hat ihre Prinzipien, dachte ich, na toll! Kein Wunder, schließlich war ihr Behördenjob langfristiger angelegt und um Vieles sicherer als die Jahresverträge, mit denen sich ihre Wissenschaftlerkollegen durchs Leben hangelten. »Um Himmels willen, Malin, ich will und werde dich nicht in Schwierigkeiten bringen!«

Ja, mir war es egal. Dieses Risiko musste ich eingehen. Sollte sie doch petzen! Sollten sie doch Hundertschaften schicken, mich verhaften und für immer aus ihren Reihen verbannen! An diesem Punkt interessierte mich nur eins: War Lisa Keller Lena Weitz? Und wenn ja, war auch Anja noch am Leben? Alles andere war für mich nicht mehr von Belang.

46

Lisa Kellers Akte war dick. So dick, dass ich beschloss, die Dokumente, die mir Heimleiter Bartovic per E-Mail geschickt hatte, am Bildschirm zu lesen, anstatt sie einzeln auszudrucken.

Marion und Frank waren über ein verlängertes Wochenende zu Freunden nach Sylt gefahren, und ich hatte Marion versprochen, hin und wieder nach Felix zu sehen. Ich wusste ja, dass ich den PC-Zombie höchstens zu den Mahlzeiten zu Gesicht bekommen würde, und richtete mich auf ein ereignis- und störungsarmes Wochenende ein.

Beim Lesen der Aufzeichnungen begleiteten mich Erstaunen, Traurigkeit, Wut und Entsetzen. Erneut saß ich in einer Gefühlsachterbahn – anderes Fahrgeschäft, bekanntes Streckenprofil.

Fünf der achtzehn Jahre, die Lisa Keller im Kinderheim Bergbach zu Hause gewesen war, hatte sie in psychiatrischer Behandlung verbracht.

Obwohl sie als Säugling in das Heim gekommen war, also gar keine anderen Formen des familiären Zusammenlebens kannte, riss sie dreimal aus. Einmal kam sie mit dem Zug bis Wien. Da war sie elf.

Mehr und mehr ließ sie Aggressionen an anderen Heimkindern aus, mit zunehmender körperlicher Stärke auch am Heimpersonal. Aggressive Verhaltensweisen als Reaktion auf Angst und Hilflosigkeit waren nicht ungewöhnlich bei Heimkindern, aber bei Lisa nahmen die Ausbrüche Ausmaße an, die die üblichen Fälle im Heim Bergbach überstiegen.

Mit dreizehn wurde sie erstmals in die geschlossene Station der Kinderpsychiatrie eingewiesen. Aufgrund ihrer Gewalttätigkeit wurde sie als Gefahr für ihre Mitschüler, die anderen Heimkinder und das Pflegepersonal eingestuft, aber vor allem als Gefahr für sich selbst.

Als sie fünfzehn war, entschieden die Ärzte, dass sie fortan weder für sich selbst noch für andere eine Bedrohung darstellte. Lisa kehrte zurück ins Kinderheim Bergbach und erfuhr dort eine intensivere Betreuung als zuvor.

Der erneute Absturz ließ nicht lange auf sich warten. Sie hielt sich nicht an Ausgehzeiten, fuhr wiederholt per Anhalter nach Innsbruck und München, wurde insgesamt fünfmal betrunken oder im Drogenrausch von der Polizei aufgegriffen und landete einmal sogar mit einer Alkoholvergiftung auf der Intensivstation.

Mit sechzehn unterzog sie sich einer Entziehungskur. Gleichzeitig begann sie, sich mit scharfen Gegenständen Verletzungen zuzufügen.

Mit siebzehn erreichte ihre Problemkindkarriere seinen vorläufigen, traurigen Höhepunkt. In der ländlichen Umgebung Salzburgs zündete sie – vermutlich im Drogenrausch – eine Scheune an. Lisa wurde nach Jugendstrafrecht zu einem Jahr Arrest verurteilt. Die Strafe wurde umgewandelt und Lisa erneut in die psychiatrische Klinik eingewiesen, wo man ihr eine Borderline-Persönlichkeitsstörung diagnostizierte, jene Psychopathie, die verhinderte, Impulse zu kontrollieren, sich auf zwischenmenschliche Beziehungen einzulassen oder ein stabiles Selbstbild zu erzeugen.

Borderliner waren extrem unsichere Menschen, ständig geplagt von Ängsten: Angst vor Nähe, Angst vor dem Alleingelassenwerden, Angst vor dem Verlust der eigenen Identität.

Ein Wort der Kränkung konnte von einer Sekunde auf die andere Wut, Hass und Zerstörungswut zutage fördern, die sich in vielen Fällen gegen sich selbst richteten, aber ebenso gegen andere. In ruhigeren Phasen wiederum dominierten Zweifel an der eigenen Person, dem eigenen Körper, dem eigenen Ich.

*

Während ich die Geschichte über Lisas Martyrium las, liefen mir Tränen über das Gesicht. Zu gern hätte ich mehr über die Rolle des Heimpersonals gelesen. Hatten sie alles Menschenmögliche getan, Lisa auf einen heilenden Weg zurückzuführen? Oder waren sie nicht in der Lage gewesen, ihr beizubringen, wie man Aggressionen kontrollieren, Frust und Krisen bewältigen konnte?

War Lisa nur Aggressorin oder selbst das Opfer von Gewalt geworden?

Hatte sie all die Jahre eine feste Vertrauensperson gehabt? Oder hatten die ihr zugeteilten Pfleger der Reihe nach gewechselt?

Hatten sie ihr trotz ihrer Gewaltausbrüche zeigen können, dass sie geliebt wurde? Oder waren die Betreuer selbst Teil des Problems gewesen?

Natürlich stand auf den Seiten nichts von alldem.

Mit dem Handrücken wischte ich mir die Feuchtigkeit von den Wangen und realisierte, dass Lisas Geschichte nicht nur in diesen Punkten unvollständig war.

Ich blätterte die Seiten vor und zurück, um sicherzugehen, dass ich nichts Wesentliches übersehen hatte. Schließlich sah ich klar: Nicht in Bartovics Bericht und auch nicht in der Akte stand etwas von einer Entlassung – weder aus dem Heim noch aus der Psychiatrie.

47

Der Amylase-Test färbte die Substanz blau und lieferte damit den Nachweis, dass auf dem fast neunzehn Jahre alten Schnullerstück Speichelspuren hafteten. Das getrocknete Sekret war mit dem bloßen Auge nicht mehr zu erkennen, und schon ein unachtsamer Umgang mit dem Trägergegenstand konnte die letzten brauchbaren Spuren vernichten.

Dr. Malin Janssens biologisch-technische Assistentin Katrin Schöller, eine schüchterne, schmallippige Brünette aus dem Südwesten Deutschlands, beschriftete das Reaktionsgefäß mit einer Zahlenfolge, legte schützende Gummihandschuhe an und versenkte die Probe in einem chemischen Cocktail. Die Komponenten mischte sie in einer Zentrifuge, bis sich eine Emulsion gebildet hatte.

Nach und nach sammelten sich Proteine im Bodensatz des Glases, während sich im oberen Bereich wässrige Ribonukleinsäure bildete. Beide Substanzen waren nichts als Abfall, denn das pure Gold der Kriminalbiologen befand sich genau in der Zwischenschicht: reine, isolierte DNA.

Diese Desoxyribonukleinsäure – so die vollständige chemische Bezeichnung – enthielt so viele individuelle Erbinformationen eines Menschen, dass die Wahrscheinlichkeit, dass eine andere Person exakt dasselbe Profil aufwies, gegen null tendierte.

Seit Mitte der Achtzigerjahre des zwanzigsten Jahrhunderts war die DNA eine der wichtigsten und unverzichtbarsten Zeuginnen bei der Zuordnung von mutmaßlichen Tätern zu einem Tatort oder bei der Identifizierung von Toten.

Auf die DNA-Typisierung wurde immer dann zurückgegriffen, wenn Blut-, Speichel-, Haut- oder Spermaspuren gesichert werden konnten.

Dauerten die Untersuchungen zu Beginn noch mehrere Monate, lagen die Ergebnisse heute bei entsprechender Priorität innerhalb eines Tages vor. Nicht nur die fortgeschrittenen Verfahren beschleunigten den Prozess, auch die Ansiedlung der Labore auf den Fluren der Kripo und die Nähe der Biologen zu den Ermittlern trug zur hohen Aufklärungsquote bei.

Lenas erwachsene Existenz nachzuweisen war Routinearbeit für Malin Janssens Labor.

Statt briefmarkengroßer Blutmengen voll mit intakter DNA reichten für die Typisierung heute bereits wenige Körperzellen aus – ein einzelnes Haar, eine Hautschuppe oder ein winziger Blutstropfen. Ob in den längst abgebauten Speichelfäden der Schnullerprobe ausreichend Zellmaterial vorhanden war, musste sich noch herausstellen.

Um aus den winzigen Spuren aussagefähige DNA zu gewinnen, musste Katrin Schöller die DNA-Abschnitte vervielfältigen. Hierzu platzierte sie die Probe in einem Thermocycler, der das Reagiergefäß in mehreren Arbeitsschritten exakt auf die benötigte Temperatur erhitzte und wieder abkühlte und der für Laien nicht viel anders aussah als ein büroüblicher Papierkopierapparat. In dem Reagiergefäß, das in Größe und Form einer Kugelschreiberspitze ähnelte, setzte sich die Polymerase-Kettenreaktion in Gang, die nur zwei Stunden später etliche Millionen Sequenzversionen produziert hatte. Fluoreszenzfarbstoffe machten die vervielfältigten DNA-Abschnitte sichtbar.

Der Sequenzierautomat, äußerlich ein überdimensionaler Backofen im tristen Behördeneinheitsbeige, maß und analysierte innerhalb weniger Stunden die Länge der in der kopierten DNA-Menge enthaltenen Stücke.

Schließlich dokumentierte eine Spezialkamera die Ergebnisse

und schickte sie an einen Computer, an dem sich Dr. Malin Janssen am frühen Sonntagnachmittag die eindeutig identifizierbaren DNA-Sequenzen ansah.

Das Profil bestand aus mehreren senkrechten Balken mit unterschiedlich hohen und breiten Banden und ähnelte dem Negativ eines Supermarkt-Strichcodes. Der Code enthielt keinerlei Informationen über äußerliche Eigenschaften oder Krankheiten, sondern ausschließlich das unverwechselbare genetische Profil – ein Fingerabdruck.

In ihrem letzten Arbeitsschritt widmete sich Malin dem Vergleichsmaterial der Teetasse, das ihre Assistentin parallel erstellt hatte. Den Pullover, auf dem sich ebenso Haare und Hautschuppen von mir hätten befinden können, betrachtete sie als Notmaterial für den Fall, dass die Speichelspuren an der Teetasse keine brauchbaren Ergebnisse lieferten.

Das Gegenteil war der Fall. Noch am Sonntagnachmittag leitete Malin das Ergebnis der Identifizierung weiter.

48

Genau eine Woche war vergangen, seit ich Lisa Keller das letzte Mal gesehen hatte. Diesmal überließ ich ihr die Wahl des Treffpunktes. Und wieder überraschte sie mich – nicht nur in Bezug auf den Ausgang unseres Treffens, sondern auch bezüglich ihrer Speisewahl. Döner war nicht unbedingt das, was ich mir an einem Montagmorgen unter einem gelungenen Frühstück vorstellte, aber ich arrangierte mich damit und ließ ihre Wahl unkommentiert.

Wir saßen auf zwei Barhockern an einem Plastiktisch mit PVC-Blümchendecke in einem der unzähligen arabischen Läden im Steintorviertel, die alle irgendwie ähnlich hießen und nummeriert waren, damit man sie auseinanderhalten konnte.

Ich bestellte einen Kaffee und einen Sesamkringel und sah Lisa dabei zu, wie sie ein vegetarisches Dönerbrot mit doppelter Portion Zaziki vertilgte. Sie trug eine enge Röhrenjeans, die ihre dürre Gestalt noch stärker betonte, dazu die kurze Kunstlederjacke. Ihre ungewaschenen Haare hatte sie zu einem Zopf zusammengebunden.

»Ich bringe eine gute Nachricht mit«, vermeldete ich und konnte meine Aufregung nur mit Mühe verbergen.

Sie sah mich erwartungsvoll an.

»Ich weiß nun, wer Sie wirklich sind.«

Für einen Moment hörte sie auf zu kauen.

»Sie haben die Wahrheit gesagt. Sie sind als Lena Weitz in Bremen zur Welt gekommen.«

Malins Untersuchung hatte ein eindeutiges Ergebnis zutage gefördert: Die an Lenas Sauger und der Teetasse gesicherten

Speichelspuren waren identisch und kamen statistisch nur ein Mal unter fast einhundert Milliarden Frauen vor. Da nur sieben Milliarden Menschen auf der Welt lebten, hatte ich den Beweis und endlich Sicherheit: Vor mir saß Lena, mein Patenkind! Ich konnte kaum an mich halten, als ich ihr die Nachricht überbrachte, und musste mich zusammenreißen, nicht von meinem Hocker aufzuspringen und ihr um den Hals zu fallen.

»Warum ist das eine gute Nachricht?«, fragte sie ungerührt. »Ich weiß, dass ich Lena Weitz bin. Ich hab's Ihnen die ganze Zeit gesagt.« Gierig biss sie in ihr Frühstück, als hätte sie Tage nichts zu essen bekommen. Mit vollem Mund fügte sie nuschelnd hinzu: »Aber schön, dass Sie mir endlich glauben.«

»Du.«

»Was?«

»Wir können uns jetzt duzen. Nenn mich Femke.«

»Auch das hätten Sie … das hättest du früher haben können.«

Die Gedanken an ihr Krankheitsbild ließen mich die aggressiven Untertöne ignorieren. Stattdessen rutschte ich von meinem Hocker, breitete die Arme aus, riss sie an mich und umarmte sie. Sie brauchte eine Zeit, bis sie die Geste erwiderte und zögerlich meine Taille umfasste.

Wir lösten uns voneinander und kehrten zurück auf unsere Hocker, während ich versuchte, meinen spontanen Gefühlsausbruch zu rechtfertigen. »Ich habe ständig darauf gehofft und davon geträumt. Aber du musst auch verstehen, dass diese Vorstellung so unglaublich absurd war.« Dann kam mir ein Gedanke: »Wie spreche ich dich an?«

»Mir wäre es recht, wenn du mich Lena nennen würdest. Diesen Namen hat mir meine Mutter gegeben, und das ist mein wahres Ich. Lisa habe ich hinter mir gelassen.«

Ihren Wunsch konnte ich nachvollziehen, und ich respektierte ihn. »Du hast Lisa in Salzburg zurückgelassen?«

»Wieso Salzburg?« Sie tat überrascht und spielte ihre Rolle gar nicht einmal schlecht.

»Ich habe mit deinem ehemaligen Heim in Salzburg telefoniert.«

Sie sah mich mit großen Augen an und ließ das türkische Sandwich auf den Teller sinken. »Wie hast du das gefunden?«

»Das spielt doch keine Rolle. Viel wichtiger ist doch: Hat man dich dort gut behandelt?«

Lena starrte auf den Teller und pickte herabgefallene Salatfetzen auf. »Die waren ganz okay. Die mussten streng sein, das ist ihr Job.«

»Haben sie dir geholfen, deine Herkunft zu erforschen?«

»Nein, wie auch? Es gab ja nicht mehr als den Strampelanzug mit ein paar Buchstaben darin.« Ihr Gesichtsausdruck wurde ernst. »Was weißt du noch?«

»Einiges. Von der Jugendstrafe zum Beispiel und den Psychiatrieaufenthalten.«

»Scheiße, ich hab's geahnt!«

»Du hast eine Scheune angezündet?«

»Das war ich nicht allein!«

»Du warst anscheinend die Einzige, die verurteilt wurde.«

»Okay, wie ich sehe, hast du in der letzten Woche einiges über mich herausgefunden. Aber bringt uns das weiter?«

»Mich schon«, antwortete ich.

»Ja, du weißt ja auch nicht, wie das ist, ohne Eltern aufzuwachsen. Nur mit … Fremden, die dir Befehle erteilen und dich niemals in den Arm nehmen. Die immer dann gehen, wenn du sie gerade in dein Herz geschlossen hast.« Tränen schossen ihr in die Augen. Ich zog zwei Servietten aus dem Spender und reichte sie ihr. Sie legte sie auf den Tisch und fuhr mit tränenerstickter Stimme fort: »Du weißt doch nicht, wie es ist, jede Nacht in einem Saal zu schlafen und dreimal am Tag mit hundert anderen Kindern zu essen, ohne Privatsphäre, während du abends im Fernsehen vorgeführt bekommst, in welchen Verhältnissen normale Kinder aufwachsen. Dass da jedes Kind sein eigenes Zimmer hat. Und vermutlich weißt du auch nicht, wie man sich gegen ältere Kinder zur Wehr setzt, wenn sie mit dir Sachen machen, die du nicht willst. Also hör auf, mich zu verurteilen! Ich bin kein schlechter Mensch!«

»Nein, bist du nicht, Lena«, pflichtete ich ihr betroffen bei. »Du bist ein gutes Kind. Du kannst nichts dafür.«

»Natürlich nicht! Aber glaubst du, es war deshalb einfacher für mich?«

»Du musst es mir nicht erzählen. Aber mich würde interessieren: Warum hast du die Scheune angezündet?«

Sie sah suchend zur Decke, als versteckte sich dort oben die Antwort vor ihr. »Weil sie jemandem gehörte, der mich genervt hat.«

Das klingt völlig plausibel, so würde doch jeder handeln, der genervt ist, zeterte eine sarkastische Stimme in meinem Kopf, die ich nur schwer ignorieren konnte. »Weigerst du dich deshalb, mit der Polizei zu sprechen? Du musst dir keine Sorgen machen. Die können sehr gut das eine vom anderen trennen.«

»Die Polizei kann mich mal.«

»Ich halte es nach wie vor für eine gute Idee, dass du dich in Sicherheit begibst. Niemand weiß, ob Bernd Noack versuchen wird, mit dir Kontakt aufzunehmen.« Ich kramte einen Kugelschreiber aus meiner Handtasche, schnappte mir eine Serviette aus dem Spender, schrieb meine neue Adresse darauf und schob sie ihr hinüber. »Falls du jemanden zum Reden brauchst oder einfach nur das Gefühl nach Sicherheit.« Ganz wohl fühlte ich mich nicht dabei. Aber ich sorgte mich ernsthaft um ihr Wohlergehen.

Sie nahm die beschriebene Serviette entgegen, faltete sie zweimal und ließ sie in der Innentasche ihrer Jacke verschwinden.

Zwei Seelen kämpften in meiner Brust. Da war die mütterliche Femke, die das weinende, verzweifelte Mädchen nur noch in den Arm nehmen und ihm Trost zusprechen wollte, die ihm helfen wollte, endlich gesund zu werden und seinen Frieden zu finden. Aber da war auch die Polizistin Femke, die sich in der Pflicht sah, Widersprüche aufzudecken und zwei Mordfälle aufzuklären. Das zweite Ich gewann die Oberhand, wissend, wie man Vertrauensseligkeit für sich gewinnen konnte: »Hast du mit Andreas Hebestreit gesprochen?«

»Merkst du nicht, dass du dich wiederholst?«

»Mag sein. Aber mir ist wichtig, dass wir ab jetzt ehrlich zueinander sind.«

»Nein, habe ich nicht.«

Ich wusste, dass sie log. Wieder einmal.

Mit einer dünnen Papierserviette wischte sie sich die Tränen von den Wagen und trank die Hälfte ihrer Cola. »Was hast du in der letzten Woche gemacht?«, fragte sie mich. »Ich hoffe, du hast die Zeit nicht nur damit verplempert, meiner verlorenen Jugend hinterherzuspionieren? Hast du wenigstens herausgefunden, wie ich als Säugling von Bremen nach Salzburg gekommen bin?«

»Ich bin nach wie vor überzeugt davon, dass Bernd Noack das Baby dorthin gefahren hat. Die Zeit dazu hätte er gehabt.« Ich spülte den Rest des trockenen Sesamkringels mit dem Kaffee herunter. »Und was hast *du* in der letzten Woche gemacht?«, gab ich die provozierende Frage an sie zurück.

Selbstbewusst drückte sie die Schultern durch und antwortete. »Ich war fleißiger.«

»Lass hören!«

»Ich habe herausgefunden, dass Bernd Noack und Andreas Hebestreit Geschäftspartner waren.«

Ich erinnerte mich an die diffusen Gerüchte, die im Zuge des Prozesses die Runde gemacht hatten. »Was für Geschäfte?«

»Das weiß ich noch nicht. Auf jeden Fall waren die beiden auch nach Bernds Verurteilung regelmäßig in Kontakt. Ich glaube, er hat ihn sogar noch oft im Gefängnis besucht.«

Warum wusste ich nichts davon? Mit Bernd hatte ich nie viel zu tun gehabt. Aber Andreas war mein Freund gewesen! Ich wusste, dass sie sich seit der Grundschule kannten. Dass sich ihre Wege dann getrennt hatten – Andreas war auf die Realschule, Bernd aufs Gymnasium, später aufs Internat, gegangen. Sie spielten hin und wieder Fußball, waren mal zusammen in der Disco, aber nie so eng befreundet, dass man hätte auf die Idee kommen können, dass sie Geschäftspartner waren.

»Woher weißt du das alles?«, hakte ich nach.

»Gegenfrage: Woher weißt *du* das alles? Dass mein Vater wieder auf freiem Fuß ist? Dass ich in Salzburg und in der Psychiatrie war? Warum stellst du mir diese ganzen Fragen?«

Es war an der Zeit, dass wenigstens ich die Karten auf den Tisch legte. »Ich bin Polizistin«, sagte ich. »Kriminalhauptkommissarin, um genau zu sein. Es ist mein Beruf, diese Informationen zu beschaffen. Und es ist meine Pflicht, dich zu beschützen.«

Die restliche Farbe wich aus Lenas ohnehin schon blassem Gesicht. Nickend sagte sie: »Schon klar.« Wie von einem Skorpion gestochen sprang sie auf und schrie so laut, dass Passanten auf der Straße in die Imbissstube blickten: »Das hättest du mir sagen müssen!«

»Warum?«, zischte ich leise, um nicht noch mehr Aufmerksamkeit auf uns zu lenken. »Weil du aus der Psychiatrie geflohen bist?«

»Dahin gehe ich nicht zurück!« Da war sie plötzlich wieder, die nackte Angst in ihrem Blick.

»Ich werde dich nicht verraten. Meinetwegen musst du nicht

zurück. Ich will dir helfen und gemeinsam mit dir herausfinden, was damals passiert ist. Aber dafür müssen wir zusammenarbeiten. Ganz abgesehen davon, fände ich es sehr vernünftig, wenn du zu einem Arzt gingst. Nur so lange, bis es dir besser geht.«

»Scheiße, was soll das? Wer bist du?« Sie stürzte auf mich zu. Verpasste mir eine Ohrfeige. Griff nach meinem Hals. Schlug auf meinen Kopf ein. Ehe ich zugreifen konnte, ließ sie von mir ab, stolperte rückwärts zur Tür und aus dem Laden. »Lass mich in Ruhe! Ruf mich nie wieder an!«

Der türkische Besitzer hinter dem Tresen sah ihr entgeistert nach. Nachdem er realisiert hatte, was passiert war, kam er hinter seinem Verkaufstisch hervor und fragte mich: »Ist alles in Ordnung? Geht's Ihnen gut? Soll ich die Polizei rufen?«

Ich hob die Hand und schüttelte nur den Kopf. »Das wird nicht nötig sein.« Und hatte das beunruhigende Gefühl, dass ich nach zwei Wochen herzerweichendem Theaterschauspiel endlich die echte Lena Weitz zu Gesicht bekommen hatte.

49

Ich brauchte eine Weile, um mich nach der Überraschung und der Heftigkeit des Angriffs zu sammeln. Ich warf einen Geldschein auf den Tisch, dann stürmte ich ebenfalls zur Tür hinaus und Lena hinterher. Sie rannte quer über die Straßenbahnschienen zur anderen Straßenseite und weiter in Richtung Innenstadt.

Ich folgte ihr, konnte aber mit ihrer Laufgeschwindigkeit nicht mithalten. Ich musste eine Straßenbahn durchlassen, ehe ich ebenfalls auf die andere Straßenseite wechseln konnte. Auf dem Kopfsteinpflaster kam ich kurz ins Straucheln. Sie drehte sich um, und als sie sah, dass sie verfolgt wurde, legte sie noch einen Zahn zu.

Ich konnte es nicht begreifen. Warum hatte sie plötzlich so eine Angst vor mir? Weil ich wusste, wer sie war? Weil ich Polizistin war? Ich wollte ihr doch helfen! Im selben Augenblick wurde mir klar: Wenn sie mir entwischte, würde ich sie höchstwahrscheinlich nie wiedersehen. Und so rannte ich, rannte und rannte.

In Höhe der Haltestelle Wulwestraße sprang sie in den hinteren Eingang der Linie 2, die mir kurz zuvor den Weg abgeschnitten hatte. Ich hatte keine Chance. Noch bevor ich die Haltestelle erreicht hatte, schlossen sich die Türen, und die Bahn setzte sich in Richtung Innenstadt in Bewegung.

Ich überlegte nicht lange und rannte zurück zur Sielwall-Kreuzung, wo ich mein Auto geparkt hatte. Wenn ich Lena mit dem Wagen einholen wollte, musste ich eine städteplanerische Besonderheit berücksichtigen, die sowohl Risiko als auch Chance war: Zwischen Dom und Brill fuhr die Linie 2 durch die Fußgängerzone in der Obernstraße, Autos hatten Durchfahrverbot. Ich betete, dass Lena nicht an den zwei Haltestellen in der Innenstadt ausstieg, und raste, alle Tempolimits ignorierend, die Martinistraße entlang, die parallel zum Weserufer verlief. Gerade noch rechtzeitig erwischte ich die Bahn wieder in der Faulenstraße, kurz vor dem Radio-Bremen-Funkhaus. Ich drängelte mich vor einen dunkelblauen Mercedes, der scharf bremsen musste und ein Hupkonzert anstimmte.

Ich war erleichtert, als ich Lenas Hinterkopf an der Rückscheibe der Straßenbahn lehnen sah, und folgte der Linie 2 weiter die gerade Strecke durch Walle bis zur Endstation an der Gröpelinger Heerstraße, die mitten im gleichnamigen Arbeiterviertel an den Hafenanlagen lag, das in feineren Bremer Kreisen verrufen war aufgrund seiner sozialen Spannungen und kriminellen Brennpunkte, der heruntergekommenen Straßenzüge und multikulturellen Strukturen.

In einer Parkbucht am Straßenrand brachte ich den Wagen zum Stehen und beobachtete, wie Lena, mit dem Mobiltelefon am Ohr und ohne sich umzudrehen, das Bahndepot in Richtung Fluss verließ. Ich stieg aus dem Auto und folgte ihr. Noch war ich zu weit entfernt, um sie zum Stehenbleiben zu bewegen, aber das wollte ich zu diesem Zeitpunkt auch noch gar nicht. Vielleicht war sie auf dem Weg zu ihrer Unterkunft? Vielleicht konnte ich erfahren, wo sie sich versteckte und wer bei ihr war?

In hundert Metern Abstand rannte ich hinter ihr her, durch den Fußgängertunnel unter den Bahnschienen, hin zu den Hafenanlagen, vorbei an den großen weißen Silos des Zementwerks und an gigantischen Lagerhallen. Lena war mit ihrem Telefonat beschäftigt, drehte sich nicht um und lief in großen Schritten die fantasielos betitelte Straße *Beim Industriehafen* entlang, eine Allee des Widerspruchs: auf der einen Seite der mit Gräsern und Bäumen bepflanzte Bahndamm, auf der anderen verwitterte, abrissreife Industriebauten. Die ganze Zeit über kamen uns Lastwagen und Sattelschlepper entgegen. Schließlich ein alter dunkelgrüner Golf III, der seine besten Tage sichtlich hinter sich hatte.

Lena wechselte zielstrebig auf die Straße und rannte dem Wagen entgegen. Er kam auf ihrer Höhe zum Halten. Sie öffnete die Tür und setzte sich, ohne zu zögern, auf den Beifahrersitz.

Ich blieb stehen, als der Fahrer anfuhr und stark beschleunigte. Spätestens jetzt musste Lena erkannt haben, dass ich sie verfolgt hatte. Der Golf rollte an mir vorbei. Unsere Augen trafen sich. Lena sah mich überrascht an, bewegte lautlos die Lippen. Sie musste irgendetwas über mich gesagt haben, denn einen Moment später beugte sich der Fahrer zu ihrem Fenster hinüber, um einen Blick auf mich auf der Fußgängerseite gegenüber dem Bahndamm zu erhaschen.

Trotz Baseballkappe und Sonnenbrille erkannte ich ihn. Hätte ich in den Zeugenstand treten müssen, ich hätte jeden Eid geschworen, obendrein auf das Leben meiner Eltern, auf Franks Leben und das seiner Familie, so sicher war ich mir.

Hinter dem Steuer saß Bernd Noack.

50

Lothar Hemmer hatte nicht viel Zeit, sich mein Anliegen anzuhören, und so stimmte ich widerwillig zu, ihn zum Einkaufen zu begleiten. Wir trafen uns vor einem der Schuhgeschäfte im Einkaufszentrum *Waterfront*, das nur wenige Hundert Meter von der Stelle entfernt lag, an der Lena und Bernd Noack in einem klapprigen Golf an mir vorbeigezogen waren.

Die Waterfront war das futuristisch anmutende Überbleibsel eines gefloppten Weltraumfreizeitparks auf einem ehemaligen Werftgelände.

Während Hemmer unentschlossen zwischen einem schwarzen und einem dunkelbraunen Paar Seniorentreter schwankte, beobachtete ich, dass die meisten Besucher an diesem ruhigen Vormittag nur an den Schaufenstern vorbeiliefen.

»Was meinst du, braun oder schwarz?« Hemmer hatte sich je einen Schuh der beiden Paare angezogen und stand ratlos vor dem Spiegel. Ratlos wie die meisten Männer beim Klamottenkauf, aber Männer aus Hemmers Generation, denen die Frau weggelaufen war, waren ein ganz besonderer Härtefall.

»Die werden dir nicht helfen, bei den Frauen zu landen.«

Er warf mir einen tadelnden Blick zu. »Ich habe dich nicht nach deiner Meinung als Aufreißerin gefragt.«

»Sind sie bequem?«

»Ja.«

»Dann nimm beide!«

Weniger als eine Minute später fanden wir uns an der Kasse wieder. Zurück inmitten der kühl weißen Raumschiff-Architektur, lud ich Hemmer auf einen Kaffee ein und konfrontierte ihn mit meinen Sorgen. Ich ahnte, welche Konsequenzen das haben würde, aber ich war bereit, sie zu tragen. Da ich mich nicht mehr an mein Versprechen, Lenas Geheimnis für mich zu behalten, gebunden sah, offenbarte ich Hemmer einen Teil meiner Ermittlungsergebnisse. Blauäugig hoffte ich, dass ich auf seine Unterstützung bauen konnte, denn hier trafen zwei Kriminalfälle aufeinander, und allein kam ich nicht mehr weiter.

Hemmer hörte sich meine Geschichte geduldig an. Seine Miene variierte zwischen Interesse und Grimmigkeit. Ich schloss meinen Bericht mit Lenas und Bernds Flucht vor mir. »Ich weiß, dass ich von dir für mein Verhalten wenig Verständnis ernten werde. Aber ich glaube, dass ich euch bei euren Ermittlungen zum Fall Andreas Hebestreit unterstützen kann.«

»Was du da tust, ist unklug. Äußerst dumm.«

»Ich weiß. Doch wir könnten mit Holzinger sprechen. Ich könnte das Team als externe Beraterin unterstützen, dann kommt er nicht in Erklärungsnot. Lothar, diese Fälle hängen zusammen, und so, wie es aussieht, muss der Fall Anja und Lena Weitz neu geschrieben werden.«

Dass Hemmer'sche Brummen ging in ein autoritäres Bellen über. »Nein, Femke, ver-verabschiede dich von diesem Ge-Gedanken. Die damals von mir geleitete Soko hat Bremer Kriminalgeschichte geschrieben. Dieser Fall wird weder neu aufgerollt noch neu geschrieben. Er wird lediglich um ein kleines Kapitel ergänzt. Und in diesem Epilog wird ein verurteilter, flüchtiger Doppelmörder erneut gefasst.« Er warf den Pappkaffeebecher mit voller Wucht auf einen Mülleimer. Der Becher prallte auf der Oberkante ab, schnellte zurück und blieb unter einer Sitzbank auf dem Boden liegen. »Scheiße, und ich hab noch gesagt: Die ticken nicht ganz sauber, dass die den wieder freilassen! Hast du dir das Kennzeichen gemerkt?«

Ich reichte ihm den halb durchgerissenen Notizzettel.

»Wo wohnt die Frau? Was weißt du noch über sie?«

»Alles, was ich über sie weiß, habe ich dir erzählt. Mehr als die Telefonnummer habe ich nicht.« Er gab mir den Zettel zurück, und ich notierte die Nummer auf der freien Rückseite.

»Sie hat gesagt, dass Andreas Hebestreit und Bernd Noack all die Jahre Kontakt zueinander gehalten hatten.«

»Ja, das wissen wir bereits«, entgegnete Hemmer, und mit diesem Satz wurde mir erstmals richtig bewusst, wie weit ich mittlerweile von der täglichen Routinearbeit im Präsidium ferngehalten wurde. »Er hat ihn mehrmals im Gefängnis besucht«, fuhr er fort. »Das ist einer der Gründe, weshalb wir ihn vorgeladen haben.«

»Wann?«

»Gestern Morgen. Aber er ist nicht erschienen. Offenbar auf der Flucht. Das Handy hat er ausgeschaltet, wir können ihn nicht mehr orten. Auf unserer Fahndungsliste steht er ganz oben.«

51

Hemmer musste umgehend mit unserem obersten Chef gesprochen haben, denn schon am Montagabend fand ich mich, zum zweiten Mal innerhalb nur einer Woche, in Holzingers Büro wieder. Ich versuchte nachzurechnen, wie häufig ich ihn in einem normal verlaufenen Dienstjahr zu Gesicht bekommen hatte, kam aber auf weniger als fünf Anlässe.

Holzinger tobte – ein Gemütszustand, der so gut wie nie an ihm zu beobachten war. »Wissen Sie überhaupt, wie man Suspendierung buchstabiert?« Die Schlagader entlang seines hageren Halses dehnte sich aus wie ein Regenwurm, der kurz davorstand zu platzen.

Hemmer war auch da. Er hatte seinen Stuhl am weitesten vom Tisch entfernt positioniert und starrte scheinbar unbeteiligt auf die graublaue Auslegeware.

»Herr Direktor, mit Verlaub, aber Ihre Reaktion finde ich der Situation nicht angemessen …«, versuchte ich, mich aus der Defensivsituation, in der ich mich eindeutig befinden sollte, zu befreien. Doch ich kam nicht weit.

»Unangemessen?« Holzinger war von seinem Stuhl aufgesprungen und brüllte so laut, dass ich sicher sein konnte, dass das gesamte Präsidium jedes Wort in HiFi-Qualität mitbekam. »Ist Ihnen eigentlich bewusst, in welche Lage Sie Ihre Kollegen«, er deutete mit dem Zeigefinger auf Lothar Hemmer, »Ihre ehemaligen Kollegen gebracht haben? Hätten Sie uns frühzeitig über Ihren geplanten Alleingang informiert, würde Noack jetzt in einem unserer Verhörzimmer sitzen. Frau Sundermann, ich bin überrascht, nein schockiert, dass Sie sich in Ihrer Lage auch noch ein Verfahren wegen Strafvereitelung im Amt aufhalsen.«

»Im Amt? Sie haben mich suspendiert, falls es Ihnen entfallen ist.«

»Mäßigen Sie Ihren Ton!«

»Lena Weitz hat mich als Privatperson kontaktiert, nicht als Kriminalhauptkommissarin. Ihre Telefonnummer und Noacks Kennzeichen habe ich an Hemmer weitergegeben. Und jetzt kommen Sie mit Strafvereitelung im Amt. Ich glaube, es hakt!«

»Mäßigen Sie sich!«

»Einen Scheißdreck werde ich!«

»Frau Sundermann, es reicht!«

Hemmer mischte sich ein: »Um die Situation mal etwas runterzukühlen und die Perspektiven geradezurücken: Da-Das Handy der Frau wurde heute Mittag geortet – bei einem Flohmarkthändler. Selbst wenn sie einmal im Besitz dieser Nummer gewesen sein sollte, so hat sie das Telefon nicht mehr. Ver-Vermutlich, um einer Ortung zu entgehen. Das wäre ihr gelungen. Und der Golf gehört nicht Noack, sondern einem Kumpel aus Knastzeiten. Noack ist spurlos verschwunden, mitsamt dem Fahrzeug.«

»Haben Sie das gehört?«, fuhr Holzinger wieder auf. »Spurlos verschwunden! Wissen Sie, was es für uns bedeutet, wenn die Presse Wind davon bekommt, dass ein frisch entlassener Doppelmörder als Zeuge in einem weiteren Mordfall geladen wird, uns aber aufgrund Ihrer dilettantischen Einmischung entwischt?«

Aha, daher wehte der stürmische Wind. Ganz offensichtlich verwechselte er »für uns« und »für mich«.

Ich griff Hemmers Anregung, auf eine sachliche Ebene zurückzukehren, auf: »In die Ermittlungen zum Mordfall Andreas Hebestreit will ich mich gar nicht einmischen.«

Holzinger starrte mich feindselig an.

»Um da einzusteigen, fehlen mir viel zu viele relevante Informationen«, fuhr ich unbeirrt fort. »Das fast zeitgleiche Auftauchen von Lena Weitz aber gibt diesem Fall und dem Doppelmordfall Weitz eine ganz neue Wendung.«

»Wir haben deine Angaben überprüft, Femke.« Hemmer schüttelte den Kopf, als wollte er mich wie eine begriffsstutzige Schülerin rügen. »Lisa Keller … also dieses Mädchen, das behauptet, Lena Weitz zu sein, ist aus einer psychiatrischen Anstalt in der Nähe von Salzburg geflohen. Ihre Strafakte reicht bis an den Äquator. Nicht gerade glaubwürdig, die Kleine.«

»Ich habe ihre DNA-Spuren mit denen des verschwundenen Babys abgleichen lassen«, wandte ich ein. »Es gibt überhaupt gar keinen Zweifel, dass diese Frau Lena Weitz ist.«

Holzinger hatte die Arme vor der Brust verschränkt. »Über diesen nicht autorisierten Analyse-Auftrag sprechen wir noch. Wir wissen nicht, woher diese Gegenstände stammen. Sie haben vorhin richtig bemerkt: Diesen Auftrag haben Sie als Privatperson erteilt, so stümperhaft, wie nur eine Privatperson in der Lage sein kann, dies zu tun. Kriminalistisch und juristisch haben die Resultate keinerlei Relevanz.«

Hemmer sprang Holzinger bei: »Den Kriminalfall Weitz haben wir vor achtzehn Jahren gelöst und abgeschlossen. Der Mörder ist unter anderem anhand von DNA-Spuren überführt und verurteilt worden. Wir fangen doch jetzt nicht an, unsere eigenen Ergebnisse zu hinterfragen. Als hätten wir nichts Wichtigeres zu tun!«

Martin Holzinger fasste zusammen: »Was wir damit sagen wollen, Frau Sundermann: Ihre angeblich neue Spur werden wir nicht weiterverfolgen.«

»Das habe ich schon verstanden, bin ja nicht blöd, auch wenn Sie offensichtlich versuchen, mir etwas anderes einzureden.« Ich dachte an den hasserfüllten Blick in Lenas Augen, an ihre Abneigung gegen die Polizei und sagte trocken: »Ja, sparen Sie sich die Mühe! Die werden Sie eh nicht kriegen.«

»Unsere gesamte Energie verwenden wir darauf, Noack einzufangen. Dass es überhaupt so weit kommen musste, haben Sie mitzuverantworten.« Holzinger stützte sich mit beiden Ellenbogen auf dem Besprechungstisch ab. »Wir sind heute aber nicht zusammengekommen, um Ermittlungsdetails zu besprechen, sondern um zu beraten, wie es mit Ihnen weitergeht.«

»Ich bin ganz Ohr.«

»Um wieder in den Polizeidienst eintreten zu können, sollten Sie sich von unserer Polizeipsychologin betreuen lassen. Bis heute haben Sie sich nicht einmal einen Termin geholt.«

Shit, das hatte ich ganz vergessen.

»Und da Sie mir heute eindrucksvoll bewiesen haben, dass Sie kein glaubwürdiges Interesse daran haben, weiterhin in dieser Behörde beschäftigt zu sein, werde ich noch einmal mit dem Staatsanwalt sprechen.«

»Das ist nicht Ihr Ernst«, protestierte ich. »Ich glaube, das mit den unabhängigen Ermittlungen war irgendwie anders gemeint.«

»Sparen Sie sich Ihre vorlauten Bemerkungen für die Verhandlung auf! Ich habe lediglich ein gutes Wort für Sie eingelegt. Nicht mehr als ein Anruf wird nötig sein, das zu korrigieren. Meinetwegen können Sie sich durch alle Instanzen klagen, das geht mir am Allerwertesten vorbei. Durch diese Tür«, er deutete in Richtung Sekretariat, »gehen Sie heute zum letzten Mal.«

»Sehr schön, dann nehme ich das mal als Aufforderung.« Ich stand auf und verließ Holzingers Büro. Bevor ich die Tür hinter mir zuschlagen konnte, hörte ich noch, wie mir der Direktionsleiter hinterherrief: »Frau Sundermann, ich glaube, Sie haben noch immer nicht begriffen, mit wem Sie sich hier anlegen!«

»Oh, ich habe sogar eine sehr präzise Ahnung, mit wem ich es hier zu tun habe«, schleuderte ich ihm entgegen, »mit einem Haufen ignoranter, unfähiger Idioten!«

Dann endlich knallte die Tür ins Schloss.

52

Nach Umwegen über ein paar Viertel-Kneipen, in denen ich versucht hatte, meine Kündigung zu verarbeiten, kam ich um kurz nach Mitternacht zurück in das Haus meines Bruders. Doch die Nacht war noch lange nicht zu Ende.

Das Haus lag im Dunkeln, wie ich es erwartet hatte. Der Taxifahrer fragte, ob er mich zum Eingang begleiten solle, aber ich winkte ab. Den Wagen, der hinter uns im Schatten der Straßenlaterne unter einer Eiche parkte und nicht hierher gehörte, nahm ich zu diesem Zeitpunkt nicht wahr.

Ich schloss die Haustür auf und zwang mich, leise zu sein, was angesichts meines Alkoholpegels eine größere Herausforderung war, als in Stöckelschuhen den Mount Everest hinaufzukommen.

Ich schwankte. Oder das Haus. Auf jeden Fall war ich in einer miserablen Verfassung. Immerhin reichte sie noch, um die Schuhe abzustreifen und den Parka neben die Garderobe zu werfen. Sie reichte nicht mehr, um die Haustür abzuschließen.

Auf halbem Weg zur Küche, in die mich der Nachdurst trieb, hörte ich die ersten Schritte. Fest. Entschlossen. Dann die Tür. Wieder Schritte.

»Felix?« Meine belegte Stimme ließ mich kurz zusammenzucken. »Bist du noch wach? Es ist Montag … Und die Schule … Deine Eltern …« Verdammt, meine Zunge wollte meinem Gehirn oder dem, was davon übrig war, nicht gehorchen.

Ich ging in die Küche, schnappte mir ein Glas und hielt es unter den Leitungswasserhahn. Und zuckte zusammen.

Da waren sie wieder. Die Geräusche.

Die Wut ließ mich schlagartig wach werden. Entschlossen lief ich die Treppe in den ersten Stock hinauf und riss die Tür zu Felix' abgedunkelter Daddelhöhle auf. Wie gebannt saß er vor dem wandgroßen Monitor und bearbeitete seine Tastatur. Er sah mich nicht. Er hörte mich nicht. Nahm mich einfach nicht wahr. Schuld waren die knallroten, übergroßen Kopfhörer, die ihn wie einen der Aliens aus *Louis und seine außerirdischen Kohlköpfe* aussehen ließen. Ich riss sie ihm vom Kopf.

»Ey, was soll das?«

»Hör auf, hier herumzutrampeln, und geh ins Bett!« Ich versuchte, mir meinen Zustand nicht anmerken zu lassen, und gaukelte Autorität vor, die ich heute in Holzingers Büro zurückgelassen hatte. »Es ist nach Mitternacht. Wenn deine Eltern das mitkriegen, bekommen wir beide Riesenärger.«

»Ich lauf doch gar nicht rum. Und jetzt gib mir die zurück!« Er entriss mir die Kopfhörer. »Ich gewinne gerade. Wenn ich durch bin, gehe ich ins Bett.«

»Verarsch mich nicht, Felix! Ich habe dich von unten deutlich gehört.«

»Bist du besoffen?«

»Nein! Wie kommst du darauf?«

»Du guckst komisch. Und hörst anscheinend Gespenster.« Er setzte die Kopfhörer wieder auf und war von einer Sekunde auf die andere zurück auf dem Schlachtfeld.

Und ich vernahm wieder das Poltern. Und das Rascheln.

Es kam vom anderen Ende des Flures. Das waren keine Mäusetapsen. Das waren menschliche Schritte, menschliche Bewegungen.

Wir waren nicht allein.

Ich schloss die Tür zu Felix' Zimmer und erinnerte mich an die Waffe, die Lena in das Ferienhaus in Neuharlingersiel geschmuggelt hatte und die jetzt sicher verstaut in meiner Sporttasche lag. Die hätte ich gut gebrauchen können. Den Gedanken, sie zu holen, verwarf ich wieder, als die Geräusche deutlicher wurden. Der Einbrecher war in meinem Gästezimmer!

Ich sah mich um, dachte nach. Doch das war so verdammt schwer. Scheißalkohol. Das Risiko, unbewaffnet in den Raum zu gehen, konnte ich nicht eingehen. Schon gar nicht in meinem Zustand. Auf leisen Sohlen stieg ich die Treppe hinunter ins Erdgeschoss, zog in der Küche das Tranchiermesser aus dem Holzblock und wollte gerade zum Telefonhörer greifen, als ich die Schritte auf der Terrasse hörte. Stimmen. Ein Flüstern. Nein, das durfte nicht wahr sein, bitte! Es waren mehrere Gestalten an und im Haus!

Der Garten lag im Dunkeln, dort war nichts zu erkennen. Ich schaltete die Außenbeleuchtung ein, doch das Licht erhellte gerade einmal die Terrasse. Da war auch niemand mehr. Die winterlichen Baumgerippe im Hintergrund nahm ich nur als Silhouette wahr.

Wieder hörte ich die Schritte. Unten, draußen. Oben, drinnen. War das alles real?

Sie kamen näher. Nach unten. Stufe für Stufe. Auf die Küche zu. Ich huschte hinter die Küchentür, spürte die Innenseite in meinem Rücken und hielt den Messergriff so fest, dass sich meine Hand verkrampfte.

Ich betrachtete die Klinge. Wo war die Pistole? Lag sie noch, wo sie liegen sollte? Wenn nicht, war diese Auseinandersetzung nicht zu gewinnen. So sehr hatte der Alkohol meine Hemmschwelle dann doch noch nicht sinken lassen, dass ich das nicht erkannt hätte.

Die Schritte entfernten sich von der offenen Küchentür, hinter der ich abwartete. Die Haustür wurde geöffnet. Jetzt waren die Bewegungen von draußen noch lauter zu hören. Sie standen vor dem Eingang!

Dann hörte ich, wie sie sich entfernten. Und fasste einen Entschluss. Was hatte ich zu verlieren außer einem Leben, das für mich wertlos geworden war?

Ich umklammerte das Messer und rannte hinterher. Wahrscheinlich schrie ich irgendwas, forderte sie auf, stehen zu bleiben, so genau weiß ich das heute nicht mehr. Aber alles, was ich im diffusen Halbdunkel der Straßenbeleuchtung sah, waren schemenhafte Gestalten. Einen Augenblick später wurde ein Motor angeworfen. Reifen quietschten. Ich sah nur noch Rücklichter. Nicht einmal die Wagengröße hatte ich mir gemerkt. Nie wieder Alkohol!

Wankend und mit zitternden Knien stand ich noch eine Weile auf der Straße und schaute den kleiner werdenden Lichtern nach.

Bis ich spürte, dass ich nicht allein war. Blitzschnell – oder was immer die Geschwindigkeitsbezeichnung in betrunkenem Zustand war – fuhr ich herum. Und sah Felix vor mir.

»Was war das für ein Krach?«

»Musst du mich so erschrecken?«

»Was machst du mitten in der Nacht mit einem Messer auf der Straße?«

»Geh ins Haus, Felix!«

»*Fuck!* Du zitterst ja. Und bist total blass. Soll ich Mama und Papa anrufen?«

»Nein, schon gut. Hier war jemand. Aber jetzt ist alles gut. Lass uns ins Bett gehen!«

Nachdem Felix auf seinem Zimmer verschwunden war, durchsuchte ich das Haus. In den meisten Räumen waren sie gewesen, was an kleineren Details zu sehen war: verrückte Stühle, offene Schränke, herausgezogene Schubladen. Immerhin war nichts zerstört worden.

Erst als ich mein Gästezimmer betrat, ahnte ich, worauf sie es abgesehen hatten. Das Zimmer war ein einziges Chaos. Die

Akten waren noch da, aber durchwühlt. Einige der losen Aufzeichnungen waren nicht mehr da, ebenso mein Laptop. Ich kniete mich auf den Teppich und sah, dass meine schlimmste Befürchtung wahr geworden war: Die Sporttasche war durchwühlt worden. Und die Waffe war verschwunden.

53

Am nächsten Morgen wurde ich wieder einmal vom Klingeln des Telefons geweckt. Ich hatte eine Vorahnung, dass dies der Anruf war, auf den ich gewartet hatte.

Bernd Noacks Stimme hatte sich in den achtzehn Jahren nicht verändert. Es war schon erstaunlich, wie Sorgen, Glück, Krankheit, Witterungseinflüsse und Ernährungsverhalten Spuren im Gesicht eines Menschen hinterließen, die manch jugendliches Ich zu einem nicht wiederzuerkennenden Greis formten. Nicht so die Stimme. Sie behielt ihre urtypische, unverwechselbare Klangfarbe.

»Überrascht, von mir zu hören?« Noch immer war da dieses viel zu selbstsichere Timbre und diese gespielte, um mindestens eine Oktave zu tief gelegte Tonhöhe, die signalisierte: *Achtung, Platz da für den Schnösel!* und die mich seit dem ersten Tag unserer Begegnung gestört hatte. Hätte ich am Vortag nicht für wenige Sekunden in sein verbittertes, abgekämpftes Gesicht gesehen, ich hätte schwören können, Bernd Noack hatte sich in achtzehn Jahren kein bisschen verändert.

»Wo bist du, Bernd? Ist Lena bei dir?« Ich sah auf das Display.

Die Nummer war unterdrückt, und so ahnte ich seine Antwort. »Gebt euch keine Mühe, diese Nummer zurückzuverfolgen! Ich bin nur auf der Durchreise. Und gleich wieder weg. Weit weg.«

»Ich lege keinen Wert darauf, dich zu sehen, Bernd. Von mir aus musst du nicht wiederkommen. Verschwinde und lass mich und meine Familie in Ruhe!«

»Mir scheint, du bringst da etwas durcheinander. Momentan fühle ich mich von euch belästigt.«

»Mein Mitleid hält sich in Grenzen.«

»So wie damals?«

»Du hast meine beste Freundin ermordet, die Mutter deines Kindes. Dafür kannst du kein Mitleid erwarten.«

»Die haben mich für zwei Morde in den Bau geschickt. Und jetzt du: Wo ist der Fehler?«

»Warum hast du ihnen nicht gesagt, dass deine Tochter noch lebt?«

»Wie kommst du darauf, dass ich wusste, ob sie tot ist oder lebt?«

»Irgendjemand muss davon gewusst haben.«

»Schade dass wir Andreas dazu nicht mehr befragen können …«

»Was hatte Andreas damit zu tun? Was hat er mit Lena gemacht?«

»… aber deswegen rufe ich gar nicht an. Das alles ist Schnee von gestern. Weshalb ich mit dir sprechen muss …«

»Nein!«, unterbrach ich ihn. »Sag mir, was du mit Anja und Lena gemacht hast! Für dich ist es vielleicht vorbei. Aber nicht für uns, erst recht nicht für Reinhard.«

Am anderen Ende der Leitung entstand eine Pause. Ich musste den Hörer ganz fest ans Ohr pressen, um Bernds Atem zu hören – gleichmäßig, ruhig, unbeirrt. Schließlich fuhr Bernd in seinem unverwechselbar herablassenden Tonfall fort: »Du hörst mir nicht zu, Femke. Ich habe nicht das geringste Interesse, die alte Geschichte aufzuwärmen.«

»Aber das musst du!« Ich durfte, nein ich konnte nicht lockerlassen. Dieses Telefonat war vielleicht meine einzige Chance. »Das ist doch auch in deinem Interesse. Wir könnten uns auf einen Deal verständigen.«

»Einen Deal?« Er äffte mich nach, machte sich über mich lustig. Er hatte sich kein Stück verändert.

»Meine Kollegen und ich könnten nachweisen, dass Lena lebt. Wenn dieser Nachweis erbracht ist, wäre bewiesen, dass du für einen Mord zu viel gesessen hast.«

»Warum solltet ihr, du und deine Kollegen, das tun?« Er bemühte sich, das Wort »Kollegen« mit einem Höchstmaß an Verachtung auszusprechen.

»Weil unsere Aufgabe nicht nur darin besteht, Schuldige zu überführen, sondern auch darin, Unschuldige zu entlasten. Der mutmaßliche Mord an einem kleinen wehrlosen Baby, dem eigenen Kind, ist die wohl verachtenswerteste Tat, die ein Mensch begehen kann. Zumindest in Teilen wärst du rehabilitiert.«

»Wie rührend! Nein, das nehme ich dir nicht ab. Was ist denn nun der Deal?«

»Wenn wir nachgewiesen haben, dass Lena noch lebt, wirst du angemessen entschädigt. Im Gegenzug verrätst du uns, was du mit Anja gemacht hast und wo du ihre Leiche entsorgt oder begraben hast.«

Statt einer weiteren Pause, in der ich nur ein leises Rauschen hörte, erntete ich Gelächter. Vulgäres Gelächter. »Das ist nicht dein Ernst!«, feixte Bernd, als er sich wieder einigermaßen beruhigt hatte. »Was soll mir das bringen? Ich habe fast zwanzig Jahre im Gefängnis gesessen. Diese verlorene Zeit kann mir niemand ersetzen. Ich bin jetzt für fünf Jahre auf Bewährung raus. Danach bin ich ein freier Mann. Das Thema ist für mich erledigt.«

»Du könntest deinen Ruf zumindest teilweise reinwaschen. Das könnte für deine Zukunftsplanung hilfreich sein.« Zugegeben, das Argument war dünn wie Pergamentpapier, doch es war das einzige, das ich ins Feld führen konnte. »Außerdem hast du nichts, aber auch gar nichts zu verlieren, wenn du uns zu ihrem Grab führst.«

»Ich scheiße auf meinen Ruf! Femke, ich habe nicht viel Zeit. Wir werden dieses zähe Thema an dieser Stelle beenden. Denn ich habe ein Problem, und du wirst mir dabei helfen.« Verzweifelt musste ich feststellen, dass er dieselbe Karte ausspielte wie damals. Andere hatten über ihn gerichtet – moralisch wie juristisch. Was sie nicht geschafft hatten, war, ihn zu einer Aussage zu bewegen. Er schwieg beharrlich. Und dieses Schweigen verlieh ihm Macht.

»Deine Kollegen wollen mich schon wieder in eine Sache hineinziehen. Ihr werdet mich von nun an in Ruhe lassen. Das ist alles. Ich habe für euch den Sündenbock gegeben und bin einer unfähigen Justiz zum Opfer gefallen. Sie haben eure dreisten Lügen geschluckt, eure heuchlerischen Aussagen auf einen Altar gebettet. Aber ich schwöre dir: Noch einmal kriegt ihr mich nicht.«

»Warst du bei Andreas? Warum stellst du dich nicht und sprichst mit der Polizei, wenn du nichts zu verbergen hast?«

»Ihr verdreht einem ja doch nur das Wort im Mund.«

»Wenn du an Andreas' Tod unschuldig bist, wenn du ein Alibi hast, dann werden wir dich in Ruhe lassen. Wenn du uns zu Anja führst, werden wir dich in Ruhe lassen.«

»Netter Versuch.«

»Aber wenn du dich weiterhin weigerst zu kooperieren, werden wir dich jagen, bis wir dich haben, notfalls bis an dein Lebensende.« Auch wenn ich von »wir« sprach, meinte ich natürlich »die«. Nur wollte ich nicht meinen letzten Kredit verspielen.

»Fehlt dir dein Sohn, Femke? Wie hieß er? Paul?« Von einer Sekunde zur anderen fing meine Hand an zu zittern, nur mühsam konnte ich den Hörer halten. Bernd Noack war noch immer Herrscher seines Ego-Königreichs und glaubte nach wie vor, die Oberhand über mich und jeden anderen Menschen zu haben.

»Halte meinen Sohn da heraus, du Schwein!«

»Sprechen wir jetzt endlich offen, ja? Schön. Ich erinnere mich, dass dir immer viel an deiner Familie gelegen hat, Femke. Ich bin mir sicher, sie ist dir in diesen schweren Monaten eine große Stütze. Frank, Marion und die Kinder. Wie heißen sie? Saskia und Felix?«

»Sei still!«

»Gib auf sie acht, Femke, beschütze sie! Sie sind die Einzigen, die du noch hast. Und bitte, gib auch ein bisschen auf mich acht! Sprich mit deinen Kollegen! Dann haben wir alle unsere Ruhe.«

»Hast du Lena die Waffe besorgt? Hast du? Was hast du mit ihr gemacht? Was hast du ihr in den Kopf gesetzt?«

Ich bekam keine Antwort.

»Du hast ihr die Waffe besorgt!«, schrie ich in den Hörer. »Was habt ihr damit vor? Bernd?«

Ich wiederholte seinen Namen. Einmal. Zweimal. Dreimal. Viermal. Fünfmal. Erst nach dem sechsten Ruf bemerkte ich den Grund für die Stille. Er hatte aufgelegt.

54

»Er hasst uns. Er hasst uns abgrundtief!« Marion verschränkte die Finger ineinander und zog ein Gesicht, als hätte sie sich gerade einem Intim-Waxing unterzogen. Frank und sie waren zurück, und die Nordseeerholung war komplett aus ihren Gesichtern verschwunden. »Wenn ich mir vorstelle, dass er in unserem Haus gewesen ist, unsere Einrichtung berührt hat … Nein, daran darf ich gar nicht denken.« Sie begann zu weinen.

»Natürlich hasst er uns«, unterbrach ich sie. »Unsere Aussagen vor Gericht haben ihn hinter Gitter gebracht.« Auch wenn es in meinem Inneren ähnlich aussah, bemühte ich mich, es mir nicht anmerken zu lassen. Dabei hasste ich mich. Ich hasste mich für meine Schwäche, dafür, unbewaffnet den Einbrechern gegenübergestanden zu haben, und für meine Unfähigkeit, meine Familie zu beschützen.

»Das waren nicht nur unsere Aussagen«, widersprach Marion energisch. »Die Beweislast war erdrückend. Nein, nein, Bernds Verurteilung lasse ich doch nicht mir in die Schuhe schieben!«

»Er ist es gewesen, sie hatten den Richtigen«, sagte ich. »Aber es heißt nicht umsonst: ›Im Zweifel für den Angeklagten.‹ Unsere Aussagen haben diesen Zweifel gar nicht erst zugelassen.«

Marions Stimme überschlug sich beinahe: »Er hat die Tat begangen, Femke! Du sagst es doch selbst! Er hatte die Verantwortung zu tragen!«

»Du hast ja recht.« Ich war überrascht, wie ruhig meine Stimme blieb. »Und trotzdem wird Bernd das ganz anders sehen. Erinnerst du dich, mit welchem Blick er unsere Aussagen verfolgt hat?«

»Diese Eisaugen verfolgen mich bis heute.«

Ein Gedanke ließ mich seit Bernds Anruf nicht los: »Was mir noch immer nicht klar ist: Wenn Lena überlebt hatte, warum hat er weiter geschwiegen?«

Marion hatte eine Antwort parat: »Weil er nur so die Oberhand und die Macht behalten konnte. Außerdem: Hätte er das lebende Baby präsentiert, wäre das einem Geständnis gleichgekommen. Das wäre der Beweis gewesen, dass er wusste, was mit Anja passiert war. Das hast du doch selbst gesagt.«

Frank hatte uns eine Weile zugehört. Jetzt schaltete er sich ein und verhalf seinem Gedanken mit einem stakkatoartig deutenden Zeigefinger Nachdruck: »Bernd hat Femke gegenüber angedeutet, dass Andreas involviert gewesen sein könnte. Vielleicht war er sogar beteiligt?«

»Ja, das macht Sinn«, sagte Marion. »Entweder hat Bernd davon gewusst oder aber es zumindest geahnt. Jetzt ist er raus aus dem Knast und rächt sich an allen, die seiner Meinung nach verantwortlich dafür sind, dass er verurteilt wurde. Du sagtest, er habe dir und uns gedroht, Femke. Erst hat er Andreas umgebracht. Und als Nächstes sind wir dran. O mein Gott!« Marion sprang vom Sofa auf.

Frank versuchte, seine Frau zu beruhigen: »Wir wissen nicht, was Andreas mit der Sache zu tun hatte. Aber wir wissen, dass wir lediglich vor Gericht ausgesagt haben. Das war unsere Pflicht.«

Doch Marion hörte gar nicht richtig zu. Wie in Trance redete sie in atemberaubender Geschwindigkeit vor sich hin: »Ich dachte, das Thema ist durch! Fast zwanzig Jahre habe ich es verdrängt. Und jetzt ist dieser Mörder zurück, das eiskalte Schwein! Jetzt werden bestimmt die Albträume wiederkommen, werden sie? O Gott, ich glaub, ich werde wahnsinnig!«

Frank sprang ebenfalls auf und packte seine Frau mit beiden

Händen an den Schultern. »Hör auf damit, Marion, lass das! Beruhige dich! Er wird uns nichts tun.«

»Das weißt du nicht!«, schrie sie.

Er nahm sie in den Arm, was bei Marion einen Weinkrampf auslöste.

Ich hatte mich mit einem Kissen vor dem Bauch in eine Ecke des Sofas verkrochen. Es tat mir weh zu sehen, dass nicht mehr nur ich von den Dämonen der Vergangenheit verfolgt wurde, sondern auch die Menschen, die mir am nächsten standen. Und ich war machtlos dagegen. »Vielleicht wollten sie nur an die Waffe«, äußerte ich hilflos, war mir aber nicht sicher, ob ich meinen eigenen Worten Glauben schenken wollte.

»Die Pistole!«, rief Marion. »Wir werden sterben!«

Frank streichelte ihren Hinterkopf und drehte sich zu mir. »Das alles ist doch Schnee von gestern. Was passiert ist, können wir nicht ändern. Lasst uns lieber überlegen, wie wir weiter vorgehen!«

Marion löste sich aus Franks Umarmung. Ihre Augen waren gerötet, die Schminke verlaufen, doch selbst in dieser Verfassung konnte sie noch unverschämt attraktiv aussehen. »Wenn die Polizei nach ihm sucht und er in unserem Haus gewesen ist, müssen wir das anzeigen.«

Frank sah seine Frau an, als hätte sie ihm nach einundzwanzig Ehejahren eröffnet, lesbisch zu sein. »Dann bringst du ihn noch mehr gegen uns auf.«

»Ich halte diesen Terror nicht aus, Frank! Der läuft da draußen frei herum. Mit einer Waffe. Und der war in unserem Haus!«

»Wir wissen nicht, ob er es war«, schaltete ich mich vom Sofa aus ein.

»Wer denn sonst? Ich will, dass uns jemand vor diesem Irren beschützt!«

»Femke ist bei uns«, sagte mein Bruder.

Marion schaute mitleidig zu mir herüber, fast vorwurfsvoll, und im Stillen musste ich ihr recht geben. Was hätte ich schon ausrichten können, suspendiert und unbewaffnet wie ich war? Nichts. *Nada. Niente.* Ich konnte sie so wirksam beschützen wie ein schlafender Wachhund.

»Femke wird genauso bedroht wie wir«, antwortete Marion, um Diplomatie bemüht. »Wir sitzen alle in diesem Boot. Wir alle sitzen fest.«

»Und damit muss Schluss sein«, sagte ich.

Die beiden sahen mich fragend an.

»Wollen wir weiter Opfer spielen? Wollen wir uns von ihm jagen lassen? Achtzehn Jahre lang hat er unserer Trauer einen Anlass gegeben, er hat unsere Gedanken beherrscht und unsere Albträume befeuert. Das muss ein Ende haben. Wir müssen dieses Kapitel endlich schließen.«

Marions Gesichtsausdruck signalisierte Ratlosigkeit.

Frank legte den Kopf schräg. »Was hast du vor?«

»Es ist an der Zeit, dass wir uns endlich von dieser Last befreien«, antwortete ich. »Drehen wir den Spieß um!«

55

Noch am selben Abend trommelte ich die Menschen zusammen, auf deren Hilfe ich angewiesen war.

Frank hatte mich zu dem alten Vereinsheim am Weserufer begleitet. Obwohl ich noch immer zahlendes Mitglied des Schwimmvereins war, hatte ich den altersschwachen Flachbau seit mehr als zehn Jahren nicht mehr betreten. Der Komplex auf dem Stadtwerder war umgeben von Tennisplätzen auf der Landseite und den Unterstellplätzen der Ruderer am Weserstrand.

Eine abgestandene Geruchsmischung aus Bohnerwachs und Linoleum durchwaberte die Umkleide- und Schulungsräume im Erdgeschoss und die buchenfurnierte Gaststätte im Obergeschoss. Den Wirt kannte ich noch von früher. Er war mehr als überrascht gewesen, mich wiederzusehen, hatte aber keine Sekunde gezögert, mir kurzfristig seine Bewirtungsstube zu überlassen. An diesem Abend waren weder Tennisturniere noch Vereinssitzungen geplant.

Alle waren gekommen, doch niemand wagte, sich auf einen der Stühle zu setzen. Ich konnte ihre Skepsis verstehen. Allein die Tatsache, dass sie meinen Hilferuf erwidert hatten, zeigte mir, dass sie mich ernst nahmen und dass ich mich auf sie verlassen konnte.

Toby war da. Die von mir erwarteten Sorgenfalten auf der Stirn hatte er gleich mitgebracht. Jörg sah nicht weniger besorgt aus, konnte aber, da er mich neben Frank am besten kannte, am ehesten einschätzen, wie ernst es mir war. Malin wischte abwesend und ungeduldig auf ihrem Smartphone herum.

Lennart hatte sich am Ausgang postiert, am weitesten entfernt von allen anderen, und trug von allen das größte imaginäre Fragezeichen im Gesicht.

Ich begrüßte jeden Einzelnen von ihnen und stellte mich vor das Fenster. »Ich weiß sehr zu schätzen, dass ihr gekommen seid. Die meisten von euch wissen, worum es geht. Diesen Ort hier habe ich nicht willkürlich ausgewählt. Hier sind Anja und ich uns zum ersten Mal begegnet. Ich war sieben Jahre alt, sie zehn, und wir hatten ein ganzes Leben vor uns. Dachten wir. Damals haben wir uns noch nicht gefragt, wie unser Erwachsenenleben wohl verlaufen würde. Ob wir heiraten werden? Wie viele Kinder wir bekommen? Erst recht nicht, wann wir sterben werden.«

Malin sah betreten aus dem Fenster.

»Der Mord an Anja und Lena Weitz schien aufgeklärt. In den vergangenen zweieinhalb Wochen habe ich gelernt, dass wir den Fall neu denken müssen. Es gibt viele lose Enden, die zusammengeführt werden müssen. Eine Liste von unbeantworteten Fragen schreit nach Antworten. Und irgendetwas läuft gerade gehörig aus dem Ruder. Mein Exfreund, der wie ich damals vor Gericht ausgesagt hat, ist ums Leben gekommen, vermutlich ermordet. Lena ist verschwunden. Bernd Noack ist auf der Flucht. Meine Familie und ich werden bedroht. Aber die Kripo scheint das nicht zu interessieren. Sie ermitteln in eine vollkommen falsche Richtung. Und mir sind die Hände gebunden, mich lassen sie nicht mitarbeiten, das wisst ihr auch. Deshalb brauche ich euch. Jeder von euch hat im Laufe der letzten Wochen mitbekommen, dass etwas schiefläuft, und dabei hat jeder ein kleines Puzzleteil zu dieser Erkenntnis beigesteuert. Lasst uns gemeinsam das Puzzle zusammenbauen und nach den fehlenden Teilen fahnden!«

»Warum ist Hemmer nicht hier?«, wollte Toby wissen. »Er kennt den Fall am besten.«

»Lasst uns gemeinsam die Antwort auf deine Frage finden«, schlug ich vor.

Der Satz verfehlte seine Wirkung. Im Gegenteil, er verstärkte Tobys Zögern. »Da würde ich meinen Job riskieren.«

»Möglich, ja.«

»Das kann ich nicht, Femke.« Er griff nach seiner Lederjacke, die über einem Stuhl hing. »Tut mir leid.«

Ich nickte. »Kein Problem. Ich kann euch nicht zwingen, mir zu helfen. Ihr alle geht ein großes Risiko ein.«

»Genau das ist es«, sagte Malin. »Ich weiß kaum etwas über diesen Mordfall, wer dich bedroht und so weiter. Dafür weiß ich aber, dass sie mich garantiert rauswerfen werden, wenn sie herausfinden, dass ich in einer nicht autorisierten, illegalen BAO mitarbeite.« BAO stand für *Besondere Aufbauorganisation* und war der organisatorische Fachbegriff der landläufig bekannten Sonderkommission. »Solch einen Job finde ich in der freien Wirtschaft nicht wieder«, erklärte Malin.

»Ihr könnt alles auf mich schieben«, bot ich an. »Ich hätte euch genauso gut anlügen können. Wenn ich euch jetzt sagen würde, dass meine Suspendierung aufgehoben ist und ich von Holzinger beauftragt worden bin, eine *Soko Lena* ins Leben zu rufen … Dann würdet ihr mir sehr wahrscheinlich glauben, oder?«

»Nicht länger als vierundzwanzig Stunden«, bemerkte Lennart bissig.

Malin sah noch immer nicht zufrieden aus. »Selbst wenn wir damit durchkämen: Ich habe nicht die leiseste Ahnung, wie ich dir überhaupt behilflich sein kann.«

»Dann lasst es mich wenigstens erklären«, bat ich. »Ich habe vielleicht ein paar Wochen ausgesetzt, aber ich bin noch nicht aus der Übung. Wenn sich meine Vermutungen bewahrheiten, wird niemand seinen Job verlieren. Zumindest niemand aus diesem Raum. Bitte vertraut meiner Erfahrung! Und gebt mir eine Chance!«

56

Und sie gaben mir eine Chance.

Toby legte seine Jacke zurück über die Stuhllehne, und Malin steckte endlich ihr nerviges Smartphone weg.

Lennart hatte sich hinter dem Tresen postiert und damit begonnen, Bier zu zapfen, während ich die Stühle in einem Halbkreis arrangierte.

Auf einem der Tische baute mein Bruder seinen Laptop und einen mobilen Beamer auf. Um alle auf den gleichen Wissensstand zu bringen, hatte ich auf einigen PowerPoint-Charts die gesammelten Fakten zum Mordfall Anja und Lena Weitz und zu den Ereignissen der vergangenen zwei Wochen in Stichworten zusammengefasst.

So gesehen unterschied sich unsere Zusammenkunft in nichts von einer herkömmlichen Sitzung im Präsidium – vom Ausblick auf die Weser und dem frisch gezapften *Beck's* einmal abgesehen.

Der Präsentation hatte ich die Überschrift *Soko Lena* verpasst. Meinen Laptop hatten sie mir gestohlen, und meine Akten waren nicht mehr vollständig, aber meine Erinnerungen hatten die Einbrecher nicht stehlen können. Davon hatte ich einige, und sie waren akribisch und auf immer und ewig auf meiner inneren Festplatte gespeichert.

Die Fülle der zusammengetragenen Informationen schien das Team zu überfordern. Malin massierte ihre Schläfen. Lennart starrte ins Leere.

»Das ist genug Stoff für drei Sokos«, warf Toby ein.

Nur Jörg und Frank sahen vergleichsweise entspannt aus, schließlich hatten sie die Entwicklungen der letzten Tage aus nächster Nähe mitverfolgt und waren größtenteils auf dem aktuellen Stand.

Am Ende meiner Präsentation hatte ich auf wenigen Folien die offenen Fragen aufgelistet, aus denen sich unsere Arbeitspakete ergaben:

Welche Verbindung bestand zwischen Andreas Hebestreit und Bernd Noack? Sind sie gemeinsamen Geschäften nachgegangen?
Wenn ja: welchen?
Wie regelmäßig hatten sie nach Bernd Noacks Inhaftierung Kontakt?
Wann, wo und wie sind Bernd Noack und die jugendliche/erwachsene (?) Lena Weitz in Kontakt zueinander getreten?
Wo war Lena Weitz zum Todeszeitpunkt Andreas Hebestreits? Alibi?
Wo war Bernd Noack zum Todeszeitpunkt Andreas Hebestreits? Alibi?
Wo hält sich Lena Weitz jetzt auf?
Lebt Anja noch?
Wenn ja: Wo?
Wenn nein: Wo befindet sich ihr Grab?

»Egal, wie ihr euch entscheidet: Niemand darf vor Abschluss unserer Ermittlungen von diesem Kreis erfahren. Wir haben wenig Zeit, und ihr seid in eure Jobs eingebunden. Daher werden wir auf eine regelmäßige Morgenlage verzichten. Ich bleibe mit jedem von euch in Kontakt und trage die einzelnen Ermittlungsergebnisse zusammen. Über wichtige Neuigkeiten oder Wendungen werdet ihr per E-Mail informiert.«

Mein Vortrag war zu Ende. »Jetzt wisst ihr, was euch erwartet. Niemandem werde ich böse sein oder etwas nachtragen, wenn er oder sie meine Bitte ausschlägt. Dafür hätte ich sogar Verständnis. Ich weiß, dass wir das schaffen können, aber nur, wenn alle mitrudern.« Erwartungsvoll blickte ich in die Runde. »Und? Wer ist im Boot?«

Ich schaute in betretene Gesichter. Begeisterungsstürme sahen anders aus. Bevor jemand beschämt zu Boden gucken musste, hob Jörg die Hand. Ich rechnete es ihm hoch an, dass er überhaupt noch mit mir sprach, trotzdem wäre ich maßlos enttäuscht gewesen, hätte er sich nicht gemeldet. Frank war der Nächste. Lennart. Dann Malin. Und schließlich – wenn auch am zögerlichsten von allen – Toby.

»Ich liebe euch. Machen wir uns an die Arbeit!«

57

Nach und nach trudelten die neuen Erkenntnisse ein. Die meiste Zeit des Tages hielt ich mich in der Gaststätte des Vereinsheims auf. Mit Tesafilm hatte ich Flipchart-Papier an die Fenster geklebt und füllte es nach und nach mit Status- und Beziehungsdiagrammen. Den Raum hatte ich dem Wirt gegen Zusage einer großzügigen Vereinsspende für eine weitere Woche abgetrotzt.

*

Frank hatte sich ein paar Tage freigenommen und sich bereit erklärt, Jörg und mich zu unterstützen. Er reaktivierte den Kontakt zu einem ehemaligen Schulfreund, der in der Verwaltung der Justizvollzugsanstalt Oslebshausen arbeitete. Jörg nutzte seine guten Verbindungen zur Bremer Justiz. Gemeinsam fanden sie heraus, dass Lena Weitz gut ein Jahr zuvor die ersten Briefe an Bernd Noack geschrieben hatte. Schon ein halbes Jahr später hatte sie ihn zum ersten Mal in Oslebshausen besucht. Die Gefängnisbeamten hatten protokolliert, dass ihr Umgang miteinander zuerst unsicher und distanziert war, jedoch im Laufe der Zeit – Lena kam einmal im Monat zu Besuch – immer unbefangener wurde. Gegen Ende seiner Haftzeit gingen sie herzlich und vertraut miteinander um.

Als Bernd Noack vor zwei Monaten entlassen wurde, nahm sie ihn vor den Gefängnistoren in Empfang.

*

Auf Toby lastete der größte Erwartungsdruck. Offiziell war er bei der Polizei als Spezialist für die Telekommunikationsüberwachung zuständig. Da er aber seit seiner Kindheit über hervorragende, autodidaktisch antrainierte IT-Kenntnisse verfügte, die die der EDV-Spezialisten der Polizeibehörde in den Schatten stellten, konnte er sich unbemerkt Zugang zu Informationen verschaffen, von denen er nichts wissen durfte.

Eigentlich musste sich die Bremer Kriminalpolizei glücklich schätzen, Tobias Schumacher eingestellt zu haben. Er war smart und präzise und erledigte seine Arbeit zuverlässig und gut. Seine Ausbildung hatte er noch mit dem Ziel begonnen, als Kriminalkommissar eines Tages selbst Teil einer Sonderkommission zu sein. Dieser Weg war ihm seit der Krassnitz-Sache verbaut. Statt den Vorfall seiner jugendlichen Unerfahrenheit zuzuschreiben und ihn seinem Talent entsprechend zu fördern, hatten sie ihn am Ende seiner Ausbildung in der TKÜ geparkt – offiziell mit dem Hinweis auf seine hervorragenden IT-Kenntnisse und die angespannte Stellensituation. Und auch wenn ihn die Furcht vor einer Disziplinarstrafe oder gar Suspendierung verunsicherte, ehrte und motivierte ihn meine Bitte, in die inoffizielle *Soko Lena* einzutreten.

Zu verlieren hatte er einen sicheren Arbeitsplatz mit einigermaßen geregelten Arbeitszeiten – ein Job, den er so oder so nicht bis zur Rente ausüben wollte. Er war noch jung, hatte keine Familie zu ernähren, und ihm standen – zumindest theoretisch – Optionen offen.

Zu gewinnen hingegen hatte er Nervenkitzel und die Aussicht auf Anerkennung.

Wenige Mausklicks und das Ausschalten einer Passwortsperre später hatte er die Ermittlungsprotokolle der *Soko Wümmewiesen* vor sich.

Neu darin war die Erkenntnis, dass Bernd und Andreas durch

die Organisation illegaler Wettspiele unter Internatsschülern zu einer beachtlichen Summe Geld gekommen waren. Von bis zu zweihunderttausend Mark war die Rede. Im Archiv lagerten angeblich Abhörprotokolle des Fachbereichs *Organisierte Kriminalität*, die Auseinandersetzungen über Verbleib und Zugriff auf die Gelder dokumentierten. In einer Randnotiz wurde angedeutet, dass auch Anja von diesen Geschäften gewusst haben könnte.

Reichte diese Verbindung für die Konstruktion einer Mordtheorie? Möglich. Nach Auffassung von Hemmers Team hatte Andreas wiederholt und vergeblich versucht, Bernd zur Preisgabe eines Schließfach-Codes zu bewegen. Protokolle der Justizvollzugsanstalt belegten regelmäßige Besuche, die im Laufe der Zeit an Regelmäßigkeit abnahmen und drei Jahre nach Bernd Noacks Verurteilung plötzlich aufhörten.

Ich fragte mich: Wenn das alles stimmte – welche Rolle spielte Lena, die ein Jahr vor seiner Entlassung engen Kontakt zu ihrem leiblichen Vater aufgenommen hatte? Hatte er sie zu seiner Komplizin gemacht? Waren die beiden als Team für Andreas' Tod verantwortlich?

Und was war eigentlich lange davor passiert? Konnte man anhand dieser Fakten Andreas unterstellen, in das Verschwinden Anjas und ihres Babys involviert gewesen zu sein? Erwartungsgemäß gaben die Protokolle auf die letzten beiden Fragenkomplexe keine Antwort. Hemmers Team hatte die erwachsene, zurückgekehrte Lena gar nicht auf dem Radarschirm.

Auf den Flipchart-Bögen malte ich die verschiedenen Szenarien auf und kennzeichnete die Lücken.

*

Lennarts Mitarbeit in der Projektgruppe beschränkte sich zunächst darauf, mir die Obduktionsprotokolle zur Verfügung zu stellen. Wir verabredeten uns für den Abend.

*

Malin durchkämmte derweil ihren Computer. Während meiner Präsentationen im Vereinsheim hatte sie sich daran erinnert, dass Hemmer sie knapp eine Woche zuvor beauftragt hatte, den Knopf einer Hose oder eines Mantels, den die Ermittler in unmittelbarer Nähe von Andreas Hebestreits verkohltem Passat geborgen hatten, nach DNA-Spuren abzusuchen und mit Noacks DNA-Profil abzugleichen. Eine ihrer Mitarbeiterinnen hatte die Hautschuppen mit Mühe und einigen technischen Tricksereien isolieren können, allerdings war der Abgleich mit Noacks Profil negativ ausgefallen.

Ich fragte mich, was Lothar Hemmer noch auffahren würde, um Noack des Mordes an Andreas Hebestreit zu überführen. Nach allen Informationen, die mir zu diesem Zeitpunkt zugetragen worden waren, hatte er eine schlüssige Theorie. Was noch immer fehlte, war ein stichhaltiger Beweis.

Malin und ich telefonierten, und ich bat sie zu überprüfen, ob die Spur aus dem Brandschutt Lenas DNA-Profil zugeordnet werden konnte.

*

Nach und nach fügte ich die eingehenden Anrufe und E-Mails zusammen, vervollständigte die Flipchart-Bögen und studierte sie zusammen mit meinen eigenen Aufzeichnungen.

Während ich noch einmal in Gedanken meinen Besuch bei Reinhard Weitz durchging und kurz darauf die Notizen meines

Telefonats mit dem Salzburger Heimleiter durchlas, erregte ein vorher nicht näher beachtetes Detail meine Aufmerksamkeit.

Zwei unbedarft und völlig unabhängig voneinander geäußerte und niedergeschriebene Aussagen hatten zwar viel miteinander zu tun, passten aber plötzlich nicht mehr zusammen.

58

»Was wollen Sie denn noch alles wissen?« Bartovic war genervt. »Ich habe Ihnen doch schon alles gesagt.« Der einst hilfreiche Tonfall des Heimleiters war einem ungeduldigen gewichen. Aus süddeutschen und österreichischen Mündern konnte grantelnde Ungeduld wie eine Androhung von Schlägen klingen.

Missmut kannte ich gut; sie war mir an fast jedem verdammten Arbeitstag entgegengeschlagen. Die wenigsten Menschen waren begeistert, wenn ihnen die Polizei Fragen stellte. Da half nur, das Gemaule stumpf zu ignorieren und die eigene Stimme auf Autoritätsmodus umzuschalten.

»Ich muss wissen, was genau sich in der kleinen Tasche befand, die neben Lisa in der Babytragetasche gefunden wurde.«

»Habe ich Ihnen das nicht schon gesagt? Das steht doch auch in den Unterlagen, die ich Ihnen gemailt habe.«

»An dieses Detail kann ich mich leider nicht mehr erinnern. Und momentan habe ich keinen Zugriff auf Ihre E-Mail.« Was der Wahrheit entsprach, da ich die Mail in einen lokalen Ordner auf meinem gestohlenen Rechner verschoben hatte. Aber so genau musste Bartovic das nicht wissen. »Versuchen Sie sich bitte zu erinnern! Oder schauen Sie in den Akten nach! War eine Trinkflasche darin?«

»Jesses … Dann guck ich eben nach.«

Ich hörte, wie der Telefonhörer unsanft auf den Tisch gelegt wurde, Schritte sich entfernten, sich wieder näherten, wie sich ein schwerer Mensch auf einen Stuhl plumpsen ließ, wie Papier raschelte.

Nach einer gefühlten Unendlichkeit meldete sich der Heimleiter zurück. »Also ganz vorne in der Akte ist das schon recht ausführlich vermerkt, wie, wo und von wem die Lisa gefunden wurde. Ich les Ihnen das jetzt einmal vor: *Der Säugling wurde in einer rosa-türkis gestreiften Babytasche ausgesetzt. In der Tasche befand sich ein kleineres Täschchen mit Zubehör zur akuten Versorgung des Kindes: eine Packung Milupa-Milchpulver, eine Dose Babypuder der Marke Penaten, Medikamente, ein Schnuller, mehrere Wegwerf-Windeln sowie eine Trinkflasche mit Saugaufsatz und so weiter.*«

Trinkflasche mit Saugaufsatz? Genau das konnte eigentlich nicht sein! »Da steht doch noch mehr über die Trinkflasche. Wie sah sie aus?«, fragte ich.

»Hier steht nur kurz und knapp in Klammern: *aus Glas, bedruckt mit bunten Tieren*. Mehr nicht.«

Bunte Tiere. Das war nicht Lenas Trinkflasche. Lenas Fläschchen hatte rosafarbene Verzierungen. Und sie hatte bei ihrem Großvater im Regal gestanden. Wieso war sie nicht in Salzburg gewesen?

Meine Gedanken rotierten. Ich war überzeugt davon, dass Anja für Lena keine Ersatzflasche gekauft hatte, obwohl wir es ihr mehrfach empfohlen hatten. Anja musste Geld sparen und meinte, sie würde schon aufpassen, dass die Flasche heile blieb. Möglich, dass Noack die Flasche unterwegs gekauft hatte. Oder: »Haben die Krankenhausangestellten eventuell eine Flasche gekauft und sie in die Tasche gesteckt, bevor sie zu Ihnen kam?« Diese Erklärung lag nahe und würde jede weitere Skepsis überflüssig machen. Aber mein ungutes Gefühl blieb.

»Ja, möglich wär das, doch woher soll ich das wissen? Kann ich sonst noch etwas für Sie tun?« Sein ungeduldiger Tonfall hatte fast schon etwas Spöttisches.

»Hat jemand beobachtet, ob Lisa regelmäßig Kontakt mit einem älteren Mann hatte?«

»Wie alt soll der gewesen sein?«

»So alt, dass er ihr Vater hätte sein können, Mitte vierzig.«

»Ich habe nix Derartiges beobachtet. Wir haben aber auch nicht ihre Anrufe mitgehört oder ihre Post kontrolliert. Ich kann Ihnen die Nummer der psychiatrischen Klinik geben, in der sie sich zuletzt aufgehalten hat.«

»Ja, bitte. Eine letzte Frage habe ich noch«, sagte ich forsch. »Lisa war ein gesunder Säugling – ideal eigentlich für eine Adoption. Warum ist sie über ihr achtzehntes Lebensjahr hinaus im Heim geblieben? Warum wurde sie nie adoptiert oder in eine Pflegefamilie gegeben?«

Bartovic räusperte sich. Er gab sich einige Sekunden, ehe er antwortete: »Gesund war sie nicht, das haben Sie ja gelesen. Und dass sie ein Problemkind war. Es klingt hart, aber bei Adoptiveltern stehen gesunde Kinder höher im Kurs.«

»Die Probleme betreffen aber nur ihre Teenagerjahre.«

»Das stimmt. Doch als sie jünger war, hatte sie von Zeit zu Zeit diese leichten epileptischen Anfälle.«

»Epilepsie? Davon steht nichts in der Akte.«

»Nicht? Moment …« Wieder Papierrascheln.

»Überhaupt habe ich das Gefühl, dass die Akte unvollständig ist. Der Schwerpunkt liegt auf den letzten Jahren. Verstehe ich, da ist in Lisas Leben ja auch eine Menge passiert. Aber aus den ersten Lebensjahren findet sich außer der Beschreibung der Auffindesituation so gut wie gar nichts. Was ist zum Beispiel in den ersten …« Ich hielt inne, denn das Schweigen am anderen Ende der Leitung irritierte mich. »Sind Sie noch dran?«, vergewisserte ich mich.

Es blieb noch eine ganze Weile still. Schließlich antwortete Bartovic mit einem leisen Seufzer: »Sie haben recht, Frau Sundermann. Hier fehlt ein ganzes Stück.«

59

»Femke, hier stimmt etwas nicht.« Franks Tonlage war besorgniserregend. Und da ich meinen Bruder besser als jeder andere kannte und wusste, dass ihn, diesen Mensch gewordenen, unerschütterlichen Fels in meiner Brandung, nichts so leicht aus der Fassung bringen konnte, war ich mir sicher, dass etwas Beunruhigendes geschehen sein musste.

Ich saß noch immer in unserem provisorischen Soko-Hauptquartier im Vereinsheim und hatte versucht, mir einen Reim auf Bartovics irritierende Informationen zu machen und sie in den Gesamtkontext unserer bisherigen Ermittlungsergebnisse einzufügen. Mein Mobiltelefon hielt ich ans Ohr gepresst. Im Hintergrund vernahm ich dumpfe Fahrgeräusche. »Wo bist du?«

»Auf dem Weg zum Sportplatz, Felix abholen. Danach zum Bahnhof, Saskia kommt heute aus Köln zurück.« Stakkato. Hektisch. Das war nicht unser Frank. Vielleicht der Manager in betrieblichen Krisensituationen, nicht aber der Privatmann, der Familienmensch. »Mir folgt die ganze Zeit schon ein Wagen.«

»Was für ein Auto?«

»Ein Golf, älteres Modell. Hattest du nicht gesagt, dass Bernd so einen fährt?«

»Kannst du den Fahrer erkennen?«

»Nein, es dämmert, er hat die Scheinwerfer an. Ist immer ein, zwei Wagen hinter mir. Und es regnet. Ich habe schon einmal angehalten und gewartet. Er ist an mir vorbei. Kurze Zeit später war er wieder hinter mir.«

»Versuche, den Golf im Blick zu behalten! Tu nichts Unüberlegtes! Wo bist du jetzt genau?«

Irgendwann während dieser kurzen Sätze wurden wir unterbrochen. Vom anderen Ende der Leitung kam keine Antwort mehr. Ich brach das Gespräch ab und wählte Franks Nummer. Doch nach dem fünften Freizeichen klickte es, und der aufgezeichnete Anrufbeantworterspruch wurde abgespielt. »*Dies ist der Anschluss von Frank Sundermann …*«

Nach dem Signalton hinterließ ich eine kurze Nachricht und legte auf.

Das Ganze wiederholte ich drei weitere Male. Nachdem eine Stunde vergangen war und ich noch immer nichts von Frank gehört hatte, schickte ich eine Sammelmail an die Soko-Mitglieder und rief Marion an. Es war nicht zu überhören, dass sie geweint hatte.

»Wo sind die Kinder?«, fragte ich sie.

Marion war unfähig, einen erkennbaren Laut zu artikulieren, und brach in einen hemmungslosen Weinkrampf aus.

»Hat sich Frank bei dir gemeldet?«

»Nein!«

»Hast du die Kinder erreicht?«

»Sie gehen nicht an ihre Telefone. Da ist doch was passiert! Sie haben mir versprochen, erreichbar zu bleiben! Ich habe solch eine Angst!«

»Verfall jetzt nicht in Panik, Marion!« Wie konnte ich verheimlichen, dass ich ihre Gefühlslage teilte?

»Wenn ihnen etwas passiert ist, dann …«

»Marion, hör auf damit!«, ermahnte ich sie. »Es wird sich alles aufklären. Es wird eine Erklärung dafür geben.«

Aus den Augenwinkeln sah ich, wie Lennart mit einem Aktenordner unter dem Arm die Gaststätte betrat. Er brachte die kopierten Obduktionsprotokolle vorbei.

»Versuch es immer wieder, hörst du?«

»Ja«, erwiderte Marion kleinlaut.

»Und mach dir keine Sorgen! Sie sind sicher bald zurück.«

Ich verabschiedete mich, winkte Lennart kurz zur Begrüßung zu und wählte Tobys Nummer. »Gibt es eine Spur von Noack?«

»Ich habe mit Birgit Petersen aus Hemmers Team gesprochen. Sie vertraut mir. Hemmer hat gerade seine Leute zusammengetrommelt. In einer halben Stunde findet eine außerordentliche Lagebesprechung statt. Offensichtlich haben sie eine heiße Spur von Noack.«

»Gute Arbeit, Toby«, sagte ich. »Aber bitte lass das kurz liegen. Ich gebe dir gleich drei Telefonnummern durch. Finde heraus, wo sich mein Bruder, meine Nichte und mein Neffe aufhalten!«

»Du weißt, das ist nicht so einfach ... Eine richterliche Anordnung haben wir nicht, oder?«

»Machst du Witze?«

60

Von technischer Seite aus betrachtet, war die Aufgabe ein Klacks.

Statistisch gesehen lief jeder Bundesbürger mit mehr als einer elektronischen Fessel, mit mehr als einem freiwillig getragenen Peilsender durch die Gegend. Anders als ein PC oder Laptop konnte ein Mobiltelefon anhand seiner Seriennummer gezielt einem einzelnen Nutzer zugeordnet werden. Da ein Handy laufend Signale versendete, war das Auslesen des Aufenthaltsortes ein Kinderspiel. Einzige Voraussetzung für eine erfolgreiche Fahndung: Das Gerät musste eingeschaltet sein.

Toby saß in seinem Büro vor dem mittleren der drei Flachbildschirme und rief ein Programm zur telefonischen Versendung von Kurzmitteilungen auf. Die Funkzellenauswertung, mit der alle zu einem bestimmten Zeitpunkt in einer Funkzelle eingewählten Telefone identifiziert werden konnten, brachte ihn an dieser Stelle nicht weiter. Zu aufwendig. Zu langwierig. Zu ungenau.

Mit der selbstsicheren Geschwindigkeit eines *digital native* flogen seine Finger über die Tastatur, und er tippte Franks Telefonnummer in das Datenfeld. Mit einem Klick löste er die Versendung einer besonderen Form der Kurzmitteilung aus, der *stillen* SMS. Mit ihrer Hilfe wurden hintereinander kurze Ortungsimpulse an das Zielgerät geschickt, ohne dass der Adressat davon etwas mitbekam.

Mit der Nutzung der *stillen* SMS agierten die Sicherheitsbehörden juristisch in einer Grauzone: Da die Zielperson die SMS nicht wirklich erhielt, handelte es sich nicht um eine Kommunikation im klassischen Sinne, womit die Methode auch nicht unter das Fernmeldegeheimnis fiel. Pro Jahr wurden innerhalb Deutschlands mehrere Hunderttausend solcher *Stealth-Ping*-Kurznachrichten versendet. Was Datenschützer auf die Barrikaden trieb, war ein Segen für die polizeilichen Ermittlungen – sofern man die juristischen Spielregeln beachtete.

Toby hingegen bewegte sich weit außerhalb der Grauzone, im tiefschwarzen Bereich. Denn für die Nutzung der *stillen* SMS war eine richterliche Anordnung notwendig, mindestens aber die Eilanordnung eines Staatsanwalts. Doch alles, was Toby hatte, waren die eindringliche Bitte einer suspendierten Kommissarin und ihr Vertrauen.

Die Versendung des Ping-Signals erfolgte über den Server eines privaten Telekommunikationsanbieters. Das Mobiltelefon kommunizierte automatisch mit dem nächstgelegenen Sendemast, der in städtischen Gebieten in einem Abstand von wenigen Hundert Metern zum nächsten aufgestellt war. Der Mobilfunkanbieter verarbeitete laufend die Information, mit welchem Sendemast das Handy gerade verbunden war, und lieferte sie über eine Online-Schnittstelle zurück an die Software auf Tobys Rechner.

Frank Sundermann besaß ein iPhone, das über GPS verfügte, was die Ortung noch genauer machte.

Toby sah zu, wie der Computer Signale und Daten verarbeitete und schließlich ein Ortungssignal in Form eines roten, im Rhythmus eines Herzschlags sich vergrößernden und wieder verkleinernden Punktes auf einer Umgebungskarte dargestellt wurde. Bingo! Er hatte ein Signal! Franks iPhone war eingeschaltet!

Aufgeregt griff er zum Telefon.

61

Eine Etage über Tobys Büro hatte sich die *Soko Wümmewiesen* in einem karg eingerichteten Besprechungsraum versammelt.

Die Ermittlungen im Mordfall Andreas Hebestreit konzentrierten sich in diesem Augenblick nahezu ausschließlich auf die Fahndung nach dem flüchtigen Verdächtigen Bernd Noack.

Die sonst äußerst effektive Auswertung der Telekommunikationsverbindungsdaten entfiel, da Bernd Noacks Handy ausgeschaltet blieb.

So beschränkte sich die Fahndung auf weniger Erfolg versprechende Methoden.

Hemmer hatte eine Ringalarmfahndung eingeleitet. Bereits drei Tage zuvor hatte die Leitstelle den Ring ausgelöst. Alle Streifenwagen in Bremen und im niedersächsischen Umland waren angewiesen, die taktisch festgelegten Ringpunkte anzufahren, um dort nach dem Bernd Noack zugeordneten Fluchtfahrzeug Ausschau zu halten. Sie fahndeten nach einem dunkelgrünen Golf III Baujahr 1995.

Am Vorabend hatte die Pressestelle einen Fahndungsaufruf an alle Rundfunk- und Fernsehanstalten versendet. Vielen Norddeutschen waren Bernd Noacks Gesicht und die Geschichte hinter den Weitz-Morden auch zwanzig Jahre später noch stark präsent, und so erhoffte man sich baldige Hinweise aus der Bevölkerung.

Die versammelten Kollegen warteten bereits eine halbe Stunde, als Hemmer endlich zur Tür hereinstürmte. Er war außer Atem, verzichtete wie gewohnt auf Entschuldigungen oder gar Erklärungen und forderte den aktuellen Fahndungsstand ein.

»Wir haben ein paar Zeugenmeldungen, die brauchbar erscheinen«, begann Matthias Völker, ein ehrgeiziger Ermittler, der erst vor einem Monat in den gehobenen Dienst aufgestiegen war. »Die Zielperson wurde jeweils in Begleitung zweier Teenager gesehen.«

»Wo?«, fragte Hemmer.

»Einmal im Stadtteil Arsten, das zweite Mal in der Nähe von Dreye.«

»Das heißt, er verlässt Bremen in Richtung Südwesten. Ruft die Kollegen in Niedersachsen an und zieht den Ring größer!«

62

Ich beendete das Telefonat mit Toby, klappte den Laptop zu, sprang auf und schnappte mir meinen Parka.

»Wo willst du hin?«, fragte Lennart, der gekommen war, um mit mir die Obduktionsprotokolle durchzugehen.

»Mein Bruder und seine Kinder sind verschwunden. Toby hat Franks Handy-Signal geortet und mir die Daten durchgegeben. Ich fahre hin.«

»Allein?«

»Siehst du hier noch jemanden?«

»Du bist eine taffe Frau, aber da draußen ist es stockdunkel, und du siehst aus, als ob du nichts Gutes erwartest. Außerdem bist du unbewaffnet. Ich werde mitkommen.«

»Aha. Und womit willst du mich beschützen, edler Ritter? Hast du dein Skalpell dabei?«

»Red nicht so viel dummes Zeug, komm lieber!« Einen Moment später war er auch schon aus der Tür.

Auf dem Weg zum Parkplatz kamen wir am Hausmeisterraum im Erdgeschoss vorbei, in dem schon früher zwei Taschenlampen für den Fall eines Stromausfalls aufbewahrt worden waren. Ich öffnete den Schrank und nahm sie an mich.

Lennart sah mich überrascht an: »Brauchen wir die?«

»Kann sein.«

Wir fuhren in Richtung Neustadt und dann nach Süden. Unterwegs rief ich Toby an. Er hatte keine wirklichen Neuigkeiten für mich. »Das Signal ist sehr schwach, aber der Standort hat sich nicht verändert. Dein Bruder scheint an einem Ort geblieben zu sein.«

»Was ist mit den Kindern?«

»Kein Signal. Entweder halten sie sich in einem Funkschatten auf, oder ihre Handys sind ausgeschaltet.«

Verdammt. Meine Sorgen um die drei wuchsen ins Unermessliche, und ich hatte zunehmend Mühe, meine Gedanken in sachliche Bahnen zu lenken. »Danke, Toby. Wir bleiben in Kontakt.«

Anschließend versuchte ich noch einmal, bei Frank durchzukommen. Wieder vergeblich. Es meldete sich nur die Mailbox.

»Wohin fahren wir?«, wollte Lennart wissen.

»In die Nähe von Weyhe.«

Genauer, zum Jeebeler Wald, einer nicht einmal zwei Quadratkilometer großen Fläche zwischen Weyhe und Barrien, fünfzehn Kilometer südwestlich von Bremen.

Nach weniger als zwanzig Minuten Fahrtzeit waren wir da.

Wir merkten sofort, dass unser Plan zum Scheitern verurteilt war. Die Hauptstraße am Waldrand war schlecht beleuchtet, selbst die wenigen Häuser entlang der Straße lagen weitestgehend im Dunkeln. Wir fuhren langsam die Hauptstraße auf und ab, konnten aber nichts Auffälliges erkennen. Am südlichen Waldrand bog ich in einen kleinen Stichweg ein, an dessen Beginn ein sandiger Parkplatz für die Spaziergänger gebaut worden war.

Und da stand er! Franks phantomschwarzer Audi Q7!

Ich sprang aus meinem Volvo, versuchte, die Tür des SUVs zu öffnen. Der Wagen war verriegelt. Ich lehnte die Stirn an die Beifahrerseite und strengte mich an, das Wageninnere zu erkennen. Aber alles, was das diffuse Mondlicht beschien, war ein leerer Fahrgastraum.

»Kannst du sehen, ob das Handy drinliegt?«, fragte Lennart, der auch ausgestiegen war und sich neben mich gestellt hatte.

»Nein«, antwortete ich. »Nichts zu erkennen.« Und dann rief ich laut Franks Namen. Die einzige Antwort, die ich bekam, war das weit entfernte Bellen eines Hundes in einem der an den Wald angrenzenden Wohnhäuser.

Zielstrebig holte ich die zwei Taschenlampen aus meinem Wagen und marschierte den vom Parkplatz abzweigenden Wanderweg entlang in den Wald.

»Du willst da jetzt nicht wirklich rein, oder?«, rief mir Lennart hinterher. Anstatt zu antworten, lief ich weiter und hörte, wie er leise zu sich selbst sagte, als könnte er seinen Augen nicht trauen: »Sie will das wirklich.« Dann registrierte ich, dass seine Schritte näher kamen.

Zwar war es dunkel, aber der zunehmende Mond und die vom Laub befreiten Äste sorgten dafür, dass immerhin Umrisse der Bäume zu erkennen waren und wir den weiteren Verlauf des Pfades erahnen konnten, auf den unsere Taschenlampen schienen.

Unter uns knackten Äste. Der Wind pfiff zwischen den Zweigen. Tiere machten Geräusche. Schatten huschten. Wiederholt rief ich Franks Namen.

»Das ist doch zwecklos«, sagte Lennart hinter mir. »Es ist stockfinster. Frank kann genauso gut in die andere Richtung gegangen sein. Willst du nicht lieber warten, bis es hell ist?«

»Nein, ich kann nicht warten. Wir dürfen keine Zeit verlieren. FRANK?« Und ich schrie noch lauter, so laut ich bei dieser Eiseskälte schreien konnte: »FRANK!«

»Wäre es nicht jetzt sinnvoller, deine Kollegen einzuschalten? Einer Vermisstenanzeige müssen die nachgehen. Und die haben weitaus mehr Möglichkeiten.«

»Aber noch nicht nach zwei Stunden. Da schicken die dich nach Hause und sagen dir, dass du übermorgen wiederkommen darfst, wenn sich die Vermissten bis dahin nicht wieder eingefunden haben. FRANK?!«

Ich hatte eine Idee, blieb stehen, öffnete den Reißverschluss meines Parkas zu einem Drittel, holte mein Telefon hervor und rief erneut bei Toby an.

Er saß noch immer im Büro, der treue Junge. »Mach bitte einen zweiten Browser auf«, bat ich ihn, »und ping mich an!«

»Bitte was?«

»Schick eine *stille* SMS an meine Mobilnummer, orte mein Telefon und dann leg beide Signale übereinander!«

»Ah, okay, das könnte funktionieren. Warte einen Moment!«

Während Toby die Technik mobilisierte, liefen Lennart und ich langsam weiter.

Wenige Minuten später rief Toby zurück. »Du läufst in die richtige Richtung. Ihr seid etwa einhundert bis zweihundert Meter voneinander entfernt. Aber ihr seid am Stadtrand, da können die Angaben etwas ungenau sein.«

Während ich Tobys Anweisungen lauschte, übernahm Lennart das Rufen nach Frank. Wir waren nur wenige Schritte voneinander entfernt, und mein Bruder reagierte nicht auf unsere Schreie! Mir wurde übel.

»Halt, stopp!«, rief Toby ins Telefon. »Ihr entfernt euch. Geht ein paar Schritte zurück und biegt dann rechts ab!«

»Da ist kein Weg«, sagte ich.

»Aber da leuchtet der andere Punkt.«

»Scheiße!«

Wir folgten Tobys Anweisungen und liefen über morastigen, blätterbedeckten Boden, stiegen über umgestürzte Baumstämme. Zweimal stolperte ich, riss mir an einem hervorstehenden Ast den Handrücken auf.

Hinter mir hörte ich Lennart fluchen.

»Jetzt!«, sagte Toby. »Jetzt müsstet ihr am Ziel sein.«

»Hier ist niemand«, gab ich erschöpft zurück. Ich zitterte vor Furcht und Kälte.

»Der Bildschirm sagt mir etwas anderes.«

»Wir müssen jetzt nicht diskutieren, Toby. Hier ist nichts und niemand – und ganz bestimmt kein verficktes iPhone. Wir sind umgeben von Dunkelheit, stehen mitten in einem gottverlassenen Wald voll karger Bäume, toter Äste und Modder. Es hat nicht funktioniert.«

»Femke, schau mal!«, flüsterte Lennart. Ich sah mich suchend um und brauchte einen Moment, um zu realisieren, dass er vor mir kniete und mit seiner Taschenlampe den Boden ableuchtete. »Sieh dir das Erdreich an. Die Spuren. Die sind ganz frisch. Und die sind nicht von uns.«

63

Nachdem die Verbindung unterbrochen worden war, beschloss Toby, noch eine Weile in Rufbereitschaft zu bleiben.

Er stellte seinen Dienstapparat auf sein Mobiltelefon um, erhob sich von seinem Bürostuhl und versuchte, auf den für diese späte Uhrzeit noch sehr geschäftigen Fluren Näheres über den Fahndungsstand der *Soko Wümmewiesen* herauszufinden.

In seinen kurzen Dienstjahren im Bremer Präsidium hatte Toby sein Netzwerk geschickt Faden um Faden erweitert. Sein bescheidenes Auftreten und sein zurückhaltender Charme hatten großen Anteil daran, dass seine Versuche, das Vertrauen seiner Kollegen zu gewinnen, erfolgreich waren. Und obwohl sich jeder Mitarbeiter zu strengster Geheimhaltung verpflichtete, wanderten wie in jeder gut organisierten Bürogemeinschaft die Informationen von links nach rechts, von oben nach unten.

In der Kaffeeküche traf er wieder auf Birgit Petersen, eine etwas spröde Blondine, die zwar verheiratet und fast fünfzehn Jahre älter war als er, die sich aber trotzdem, oder vielleicht auch gerade deshalb, gern in seiner Nähe aufhielt.

Sie plauderten über ein paar Belanglosigkeiten, er schenkte ihr Kaffee nach, und als sie eine Viertelstunde später in das nächste Meeting gerufen wurde, wusste Toby, dass Bernd Noack mit dem Fluchtauto in südlicher Richtung unterwegs war, vermutlich nicht weit vom Jeebeler Wald entfernt.

Toby bedankte sich und verabschiedete sich von Birgit.

Er lief über das Treppenhaus eine Etage nach unten, zurück in sein Büro, um die Informationen an die Undercover-*Soko Lena* weiterzugeben.

Als er sein Büro betrat, fuhr er erschrocken zusammen. Auf seinem Bürostuhl saß Lothar Hemmer.

Hemmer legte den Kopf herausfordernd in den Nacken. »Sie interessieren sich also für die Fortschritte der *Soko Wümmewiesen* und leiten diese Informationen an Frau Sundermann weiter. Sie sollten regelmäßiger Ihre Anrufliste löschen. Wa-wann hatten Sie geplant, Ihren Vorgesetzten darüber zu unterrichten?«

Von einer Sekunde auf die andere bildeten sich Schweißperlen auf Tobys Stirn. Er schluckte und antwortete leise: »Ich kann das erklären.«

»Das wird nicht nötig sein.« Hemmer deutete auf die Bildschirme. »Ein hü-hübsches Überwachungsszenario haben Sie sich hier eingerichtet. Und alles im Auftrag unserer ehemaligen Kollegin Femke Sundermann, d-die seit einigen Tagen nicht mehr für diesen La-Laden arbeitet. Langweilen Sie sich so sehr, dass Sie schon für externe Auftraggeber tätig werden müssen?«

Toby beschloss, dass es besser war, nicht mehr zu antworten. Alles konnte nur noch schlimmer werden. Und so kam es.

»Haben Sie sie gefickt?«

»Ich glaube, Sie missverstehen hier etwas sehr gründlich, Herr Hemmer.«

»Ich hoffe, sie war gut und hat es Ihnen so richtig besorgt. Denn das wird auf lange Sicht da-das einzig Positive gewesen sein, das für Sie aus dieser Sache herausspringt.«

Hemmer erhob sich schwerfällig und schob Toby den Stuhl hin. »Setzen Sie sich hier nicht fest. Besser, Sie fangen schon mal an, sich einen neuen Job zu suchen.«

64

Lennart hatte recht behalten. Der aufgetaute Waldboden war locker, nahezu frisch. Nicht so gleichmäßig von kühlem Morast überzogen. Regelrecht umgegraben.

Wir leuchteten mit den Lichtkegeln unseren gesamten Umkreis aus. Unter einigen eng beieinanderstehenden Büschen, deren unbelaubte Äste weit herunterreichten, entdeckte ich eine Erhebung. Sie sah aus wie ein kleiner Hügel.

Oder wie ein frisch ausgehobenes Grab.

»Da!« Ich spürte Schwindel in mir aufsteigen und stützte mich mit einer Hand an Lennarts Schulter ab.

»Verdammt!«, entfuhr es ihm. »Was ist das?«

Mit unseren Stiefeln begannen wir, die obere Schicht abzutragen. Aber das dauerte zu lange, und wir kamen nicht tief genug.

Ich drückte Lennart meine Taschenlampe in die Hand, kniete mich auf den kalten Waldboden und begann, mit meinen nackten Händen die aufgetürmte Erde beiseitezuschaufeln. Obwohl der Boden erst vor kurzer Zeit aufgewühlt worden war, hatte ich schon nach wenigen Sekunden das Gefühl, dass mir die Finger abstarben. Zwischendurch steckte ich sie kurz unter meinen Parka, und sobald die Fingerspitzen zu kribbeln anfingen, schaufelte ich weiter. Immer schneller. Immer tiefer. Wie in Trance. Meine Atmung beschleunigte sich.

»Ich halte das für keine gute Idee«, hörte ich Lennart zögerlich sagen. Eine der beiden Lampen richtete er direkt auf meinen Kopf. »Hör auf damit, Femke!«

Ich hörte ihn nicht. Lennart war weit weg. Dieser Wald war weit weg, die Bäume, die Zweige, die winterbraunen Farne. Für mich gab es nur diesen erdigen Hügel. Und ich grub weiter, immer tiefer.

Schließlich stieß ich auf etwas. Ich tastete mich vor. Stoff! Eine Hose! Dann sah ich feinen, dunklen Anzugstoff. Franks Anzug.

In diesem Moment packte mich eine Hand an der Kapuze und zog mich entschlossen nach oben. »Femke!«, schrie Lennart mich an. »Das ist falsch. Hör auf damit! Wir rufen jetzt die Polizei!«

»Lass mich!« Ich riss mich los und stürzte zurück auf den Boden. Dass mir Tränen und Rotz über das Gesicht liefen, nahm ich gar nicht wahr.

Ein paar Minuten später hatte ich einen Großteil der Erde beiseitegeschaufelt. Und ich hatte Gewissheit.

Frank war tot.

In seiner teilweise noch von Erde bedeckten Brust klaffte ein Loch. Das Blut war noch frisch und hatte den Stoff seines Hemdes und die Erde durchtränkt. Seine Augen waren weit geöffnet. Ich hielt seinen Kopf. Streichelte seine kalten Wangen. Schließlich stolperte ich rückwärts, verlor das Gleichgewicht, fiel auf den Boden.

Endlich löste sich ein Schrei. Ich schrie so laut, dass es sicher in allen Wohnzimmern von Barrien bis Weyhe zu hören war.

Lennart kniete sich zu mir herunter. Umarmte mich fest. Und ich klammerte mich an ihn und schrie weiter, so lange, bis meine Lungen den ersten Ansturm des Schmerzes hinauskatapultiert hatten.

Nachdem mir die Stimme versagt hatte, strich er über mein Haar und flüsterte mir ins Ohr: »Komm, lass uns gehen! Du kannst nichts mehr für ihn tun.«

Behutsam lösten wir unsere Umarmung. Lennart blickte an mir vorbei, und dann sah er mich mit einem Blick an, den ich zuvor noch nie an ihm gesehen hatte.

»Was ist?«

Zögerlich schüttelte er den Kopf. »Nichts. Lass uns die Kripo rufen und dann weg von hier!«

»Was ist?«, wiederholte ich mit tränenerstickter Stimme.

Er deutete stumm auf das halb freigelegte Grab.

»Was ist da? Was?!«

Kurz bevor Lennart seine Sprache wiedergefunden hatte, sah ich es auch. Er flüsterte: »Da unten liegt noch etwas.«

65

Der Anruf erreichte Lothar Hemmer in seinem Büro, während er einem eingeschüchterten Toby Schumacher gegenübersaß. Unter Androhung sämtlicher disziplinarischer und strafrechtlicher Maßnahmen hatte er Toby die Hintergründe seiner Recherchen entlockt.

Hemmer griff zum Telefon.

Am anderen Ende der Leitung meldete sich einer seiner drei Oberkommissare mit nur einem kurzen Satz: »Wir haben ihn.«

»Wo ist er?«

Hemmer ließ sich eine Wegbeschreibung geben, machte sich Notizen und legte anschließend auf, ohne sich zu verabschieden.

Dann ging er an den Waffenschrank, entnahm ihm seine Dienstwaffe, eine Walther P99, und vergewisserte sich, dass sie geladen war.

66

Franks Leichnam wurde noch vor Anbruch des Tages geborgen. Tatortsicherung und Bergung dauerten noch bis zum Mittag des nächsten Tages.

Da sich der Jeebeler Wald auf niedersächsischem Boden befand, reisten LKA-Kollegen aus Hannover an. Sie hatten eine Schneise durch das zugewachsene Gestrüpp geschlagen. Flutscheinwerfer tauchten das Zentrum des Waldstücks in so grelles Licht, dass die gesamte Szenerie wie der billige Nachbau eines Filmkulissenwaldes wirkte. Irgendwo zwischen den Zweigen brummte ein Dieselaggregat.

Offenbar war Frank aus nächster Nähe erschossen worden. Warum war er so weit hinausgefahren? War er allein gewesen? Oder zusammen mit seinen Kindern?

War er in eine Falle getappt? Oder hatten ihn die Kugeln getroffen, weil er Saskia und Felix hatte beschützen wollen?

Ich gab meinen Versuch, klar zu denken, auf. Es hatte keinen Zweck mehr. Trauer, Schmerz und Wut hatten wieder die Kontrolle über mich und meinen Körper an sich gerissen. Die Angst hatte sich zurückgekämpft in die vorderste Reihe meiner Gemütszustände und hielt mich fest umklammert.

»Was hat das alles noch für einen Sinn?«, murmelte ich zusammenhanglos vor mich hin und dachte dabei an die große Tablettenration im Ferienhaus. Zusammengesunken saß ich auf der Rückbank eines VW-Busses.

Lennart öffnete die Schiebetür und reichte mir einen Kaffeebecher. Er hatte die rechtsmedizinische Erstbegutachtung, zu der er ohnehin gerufen worden wäre, begleitet und sah nicht weniger mitgenommen aus als ich. Dabei konnte sein Inneres ein nicht annähernd so desolates Bild abgeben. Er legte mir eine Hand auf den Unterarm, und als ich seine Geste nicht erwiderte, verstand er und ließ mich mit meinen Gedanken allein.

Nachdem sie Franks Leiche geborgen hatten, machten sie sich an die Offenlegung der zweiten Kuhle, die sich unmittelbar neben dem Fundort befunden hatte und die ich mit meinen bloßen Händen im Ansatz freigelegt hatte.

Zum Vorschein kam ein Plastiksack in einer Größe, wie man sie für große Hausmülltonnen verwendet. Der Kunststoff war abgenutzt und porös, die ehemals blaue Farbe hatte teilweise den lehmigen Farbton des Bodens angenommen.

Natürlich wollte ich dabei sein. Ich musste wissen, was sich darin befand, aber meine Angst hielt mich zurück. Unwillkürlich musste ich an Saskia und Felix denken, und obwohl ich kein sonderlich religiös motivierter Mensch war, stellte ich den Kaffee beiseite, faltete die Hände und murmelte ein unbeholfenes Gebet.

Im Nachhinein betrachtet, war es die richtige Entscheidung gewesen, im Bus sitzen zu bleiben. Meine schlimmsten Befürchtungen sollten sich bewahrheiten.

In dem Plastiksack lag eine Leiche.

67

Kurz vor dem Ortsausgang Weyhe erblickte Bernd Noack die blauen Blitze, die in den Nachthimmel schossen. Er reduzierte die Geschwindigkeit, kurbelte das Fenster hinunter und rollte langsam auf die Straßensperre zu, die vor der Brücke über die ICE-Strecke Osnabrück-Bremen aufgebaut worden war.

Der Polizist ließ die Kelle sinken und beugte sich schon auf die Höhe des Fahrerfensters hinunter, als Noack mit voller Kraft das Gaspedal durchdrückte.

Mit quietschenden Reifen riss er das Lenkrad nach rechts, fuhr im Zickzackkurs an den aufgestellten Fahrzeugen vorbei in die Straße, die parallel zur Bahnstrecke verlief.

Es dauerte nicht lange, ehe hinter ihm Blaulichter erschienen und Sirenen ertönten. Vor dem nächsten Bahnübergang schlug er das Steuer nach links ein und gab Gas. Zurück auf der Hauptstraße, raste er mit Tempo einhundertvierzig durch die kleine Ortschaft Leeste.

Zwei Polizeifahrzeuge näherten sich in immer geringer werdendem Abstand. Aus den Augenwinkeln entdeckte er eine dunkle Stichstraße und bog knapp vor einem entgegenkommenden Geländewagen ein. Eine falsche Entscheidung, wie sich bald herausstellte, denn die Straße war eine Sackgasse. Kurz entschlossen schoss er nach rechts auf eine unbefestigte Schotterpiste. Die Räder drehten kurzzeitig durch, fanden jedoch schnell wieder Halt.

Ein paar Kurven später hatte ihn die Hauptstraße wieder. Die Sirenen wurden leiser. Der Golf raste weiter durch den Ort. Kurz vor der Bundesstraße 6 merkte er, dass etwas nicht stimmte. Vor ihm hatte sich ein Stau gebildet. Aus der Straße links von ihm schoss wie aus dem Nichts ein Polizeifahrzeug hervor.

Noack trat die Bremse bis zum Anschlag durch. Der Golf geriet ins Schlingern, prallte gegen die Leitplanke, drehte sich zweimal um die eigene Achse und kam schließlich vor einem Bahnübergang zum Stehen.

Nur wenige Sekunden später war der Wagen von zwei Polizisten umstellt. Einer riss die Fahrertür auf, richtete die Waffe auf Noack und schrie ihn an, er solle sofort aussteigen, sich umdrehen und die Hände hinter dem Kopf verschränken.

Bernd Noack leistete keinen Widerstand. Erst als sie ihm die Handschellen angelegt hatten, realisierten sie, dass Noack nicht allein war. Sie legten den Fahrersitz nach vorne um, sahen in den Fond und blickten in die vor Angst versteinerten Gesichter zweier Teenager: Felix und Saskia Sundermann.

*

Hemmer traf eine halbe Stunde später an der Straßensperre ein. Mit selbstzufriedenem Gang umrundete er den Golf und klopfte jedem Polizisten anerkennend auf die Schulter. Dann öffnete er die linke Hintertür des Polizei-Passats, deutete Noack auszusteigen und wies einen der Polizisten an, die Handschellen zu öffnen. Den verwirrten Beamten beruhigte er mit väterlicher Geste. »Ist schon in Ordnung«, sagte er. »Der kennt das und weiß, was passieren würde, wenn er auf dumme Gedanken kommt. Vertraut mir!« Hemmer schlug seine Jacke zur Seite und gab den Blick auf seine Walther frei.

»Komm«, sagte er zu Noack, »gehen wir ein Stück!«

Bernd Noack stieg mit einer Mimik, die irgendwo zwischen Überheblichkeit und Verwunderung festgefroren war, aus dem Fahrzeug.

Sie entfernten sich einige Meter aus der Sichtweite der Streifenwagen, deren Blaulicht die dörfliche Nacht skurril erhellte.

»Was hattest du mit dem Jungen und dem Mädchen vor?«, wollte Hemmer wissen.

Noack schwieg.

»Ja, das kannst du noch immer gut, was? Einfach das Maul halten. Was du da getan hast, war ziemlich dämlich. Eigentlich hattest du keinen Grund, zwei Halbwüchsige als Geiseln zu nehmen und vor uns zu flüchten. Eine junge Frau hat sich bei uns gemeldet und behauptet, dass sie mit dir zusammen war, als Andreas Hebestreit in seinem Auto verbrannte. Sie sagte, ihr Name sei Lisa Keller.« Hemmer verlangsamte den Schritt, Noack ebenfalls. »Sagt sie die Wahrheit, oder ist sie dir hörig?«

Noack hatte offenbar beschlossen, auch auf diese Frage nicht zu antworten.

»Was für mich wiederum das Gute an dieser ganzen Sache ist, die du dir eingebrockt hast: Dir traut man längst alles zu. Wir haben uns jetzt einige Schritte von den anderen entfernt. Wenn ich jetzt anfangen würde, laut zu brüllen, und ein Schuss würde fallen … Jeder würde mir glauben, dass es Notwehr war.« Hemmer verengte die Augen zu Schlitzen und presste hinter zusammengepressten Zähnen hervor: »Ja, v-vielleicht sollte ich das einfach tun, dich abknallen. D-dann hätten wir diese Scheiße hier endlich hinter uns.«

Die Drohung schien Bernd Noack zu überzeugen, doch noch den Mund aufzumachen. »Und ich dachte, du wolltest von mir erfahren, wo die Leichen versteckt sind«, sagte er. »Wenn du mich erschießt, wird das nichts.« Er guckte frech.

»Dafür brauchen wir dich nicht mehr. Ich habe vor wenigen Minuten einen Anruf erhalten. Im Jeebeler Wald wurde eine mumifizierte Leiche gefunden. Das ist gar nicht so weit von hier. Wolltest du etwa dorthin?«

Anstatt zu antworten, verzog Noack sein Gesicht zu einem breiten Grinsen und begann zu lachen. Ein irres Lachen.

»Was lachst du so dämlich?« Hemmer wurde zunehmend wütend.

»Ihr seid ein Haufen Versager«, sagte Bernd in dem überheblichen Tonfall, den er auch nach fast zwei Jahrzehnten im Knast noch nicht abgelegt hatte. »Ja, ich habe Anja auf dem Gewissen. Wir waren in ihrer Wohnung. Sie hat versucht, mich zu erpressen. Wir haben uns gestritten. Ich bin auf sie los. Sie hat sich gewehrt. Wir haben gekämpft. Im Wohnzimmer. In der Küche. Im Badezimmer. Sie ging mit einem Messer auf mich los, hat mich an der Hand verletzt, ist ausgerutscht und hat sich im Badezimmer den Schädel eingeschlagen.« Er ging einen großen Schritt auf Hemmer zu und kam ihm so nahe, dass der Polizist seinen warmen Atem riechen konnte. »Das ganze Badezimmer war voller Blut. Ich glaube, sie hat noch gelebt, als sie vor mir in der Blutlache lag. Ich habe keinen Notarzt gerufen. Das war meine Schuld. Und dafür habe ich hart und lange gebüßt.«

»Warum hast du nicht telefoniert?«

»Panik? Vielleicht wollte ich aber auch, dass sie draufgeht.«

»Nette Geschichte.«

»Sie ist wahr.«

»Du lügst.«

»Beweise es!« Er machte einen weiteren bedrohlichen Schritt auf Lothar Hemmer zu und griff nach der Waffe.

Ein Schuss fiel.

Bernd Noack sah den alten Kommissar mit aufgerissenen Augen an und sackte nach vorn.

68

Franks Leichnam und das Skelett wurden in die Bremer Rechtsmedizin überführt.

Ein Mitarbeiter Lennarts obduzierte. Ohne zu zögern, hatte Lennart meiner Bitte zugestimmt. Ich wollte nicht, dass er meiner Familie auf diese Weise nahekam.

Zur selben Zeit arbeitete Lennart an der bis dato noch nicht identifizierten Leiche. Er vermutete, dass der Körper seit vielen Jahren unter der Erde vergraben war. Dennoch war er erstaunlich gut erhalten. In Särgen gelagerte Körper verwesten, wenn sie mit Luft und Wasser in Kontakt kamen. Nach zehn bis fünfzehn Jahren war das Gewebe zersetzt, weitere zehn Jahre später waren es auch die Knochen. Da dieser Leichnam in einem gut abgeschlossenen Plastiksack verwahrt worden war, waren die körpereigenen Fette aufgrund des Sauerstoffmangels in eine wachsähnliche Schutzschicht umgewandelt worden, die den weiteren Zersetzungsprozess aufgehalten hatte. In Fachkreisen sprach man deshalb auch von Wachsleichen.

Der puppengleiche Schädel wies zahlreiche Frakturen auf, jedoch keinerlei Löcher, wie sie von Stichen oder Schüssen verursacht wurden. Mindestens eine der Verletzungen war tödlich gewesen. Lennart ließ im Obduktionsprotokoll den Verdacht eines Schlages mit einem schweren Gegenstand oder eines tiefen Sturzes festhalten.

Ein Gebissabgleich mit alten Zahnarztunterlagen und ein DNA-Abgleich sollten später bestätigen, was wir vermutet hatten: Wir waren auf Anjas Grab gestoßen.

Die Trauer um meinen Bruder war noch zu erdrückend, zu

allumfassend, als dass ich über Lennarts und Malins Untersuchungsergebnisse hätte erleichtert sein können.

Auch wenn durch den Fund eine mich seit Jahrzehnten quälende Frage beantwortet werden konnte, so warf sie eine neue auf: Warum und von wem war Frank in Anjas Grab verscharrt worden?

Mir kam nur eine Antwort in den Sinn: Offenbar waren sie von demselben Menschen getötet worden. Dass Anja über achtzehn Jahre hinweg nicht gefunden worden war, hatte den Mörder offenbar so sehr in Sicherheit gewiegt, dass er das Versteck ein zweites Mal ausgewählt hatte.

69

Während Lennarts Team die Leichen obduzierte, leisteten Marion und ich uns gegenseitig Trauerbeistand. Marion hatte einen hysterischen Schreikrampf bekommen, als sie von Franks Tod und der Entführung der Kinder erfahren hatte, und war von Sanitätern mit Valium versorgt worden. Nun saß sie apathisch neben mir auf der Wohnzimmercouch, unfähig, ins Krankenhaus zu fahren und sich um ihre Kinder zu kümmern.

Saskia ging es der Aussage der Ärzte nach den Umständen entsprechend gut. Felix hatte ein schweres Schleudertrauma erlitten und würde ein paar Tage im Krankenhaus verbringen müssen. Vom Tod ihres Vaters wussten beide noch nichts.

Marion rutschte näher und kuschelte sich auf meinen Schoß. Ich legte den Arm um sie, streichelte ihren Kopf und redete ihr gut zu. Sie antwortete in zusammenhanglosen, unverständlichen Sätzen. Unvermittelt sprang sie nervös in die Höhe und forderte mich auf, zusammen mit ihr die Beerdigung zu organisieren. Sofort! Weder die Pillen noch ich schafften es, sie zu beruhigen. Ich machte mir zunehmend Sorgen um Marion.

Irgendwann im Laufe des frühen Abends erreichte mich ein Anruf von Lennart. Er wollte mich nur wissen lassen, dass das Projektil, das seine Kollegen in Franks Brust gefunden hatten, einer *Heckler & Koch P2000* entstammte, die aus nächster Nähe abgefeuert worden war.

Überraschte mich das Ergebnis? Nicht wirklich. Das war der Waffentyp, den ich in Neuharlingersiel in Lenas Rucksack gefunden hatte. Es müsste schon mit einem verdammten Zufall zugehen, wenn dies nicht ein und dieselbe Waffe war.

Marion war nicht mehr zurückzuhalten. Sie riss das Telefon an sich, rannte nach oben in ihr Schlafzimmer und rief ihre Familie an, ihre Freunde, redete, weinte, schrie, wimmerte.

Bevor ich entscheiden konnte, ob ich ihr das Telefon abnehmen sollte und ob sie eine weitere Valium-Tablette würde vertragen können, bemerkte ich aus dem Augenwinkel einen sich bewegenden Schatten. Draußen dämmerte es bereits, doch die automatische Außenbeleuchtung war noch nicht angesprungen. Ich drehte meinen Kopf und konzentrierte mich auf die Bewegungen und Geräusche auf der Terrasse. Irgendwo erklang ein Windspiel. Da sah ich sie. Lena.

Sie war ums Haus gegangen und kam nun in langsamen, fast tranceartigen Schritten auf das Terrassenfenster zu. Ich sprang vom Sofa auf, und als ich die Außenbeleuchtung betätigte, entfuhr mir ein Schrei.

Lena sah mich mit einem Blick an, der irgendwo zwischen Schmerz, Verwirrung und Wahnsinn verankert war. Abwesend. Gemeingefährlich. Ihre Jacke war zerrissen, der ehemals helle Pullover von oben bis unten schmutzig und blutverschmiert. Die Unterarme und Hände waren mit dunkler, feuchter Erde behaftet. In der linken Hand trug sie eine große Plastiktüte. Ihre rechte Hand umklammerte die *Heckler & Koch*.

70

Ich öffnete die Terrassentür und hoffte, dass Marion noch eine Weile oben telefonieren würde. Wäre sie unverhofft zurück ins Wohnzimmer gekommen, hätte die Situation zu eskalieren gedroht.

Lenas rechter Arm hing schlaff herab. Noch immer hielt sie die Waffe. Was hatte sie damit vor? Hatte ich Angst, dass sie sie benutzte, wie sie sie schon zuvor benutzt zu haben schien? Nein. Es war mir egal, ob sie schoss oder nicht.

Anstatt fortzulaufen, schrie ich sie an: »Was hast du getan?«

Lena ging weiter auf mich zu, bis sie vor der offenen Terrassentür stand.

Leise, fast unhörbar, antwortete sie: »Ich wollte niemanden umbringen. Es tut mir so leid!«

»Warum hast du das getan?«

»Ich wollte nur die Wahrheit erfahren. Mehr nicht.«

Ich sah Tränen in ihren Augen. »Welche Wahrheit?«

»Die Wahrheit darüber, wer ich bin. Woher ich komme. Warum man mich ausgesetzt hat.« Sie legte den Kopf schräg, als könnte sie die Wahrheit dadurch besser erkennen. »Warum hast du mir nicht geholfen?« Es klang nicht wie ein Vorwurf. Eher wie eine beiläufig gestellte Frage.

»Ich habe getan, was ich konnte.«

»Anscheinend war das nicht genug.«

»Und deswegen musstest du einen Menschen töten?«, fragte ich. »Meinen Bruder?«, schrie ich.

Ihre Augen wussten keine Antwort. »Ich wollte das nicht. Bitte glaub mir! Es tut mir so schrecklich leid!«

»Hat er dich dazu gezwungen? Bernd? Dein Vater? Hat er dir befohlen zu schießen?«

Sie schluckte. Ihre Augen suchten verzweifelt nach einer Antwort. »Nein«, sagte sie schließlich. »Ich glaube nicht.«

»Wie fühlt es sich dann an?« Ich merkte, wie die Trauer wieder in mir hochstieg und drohte, meine Augen zu fluten. »Hast du erreicht, was du wolltest? Kennst du jetzt die Wahrheit? Lässt du mich daran teilhaben?«

In diesem Moment hob sie ihren rechten Arm und führte den Lauf der Waffe an ihre Schläfe.

Geistesgegenwärtig schlug ich ihren Arm mit einem gezielten Hieb nach oben. Das erhoffte Resultat blieb aus. Die Waffe flog nicht wie erwartet hinter sie, stattdessen versuchte Lena nun, die Pistole mit beiden Händen zu umklammern. Ich stürzte mich auf sie. Sie stolperte nach hinten. Ich stolperte mit. Gemeinsam fielen wir auf den harten Terrassenfußboden. Die *Heckler & Koch* rutschte über die Steine. Ich spürte einen Tritt in den Unterleib. Krümmte mich. Dann ein Schlag gegen den Hinterkopf. Ich rollte zur Seite. Lena streckte sich nach der Waffe. Mit letzter Kraft stürzte ich mich auf sie, griff nach ihrer Hand, erwischte aber nur den Unterarm. Gleichzeitig erreichten wir das kalte Metall.

Dann fiel ein Schuss.

71

Nachdem der DNA-Abgleich zweifelsfrei ergeben hatte, dass der vor dem abgebrannten Passat gefundene Knopf weder von Andreas Hebestreits noch von Bernd Noacks Kleidung stammen konnte, kam Malin meiner Bitte nach und vertiefte die Analyse.

Der Knopf trug den eingeprägten Schriftzug eines internationalen Mainstream-Labels, eine Marke, die sowohl von Männern als auch von Frauen getragen wurde, von Jüngeren wie Älteren. Dieser Anhaltspunkt brachte uns also auch nicht wirklich weiter.

Um die Spur mit Lenas Profil abgleichen zu können, holte Malin den genetischen Code der erwachsenen Lena Weitz zurück auf ihren Bildschirm, jener Code, den ihre neue Mitarbeiterin Katrin Schöller aus dem an der Teetasse haftenden Speichel extrahiert hatte. Um auf Nummer sicher zu gehen, legte sich Malin die Schnullerspur des Babys darunter. Darüber hinaus hatte sie die Kontrollprobe aus jenen Haarfasern auf meinem Norweger-Pulli, die nicht mir zugeordnet werden konnten, ebenfalls isolieren lassen. Der doppelte Aufwand war gerechtfertigt; immerhin ging es nicht mehr nur um die Ermittlung einer Identität, sondern um den Nachweis eines Tötungsdeliktes.

Der direkte Vergleich der drei Profile, die einhundertprozentig übereinstimmen mussten, offenbarte, dass etwas nicht stimmte. Der Widerspruch war unverkennbar. Obwohl Malin eine ungefähre Ahnung davon hatte, was schiefgelaufen sein könnte, war sie eine Frau, die sich ausschließlich von naturwissenschaftlichen Fakten leiten ließ. So forderte sie die ausführlichen Protokolle und die Originalproben an und stellte die Analyse hintan.

Während sie auf die Unterlagen und Proben wartete, widmete sie sich wieder der Knopfspur. Minutenlang starrte sie auf den Bildschirm, besah die Topografie eines Lebens, versuchte, die Striche und Linien zu entschlüsseln, die auf den nüchternen Blick so gleich und verwechselbar aussahen mit ihrer Vielzahl an großen und kleinen, eng aneinanderliegenden Balken – und die doch so individuell und einzigartig waren wie Fingerabdrücke.

So kam sie nicht weiter. Um nichts unversucht zu lassen, stellte sie mit wenigen Mouse-Klicks einen Abgleich mit der zentralen DNA-Analysedatei des Bundeskriminalamtes her. In der Datenbank waren mehr als eine Million Datensätze von Tatortspuren, verurteilten Straftätern und beschuldigten Personen gespeichert.

Die Abfrage lieferte den Volltreffer. Der Eintrag war von einer ihrer Mitarbeiterinnen erst wenige Minuten zuvor in der Datenbank erfasst worden – eine Spur, die wegen ihrer Dringlichkeit in Rekordzeit ermittelt worden war.

Malin wiederholte die Abfrage. Kein Fehler. Das Ergebnis war eindeutig.

Später berichtete sie mir, dass ihre Finger vor Aufregung gezittert hatten. Sie hatte überlegt, wie sie mir die Nachricht überbringen sollte. Denn der Name, der in tiefschwarzer Schrift auf weißem Grund am oberen rechten Bildschirmrand stand, lautete:

Frank Sundermann

72

Der Schuss war ins Leere gegangen. Ich hatte mich über Lena gebeugt und fixierte sie auf dem winterkalten Steinfußboden. Meine Hände hielten ihre Handgelenke wie Schraubzwingen umklammert.

»Was soll das?«, schrie ich sie an. »Ich will dir helfen!«

Ich musste mir in den Sinn rufen, dass sie krank war. Schwer krank. Borderline.

»Lass mich los!«, flüsterte sie erschöpft. Das irre Funkeln in ihren Augen war noch immer da.

»Erst wenn du versprichst, dich zu beruhigen.«

»Ich bin ruhig.« Nach und nach wich die Spannung aus ihrem Körper.

Langsam lockerte ich meinen Griff und ließ ihre Handgelenke los, streckte mich nach vorn und schnappte mir die Waffe. Ich verzichtete darauf, sie auf Lena zu richten. Die Kräfteverhältnisse waren auch so geklärt.

Im Wohnzimmer kam Unruhe auf. Ich sah, wie Marion, das schnurlose Telefon noch in der Hand, in großen Schritten auf die offene Terrassentür zugelaufen kam. »Was war das?«, rief sie erschrocken und riss den Mund auf, als sie die Waffe in meiner Hand sah.

»Alles unter Kontrolle«, antwortete ich. Und an Lena gerichtet, sagte ich: »Wir werden uns jetzt alle beruhigen und da hineingehen.«

Marions Stimme überschlug sich: »Ist das die Verrückte, die behauptet, Anjas Tochter zu sein? Hat die Frank erschossen?«

»Marion, das gilt für uns alle!«, herrschte ich sie an. »Beruhige dich!«

In diesem Moment klingelte mein Mobiltelefon. Ich ignorierte den Anruf und trieb Lena vor mir her ins Wohnzimmer.

Der Klingelton verstummte. Als er keine zehn Sekunden später von Neuem ertönte, fuhr Marion mich an: »Himmel, Herrgott, kann mal jemand an dieses verfluchte Telefon gehen?«

Erst als Lena sich auf die Couch gesetzt hatte und ich davon ausgehen konnte, dass sie dort ruhig sitzen bleiben würde, holte ich mein Handy aus der Innentasche meiner Jacke und sah, dass Malin versuchte, mich zu erreichen. »Malin, es ist jetzt wirklich unpassend«, sagte ich knapp.

»Femke, leg bitte nicht auf!« Ihre Stimme hörte sich anders an als sonst. Die routinierte Selbstsicherheit war verschwunden. Malin klang sanft und besorgt. Und dennoch kam sie ohne Umschweife zum Grund ihres dringenden Anrufs. »Wir wissen jetzt, wer an Andreas Hebestreits Wagen gewesen ist.« Sie machte eine Pause. Das Sprechen fiel ihr hörbar schwer. »Es war dein Bruder, Femke.«

Ich fühlte, wie meine Beine unter mir nachgaben. Zitternd sank ich auf das Sofa.

»Um die Spuren identifizieren zu können, die unsere Leute an dem Tatverdächtigen Bernd Noack und in seinem Wagen gefunden hatten, hat Hemmer eine Probe von der Leiche deines Bruders in Auftrag gegeben. Auf sein Profil bin ich gestoßen, als ich die Spur des Kleidungsknopfes abgeglichen habe.« Ich hörte Malin tief einatmen. »Das muss nicht zwingend heißen, dass er Hebestreit getötet hat …«, schob sie hinterher.

» … aber es ist sehr wahrscheinlich«, vervollständigte ich ihren Satz.

Es klingelte an der Haustür. Marion, die offenbar ahnte, wer davorstand, sprintete zum Eingang, riss die Tür auf. Mit dem

Telefon am Ohr neigte ich meinen Kopf zur Seite, um in den Flur sehen zu können. Saskia war zurück aus dem Krankenhaus. Sie fiel ihrer Mutter um den Hals. Beide hielten sich fest und weinten.

»Leider war das noch nicht alles«, sagte Malin am anderen Ende der Leitung.

Wenn es eine Situation gab, in der alles, was passieren konnte, unpassend und grauenvoll schlecht getimt war, dann saß ich gerade mitten in solch einer. »Was noch, Malin?«

Ich beobachtete, wie Marion auf Saskia einredete, und vermutete, dass sie ihr gerade vom Tod ihres Vaters erzählt hatte, denn im nächsten Moment ertönten zwei herzzerreißende Schreie vom Flur her.

Lena saß neben mir und starrte teilnahmslos auf die weiße Auslegeware.

»Bei der Erstellung des DNA-Abgleichs der Trinkflaschenspur mit der der Teetasse ist uns ein saudummer Fehler unterlaufen.« Es schien Malin schwerzufallen zuzugeben, dass ihr Labor nicht perfekt arbeitete.

»Ein Fehler?« Ich war mit meinen Gedanken noch bei der ersten Hiobsbotschaft und bei der Trauerszene in der Diele.

»Im Zuge des DNA-Abgleichs der Knopfspur habe ich mir die von der Nuckelflasche isolierte DNA-Spur noch einmal genauer angesehen. Katrin ist noch relativ neu bei uns. Es gibt eine bestimmte Konstellation, die die Isolation einer Spur erheblich erschwert. Und in genau solch einer Situation hat sie fürchterlich gepatzt.«

»Kannst du bitte etwas konkreter werden?«, bat ich. »Hier eskalieren gerade ein paar Dinge, da habe ich keinen Kopf für technische Details.«

»Gut, ich mache es kurz: Wir haben übersehen, dass auf der Probe Zellen von zwei Personen hafteten.«

»Ihr hattet eine Mischspur?«

»Es tut mir leid. Wie du weißt, ist die Analyse von Mischspuren mit sehr unterschiedlich gewichteten Anteilen der einzelnen Komponenten besonders problematisch. Und ausgerechnet mit solch einem Fall hatten wir es zu tun. So gesehen muss ich Katrin ein wenig in Schutz nehmen. Da die Hauptkomponente enorm dominierte, war es uns überhaupt nur möglich, Lena Weitz' Profil sauber abzuleiten.«

»Moment, du willst mir sagen, dass *zwei* Babys den Schnulleraufsatz des Fläschchens im Mund gehabt hatten?«

»Davon können wir ausgehen. Was immer das für euren Fall bedeutet.«

Es bedeutete alles. Mit einem Mal wurde mir vieles klar. Ja, das war es, das war das fehlende Puzzleteil! Das Puzzle war schrecklich komplex, aber nach und nach ergab alles einen Sinn. Die Gedanken rauschten durch meinen Kopf, eine achtspurige Autobahn, voll mit Formel-1-Rennwagen und Geisterfahrern.

Ich beendete das Gespräch, erhob mich von der Couch und ging in den Flur. Als Saskia mich erblickte, rannte sie auf mich zu, fiel mir weinend um den Hals. Ich umarmte sie, versuchte, sie zu trösten, wusste aber gleichzeitig, dass mir das nicht gelingen würde.

Nachdem sie sich wieder von mir gelöst hatte, nahm ich ihr Gesicht zwischen beide Hände und sagte zu Marion: »All die Jahre habe ich es nie gesehen. Dabei ist es so offensichtlich: Sie ist ihrer Mutter wie aus dem Gesicht geschnitten.«

»Selbstverständlich sind wir uns ähnlich«, antwortete Marion, die den Zeitpunkt für Sentimentalitäten offensichtlich unpassend fand. »Sie ist meine Tochter.«

»Nein«, widersprach ich, »nicht du, Marion. Du bist nicht Saskias Mutter.«

Um meine eigenen Worte glauben zu können, betrachtete ich dieses wunderhübsche Mädchen, das dabei war, eine wunderschöne Frau zu werden, und streichelte ihr Gesicht. »Anja ist ihre Mutter. Und ihr Name ist nicht Saskia, sondern Lena.«

73

Marion war zwei Monate vor Anja schwanger geworden. Endlich, ein Wunschkind, auf das sie und mein Bruder drei Jahre lang gewartet hatten. Die überschäumende Freude hielt genau bis zur Geburt. In der entscheidenden Phase kam es zu unvorhersehbaren Komplikationen. Die Nabelschnur legte sich vor den Geburtskanal, was zu einer Verminderung der Sauerstoffzufuhr des Kindes führte. Mit jeder Wehe sank die Herzfrequenz dramatisch. Der Arzt musste schließlich die Saugglocke anlegen, um den Geburtsvorgang zu beschleunigen.

Ihre Tochter, der sie den Namen Saskia gaben, kam mit einer infantilen Cerebralparese zur Welt, einer frühkindlichen Hirnschädigung.

Ich sehe meine kleine Nichte noch vor mir, dieses wehrlose Neugeborene mit schwachem Puls, geschüttelt von Krämpfen und willkürlichen Zuckungen, gepeinigt von Atemaussetzern. Das war fünf Tage nach ihrer Geburt; danach bekam ich sie viele Monate nicht zu Gesicht. Niemand durfte sie sehen. Zu groß war die Angst vor Infektionen und weiteren Komplikationen. Von morgens bis abends waren Marion, Frank und die Ärzte fieberhaft damit beschäftigt, die Spätfolgen zu minimieren: Sie verabreichten Saskia krampf- und spannungslösende Medikamente und unterzogen das kleine Bündel täglichen physiotherapeutischen Maßnahmen, Gymnastikübungen und regelmäßigen Messungen der Gehirnaktivität. Um keine Chance ungenutzt zu lassen, flogen Frank und Marion mit ihr in die USA und ließen sie in einer Spezialklinik in Washington behandeln.

Jeder Außenstehende musste sich dabei überflüssig vorkommen. Hilflos sowieso. Wir hatten aber auch das Gefühl, dass Marion und Frank die Kleine vor uns versteckten, sich schämten.

Die intensiven Therapien schlugen an, wie die beiden aus den USA berichteten, doch bei der Frage nach Saskias Prognose blieben die Ärzte vage. Im günstigsten Fall, sagten sie, war die Parese nur minimal, und die Schädigungen konnten wirksam behandelt werden. Im schlechtesten Fall würden sich schwere spastische Lähmungen und Schädigungen an Muskeln, Knochen und Gelenken entwickeln.

Marion und Frank waren verzweifelt. Ihr Traum löste sich auf. Und es gab nichts, was sie tun konnten, um das glückliche, vollendete Familienleben, das sie stets vor Augen gehabt hatten, zu retten. Sie waren ihrem Schicksal ausgeliefert. Fast.

*

In der Zwischenzeit hatte Anja ihre Tochter Lena zur Welt gebracht. Das Kind war munter und gesund, aber Anjas Kampf war ein anderer. Immer häufiger wurden wir Freunde Zeugen lautstarker und handgreiflicher Auseinandersetzungen zwischen Anja und Bernd, dem Vater ihrer kleinen Tochter, der seine Vaterschaft vehement bestritt.

Heute, nachdem ich ausführliche Gespräche mit Marion geführt habe und Lisa mir Bernds Erzählungen übermittelt hat, betrachte ich das ganze, große Bild:

Eines Tages eskalierte der Streit. Bernd hatte getrunken. Anja hatte den Entschluss gefasst, sich von ihrem arroganten Ex nicht mehr wie der letzte Dreck behandeln zu lassen. Sie forderte ihn zu einem Vaterschaftstest auf und drohte damit, ihr Wissen um seine illegalen Wettspiele, die er zusammen mit Andreas in ihrem ehemaligen Nobelinternat organisierte, auffliegen zu lassen.

Bernd war außer sich. Er packte Anja und würgte sie. Sie wehrte sich mit aller Kraft. Es flogen Teller und Tassen, sie griff nach einem Messer, fuchtelte damit vor ihm herum. Schließlich flüchtete sie ins Bad, wollte sich einschließen. Bernd sprintete hinterher, konnte gerade noch den Fuß zwischen Tür und Rahmen stellen. Er schleuderte Anja zu Boden. Sie prallte mit dem Kopf zuerst gegen den Badezimmerschrank, dann gegen die Kante der Badewanne. Der Aufprall war so heftig, dass sie zuerst das Bewusstsein und darauf folgend eine Menge Blut verlor.

In Panik rannte Bernd aus der Wohnung und ließ eine schwer verletzte Anja und das Baby zurück.

*

Später an diesem Abend schaute Marion in der WG-Wohnung vorbei. Saskia hatte nach längerer Pause wieder angefangen zu krampfen. Marion benötigte dringend ihr Adressbuch, das sie bei ihrem letzten Besuch bei uns vergessen hatte. Ich war über Nacht bei meiner Freundin in Hamburg, und Andreas zog mit seinen Fußballkumpels um die Häuser. Da Anja auf das Klingeln an der Haustür nicht reagierte, öffnete Marion die Wohnungstür mit dem Zweitschlüssel, den ich bei Frank und ihr deponiert hatte.

Marion fand die bewusstlose, stark blutende Anja auf dem Badezimmerfußboden. Doch anstatt den Krankenwagen zu rufen, fasste Marion einen teuflischen Entschluss. Sie nahm das im Schlafzimmer schreiende Kind, packte einige Babyutensilien ein und ließ unsere sterbende Freundin hilflos zurück.

Frank war außer sich, als er davon hörte. In Panik fuhr er zu unserer Wohnung. Als er dort ankam, lebte Anja nicht mehr. Gut möglich, dass ihm das perfide Vorhaben seiner Frau zwischenzeitlich nicht mehr so ungeheuerlich erschien. Vielleicht sah er auch einfach nur keinen anderen Weg. Er verpackte Anjas Leichnam in einem blauen Müllsack, befreite die Wohnung, so gut es in seiner Hast ging, von den Kampf- und Blutspuren und transportierte Anjas sterbliche Überreste in den Jeebeler Wald, wo er sie begrub.

Vermutlich waren Frank und Marion Sundermann die Letzten, die für Lothar Hemmer und seine Soko als Täter infrage kamen. Die beiden hatten kein Motiv für solch eine Tat, dafür scheinbar zweifelsfreie Alibis.

Nicht so Bernd Noack. Er rückte früh in das Visier der Ermittler. Nach und nach verstrickte er sich in Widersprüche, und nachdem die Kriminaltechniker in der Wohnung Anjas Blutspuren entdeckt, den Schuhabdruck als seinen identifiziert und die Zeugenaussagen die Theorie der Ermittler gestützt hatten, wurde aus der Vorverurteilung durch die Öffentlichkeit ein rechtskräftiges Urteil.

*

Während halb Norddeutschland Anteil an Anjas und Lenas Schicksal nahm, zogen die Sundermanns mehrere Wochen lang, von der Außenwelt unbemerkt, zwei Kinder auf. In der alltäglichen Hektik konnte es schon einmal vorkommen, dass beide Babys dieselbe Trinkflasche oder denselben Schnuller benutzten. Niemand von uns hatte von alldem etwas mitbekommen. Ich erinnere mich, dass sich Marion und Frank nach Anjas und Lenas Verschwinden noch stärker zurückzogen als zuvor schon, aber das taten wir alle. Zu verwirrend und schmerzhaft war dieser Verlust aus unserer Mitte. Wir hatten genug mit uns selbst zu tun, mit der Trauer und der Angst.

*

Marion und Frank beschlossen, die Sache zu Ende zu bringen. Die Vorstellung, ihre Freizeit statt auf Spielplätzen und in Zoos in Wartezimmern oder gar in einem Behindertenheim zu verbringen, brachte sie, die krankhaften Perfektionisten, um den Verstand. Sie tauschten die Identitäten der Babys, zogen Saskia Lenas Strampler an, der dem entwicklungsverzögerten älteren Kind fast wie angegossen passte. Frank nahm Saskia mit auf eine Geschäftsreise nach Österreich und setzte seine Tochter, weit entfernt von zu Hause, in Salzburg vor dem Dom aus.

Zur gleichen Zeit wechselten sie den Arzt in Bremen.

Wenige Wochen später nahm Frank ein verlockendes Angebot seines damaligen Arbeitgebers an, und die junge Familie zog für zwei Jahre an die amerikanische Ostküste. Uns gegenüber begründeten sie diesen mutigen Schritt mit der ihrer Meinung nach besseren medizinischen Versorgung für ihre Tochter. Danach durchlebte »Saskia« angeblich eine für uns Außenstehende nahezu wundersame Besserung ihres gesundheitlichen Zustandes – von der wir aber lange Zeit nur am Telefon hörten. Erst viel später konnten wir uns mit eigenen Augen davon überzeugen, da war die Kleine schon fast eineinhalb Jahre alt. Wir priesen die moderne Medizin, die Behandlungen in den USA und den neuen Arzt, der Saskia angeblich nun in Bremen betreute.

Was waren wir unwissend.

*

Obwohl neunhundert Kilometer weiter nordwestlich kurz zuvor ein Säugling spurlos verschwunden war, war in Salzburg niemandem der Einfall gekommen, dass es sich bei dem Findelkind um die verschwundene Lena Weitz handeln könnte. Zu weit entfernt war Bremen. Zu wenig Aufmerksamkeit hatte der Fall in der österreichischen Presse genossen, die vorzugsweise von Dramen im eigenen Land berichtete. Und selbst wenn jemandem die zeitliche Nähe aufgefallen wäre: Das Salzburger Findelkind war gesundheitlich beeinträchtigt, die vermisste Lena Weitz nicht.

Das Mädchen, das sie fortan Lisa nannten, wurde aufgrund der hin und wieder auftretenden motorischen Störungen nie zur Adoption freigegeben. Es fanden sich einfach keine Eltern, die bereit waren, dieses Risiko und die damit verbundenen Ängste auf sich zu nehmen. Und dennoch, vielleicht hatten die Therapien in ihren ersten Lebensmonaten wirklich so gut angeschlagen, vielleicht hatte sich die positive Prognosevariante der Ärzte bewahrheitet: Lisas Zustand verbesserte sich mit jedem Lebensjahr. Zwar litt das Mädchen zeitweise unter leichten epileptischen Anfällen, die aber wie die motorischen Ungenauigkeiten im Teenageralter verschwanden. Dafür manifestierte sich die psychische Erkrankung.

Die wahre Identität des Kindes konnte nie geklärt werden. Wie auch? Meldepflicht bestand nur für ansteckende Infektionskrankheiten. Und offiziell wurde Saskia Sundermann von niemandem vermisst.

74

»Hat Anja noch gelebt, als du in die Wohnung kamst?«, wollte ich von Marion wissen, nachdem sie ihren stockenden Bericht unterbrochen hatte. Wir standen noch immer im Flur. Ich war wie paralysiert.

»Spielt das eine Rolle?«

»Bitte sag es mir!«

Marion richtete den Blick an die Decke, als gäbe es dort jemanden, der ihr die Aussage abnehmen könnte. »Ich glaube, sie hat noch geatmet. Es ging alles sehr schnell.«

Saskia packte Marion an den Schultern. »Mama, sag, dass das nicht wahr ist! Ihr seid doch meine Eltern!« Ihre Verzweiflung ließ mein Herz zerspringen.

»Ich habe Anja nicht umgebracht!« Marions Stimme wurde wieder schrill. Dann drückte sie Saskia fest an sich und flüsterte ihr zu: »Es ist egal, was passiert ist, Schätzchen. Das ist lange her. Du bist mein Baby.«

»Sie ist nicht deine Tochter«, sagte ich energisch. »Du hast sie ihrer Mutter geraubt!«

»Anja hätte nicht gut genug für sie sorgen können. Sie war doch vollkommen überfordert, hatte kaum Geld, das weißt du genau! Sie war unfähig, eine gute Mutter zu sein.«

»Das ist nicht wahr. Anja war ein guter Mensch. Dein Kind war ein guter Mensch. *Du* hast dein krankes Kind verstoßen!« Ich deutete zur offenen Wohnzimmertür. »Die Kleine hätte da draußen sterben können!« Erst jetzt bemerkte ich, dass Lisa, zur Welt gekommen als Saskia Sundermann, im Türrahmen lehnte. Mit weit geöffneten Augen verfolgte sie unseren Wortwechsel.

Marion sagte: »Ich weiß, ich habe einen großen Fehler begangen. Ich bin nicht perfekt. Aber ich wollte, dass alles um mich herum so vollkommen wie möglich wurde, dass alles gut und schön wurde. Alles sollte perfekt sein. Kannst du das nicht verstehen, Femke? Nie habe ich ein behindertes Kind gewollt. Ich wäre ihm eine schlechte Mutter gewesen. Hätte sich die Hirnschädigung schon im Mutterleib entwickelt, hätte ich abgetrieben. So hätten wir nicht leben können. Nein, niemals!«

»Aber eure Tochter hatte eine Chance!«

»Das Risiko war zu groß.«

Ihr perfider Plan war fast perfekt gewesen. Aber nur fast.

»Wieso habt ihr Saskia Lenas Strampler angezogen?«

»Wir mussten die Sachen doch loswerden, damit uns niemand mit Lenas Verschwinden in Verbindung bringt. Wir haben nicht nachgedacht, waren total kopflos.«

»Aber dann habt ihr Saskias Fläschchen in die Babytasche gelegt und nicht Lenas?«

»Das mit der Flasche war ein Versehen. Wir waren in Panik. Glaubst du, es ist uns leichtgefallen, uns von unserer leiblichen Tochter zu trennen? Mir hat das Herz geblutet. Ich wollte sie nicht weggeben, aber wir mussten. Sie hätten doch uns verdächtigt! Das mit der Flasche ist mir erst aufgefallen, als Frank schon auf dem Weg nach Österreich war. Auch, dass es eigentlich idiotisch war, Saskia Lenas Strampler anzuziehen. Etwas später haben wir alle zusammen Anjas Zimmer ausgeräumt und ihre Sachen zu ihren Eltern gebracht.«

Ich erinnerte mich.

Marion fuhr fort: »Ich habe das Wenige an Babyausstattung, das wir noch von Lena hatten, vorher zurück in die Wohnung geschmuggelt.«

So war die Flasche mit Lenas und Saskias Speichelspuren also schließlich bei Anjas Vater gelandet. »Noch Jahre später hatte ich Angst, dass uns unsere Nachlässigkeit eines Tages das Genick brechen würde.«

Ich ging hinüber zum Türrahmen, zu Lisa. Etwas in mir zersprang. Plötzlich verspürte ich einen Hass gegenüber den Menschen, die ich vor wenigen Minuten noch innig geliebt hatte. »Ihr seid schuld daran, dass eure Tochter eine fürchterliche Kindheit und Jugend durchleiden musste. Immerhin ist sie körperlich gesund geworden. Schau sie dir an!« Ich drehte mich zu Marion um. »Aber einen anderen Menschen habt ihr auf dem Gewissen. Wir wissen, dass Frank Andreas niedergeschlagen, die Kennzeichen seines Autos entfernt, den Wagen gegen den Baum gefahren und ihn dann mit Andreas darin angezündet hat.« Wie eine Rasierklinge zerteilten die Worte, die meinen Bruder belasteten, mein Herz.

Marion schlug die Hände vor das Gesicht. Als sie sie wieder herunternahm, war es vom Weinen geschwollen. »Andreas kam zu uns. Achtzehn Jahre lang hatten wir uns nicht gesehen. Er erzählte uns, dass eine junge Frau bei ihm gewesen sei, die behauptete, Lena Weitz zu sein. Offenbar hatte er einen Verdacht. Er war damals recht viel mit Bernd zusammen und hat ihn noch Jahre im Gefängnis besucht. Vielleicht wusste er mehr als alle anderen. Er fragte uns, ob wir es waren, die Anjas Leiche und Lena aus der Wohnung geschafft hatten. Natürlich haben wir alles abgestritten. Andreas drohte, zur Polizei zu gehen. Wir gerieten in Panik. Wer weiß, ob sie uns nicht auch noch Anjas Ermordung anhängen wollten! Mord verjährt nicht! Während ich laut und heftig mit Andreas stritt, ist Frank in den Keller gegangen. Er hatte sich da doch den Hobbyraum eingerichtet …«

Der Hobbyraum. Ich hatte ihn einmal gesehen. Und mit einem Mal fiel mir ein, was dort an der Wand gehangen hatte. »Der Baseballschläger«, sagte ich, »den Frank aus eurer USA-Zeit mitgebracht hatte. Die Sonderedition …«

»Frank kam von hinten«, fuhr Marion fort. »Andreas hatte keine Chance. Den Schläger hat Frank in das brennende Autowrack geworfen.« Lennarts Beobachtung war also keine Einbildung gewesen.

»Andreas hat noch geatmet, als Frank das Feuer gelegt hat«, sagte ich.

Marion holte tief Luft.

Ich sah Lisa an. »Hat Bernd dich zu Andreas geschickt?«

Sie nickte. »Ja, nachdem ich ihm die Initialen auf dem Schild im Strampelanzug gezeigt hatte. Ich hatte das Gefühl, bei Bernd offene Türen einzurennen. Er stand kurz vor seiner Entlassung aus dem Gefängnis und wollte genau wie ich wissen, was damals geschehen war. Zeitweise hatte er Andreas in Verdacht, mich und Anjas Leiche beseitigt zu haben. Warum auch immer. Andreas meinte schließlich, du könntest mir am besten helfen. Er sagte, du hättest ein ausgeprägtes detektivisches Gespür. Hätte ich gewusst, dass das bedeutete, dass du Polizistin bist, wäre ich ganz sicher nicht gekommen.«

»Wann wurde dir klar, dass Frank und Marion Sundermann deine Eltern sind?«

»Ich weiß es erst seit wenigen Minuten. Geahnt hatte ich es, seit Bernd und ich in dieses Haus eingebrochen sind. Deine Aufzeichnungen waren hilfreich, vor allem aber die Fotos an den Wänden und die alten Krankenakten in Franks Büro. Darin stand, was mit seiner Tochter war. Es musste also einen Zusammenhang zwischen ihr und mir geben.«

»Hast du die Berichte aus deiner Heimakte gestohlen?«

»Ich hab sie mir geborgt, ja. Da standen ein paar Dinge über meine Krankengeschichte drin. Von den Krämpfen als kleines Baby und den epileptischen Anfällen später. Und dass später alles gut geworden ist. Die Blätter sollten mir helfen herauszufinden, wer ich bin.«

Das hatten sie.

»Was habt ihr mit Frank gemacht?«, wollte ich von ihr wissen. »Warum hat Bernd Felix und seine Schwester entführt?«

Lisa umklammerte ihren Oberkörper, als wollte sie sich selbst umarmen und festhalten, und sank, noch immer mit dem Rücken an den Türrahmen gelehnt, auf den Boden. »Wir sind seinem Wagen gefolgt. Er sollte uns die Wahrheit sagen und uns zu Anjas Grab führen. Er hat sich gewehrt, uns gedroht. Aber wir hatten ja die Pistole dabei, die Bernd über einen ehemaligen Knastkumpel organisiert hatte.« Sie deutete auf die *Heckler & Koch*, die ich noch immer in der Hand hielt. »Bernd sagte, Franks Kinder sind unser lebendes Pfand. Und dass er sie töten würde, wenn er uns nicht das Versteck verrät. Bernd ist dann mit ihnen abgehauen. Ich bin mit der Waffe in Franks Auto gestiegen. Er hat uns in den Wald gefahren.«

Marion schluchzte laut.

»Warum hast du ihn erschossen?«, fragte ich.

»Warum hast du das getan?«, schrie die falsche Saskia.

»Ich habe doch gesagt, dass ich das nicht wollte!«

Lisa, die zusammengekauert auf dem Boden hockte, zwängte ihr Gesicht zwischen die angewinkelten Knie. »Als wir am Grab angekommen waren, hat er mich abgelenkt, ich glaube, es war ein knackender Zweig oder so.« Ihre tränenerstickte Stimme war kaum zu verstehen. »Dann ging alles sehr schnell. Er hat sich auf mich gestürzt, versuchte, mir die Waffe zu entreißen. Da habe ich abgedrückt.«

Sie sah wieder auf, aber ihre Augen starrten an uns vorbei. »Bestimmt wollte er mich auch dort vergraben, oder?«

Ich war geschockt und ratlos.

Diese Familie hatte genug Unheil angerichtet und ertragen müssen. Und ich hatte im vergangenen Jahr mehr mir nahe stehende Menschen verloren, als ich es mir in meinen schlimmsten Albträumen hätte ausmalen können. Daher fasste ich einen spontanen, unüberlegten Entschluss. »Noch kennt niemand außer uns die ganze Geschichte«, sagte ich und blickte Marion und Saskia an. »Bleibt beieinander, passt aufeinander auf und nehmt Felix mit in ein neues Leben! Morgen früh gebe ich meinen Bericht ab. Ich werde nicht wissen, wohin ihr euch abgesetzt habt.«

Marion löste sich von Saskia, ging zum Sofa hinüber und nahm das schnurlose Telefon, das sie eben dort hingeworfen hatte. Sie wählte eine Nummer und drückte mir den Hörer in die Hand. »Ich kann nicht mehr«, sagte sie.

Ich nahm den Hörer entgegen und sah auf das Display, auf dem drei Ziffern aufleuchteten: *110*.

75

Eine Woche später wurden Anjas sterbliche Überreste beigesetzt. Es war der erste milde Tag des Jahres. Der Frühling war noch weit entfernt, und doch lag die Hoffnung auf ein baldiges Winterende in der Luft.

Eine kleine Trauergemeinde hatte sich auf dem Friedhof der Worpsweder Zionskirche eingefunden. Lisa war da, das Team der inoffiziellen Soko und auch Hemmer, der aufgrund des rätselhaften Todes von Bernd Noack suspendiert worden war.

Die Hallenkirche auf dem Weyerberg thronte über dem landschaftlich reizvoll gelegenen Friedhof, auf dem viele bedeutende Maler, Musiker, Schriftsteller und Kunsthandwerker zur letzten Ruhe gebettet worden waren. Nun hatten sie Gesellschaft von einer talentierten Goldschmiedin bekommen.

Während der Grabrede legte mir Lennart einen Arm um die Schultern. Das war vermutlich die vertraulichste Geste, zu der er in der Öffentlichkeit fähig war. Ich bedankte mich mit einem ehrlich gemeinten Lächeln.

Nachdem Anjas Sarg in die Erde gelassen worden war und wir uns mit letzten Blumengrüßen und leisen Worten von ihr verabschiedet hatten, kam Lisa auf mich zu und zog die schmutzige Plastiktüte hervor, die sie schon bei unserer letzten Begegnung bei sich getragen hatte. »Ich bin noch immer nicht dazu gekommen, dir das zurückzugeben.«

»Was ist das?«, fragte ich.

»Schau doch rein!«

Ich zog die Henkel auseinander und erkannte mein Notebook und die Digitalkamera.

Sie sagte: »In der Kamera steckt eine neue SD-Karte. Ich hoffe, es stört dich nicht, dass ich ein paar Bilder gemacht habe. Betrachte sie als eine kleine Dokumentation der letzten Tage.«

Ich nahm sie in den Arm, hielt sie lange und versprach ihr, mich um sie zu kümmern. Sie musste es nur wollen.

Am Friedhofseingang entdeckte ich Saskia, schüchtern und unsicher – eine Haltung, die ihr fremd war und die ihr gar nicht stand. Vermutlich fühlte sie sich unserer Gruppe nicht zugehörig. Ich ging auf sie zu und ergriff die Hand der jungen Frau mit den wachen Augen, die Norddeutschland bald verlassen wollte und bereit war, die Welt zu erobern.

Mit dem Kopf deutete ich zum Grab hinüber, zu dem alten, gebeugten Mann, der dort stand und still trauerte. Reinhard Weitz war als Letzter am Sarg geblieben und in ein stummes Zwiegespräch mit seiner Tochter versunken. »Komm mit«, sagte ich zu Saskia, »ich will dir jemanden vorstellen. Ich glaube, er kann es kaum erwarten, dich kennenzulernen.«

76

Seitdem sind fast drei Monate vergangen.

Mir geht es schon viel besser, auch wenn diese latente Todessehnsucht vermutlich nie ganz verschwinden wird. Ich bin auf einem guten Wege, sie als Teil meiner Persönlichkeit zu akzeptieren, und noch habe ich die Hoffnung, dass wir uns irgendwie arrangieren können, ohne dass wir uns zu sehr in die Quere kommen – denn das könnte ein übles Ende nehmen.

Auch wenn ich noch einen weiten Weg vor mir habe, so steuere ich zielstrebig auf ein neues Leben zu.

Paul und Frank sind bei mir, jeden Tag, und sie werden es immer sein, in schönen wie schmerzlichen Erinnerungen.

Gestern habe ich es zum ersten Mal geschafft, Pauls Grab zu besuchen. Es war so schwer, wie ich es mir vorgestellt hatte, und es tut noch immer so weh. Aber ich muss es tun. Er braucht mich dort.

Lisa hat meinen Rat angenommen und sich in professionelle Hände begeben. Ich wünsche ihr von Herzen, dass sie durchhält.

Saskia ist früher nach Köln gezogen als geplant. Sie will erst einmal niemanden sehen, will keinen Kontakt. Ich kann sie verstehen.

Felix wohnt vorerst bei mir. Nein, anders formuliert, ich habe beschlossen, noch etwas länger in Oberneuland zu bleiben, mindestens so lange, bis Marions Verhandlung abgeschlossen ist.

Meine Trennung von Jörg ist final. Wir sehen uns einmal in der Woche und reden viel über Paul.

Lennart kümmert sich hin und wieder um mich und sorgt dafür, dass ich rauskomme, unter Menschen, mal streiten und lachen kann. Niemand verlangt von ihm, dass er sich um eine traumatisierte Expolizistin kümmert, und doch habe ich das Gefühl, dass er es gern tut.

Die tapferen Mitglieder meiner illegalen Soko sind rehabilitiert. Ich habe Holzingers Wort, dass niemandem ein Nachteil entsteht.

Martin Holzinger hat sich bei mir entschuldigt. Meinen Job kann ich zurückhaben, sagt er, wenn ich will. Ich habe ihm geschrieben, dass er sich sein Angebot sonst wo hinstecken kann.

*

Während ich hier sitze und das letzte Kapitel dieser Geschichte aufschreibe, erreicht mich eine E-Mail von Malin. Ich hatte sie gebeten, nur zur Sicherheit und um das Thema ein für alle Mal abzuschließen, zu überprüfen, ob Lisa Keller wirklich Marions und Franks leibliche Tochter ist. Malin bestätigt: Sie ist es. Ich freue mich für Lisa, auch wenn ich den kleinen Stich in meinem Herzen nicht ignorieren kann.

Und schließlich hat Malin noch den Vaterschaftstest, den Anja vor all den Jahren von Bernd verlangt hatte, endlich durchgeführt.

Wieder zittern meine Hände über dieser Tastatur, und einen Moment lang überlege ich, ob ich die Mail überhaupt zu Ende lesen will.

Malin schreibt, dass die Wahrscheinlichkeit, dass Bernd Noack Lenas leiblicher Vater ist, weniger als zehn Prozent beträgt.

Damit war Anjas Tod doppelt sinnlos.

Mehr noch, das Abstammungsgutachten hat eine Erklärung dafür parat, weshalb bei Da-Jeongs Fotoabgleich kein eindeutiges Ergebnis herauskommen konnte: Mit neunundneunzigprozentiger Wahrscheinlichkeit ist Lena Franks Tochter.

Nachwort und Danksagung

Handlung, Figuren und Ereignisse dieses Romans sind frei erfunden. Jede Ähnlichkeit mit lebenden oder toten Personen wäre rein zufällig und ist nicht beabsichtigt.

Zu den wenigen realen Handlungsorten in dieser Geschichte gehören das Bremer Polizeipräsidium, das Landgericht und das Institut für Rechtsmedizin. Einige Figuren dieses Romans machen sich dort breit und agieren vielleicht nicht immer so vorbildlich, wie es die realen Mitarbeiter in Wirklichkeit tun. Ich hoffe, Sie verzeihen den Ungehorsam meines fiktiven Personals. Auch hier gilt: Allein die Fantasie des Autors ist schuld.

Vielen Dank an die Fachleute und Experten, die mir im Rahmen meiner Recherche unzählige Fragen beantwortet haben – sei es in langen Gesprächen oder in Form faszinierender Artikel in Büchern oder im Internet. Ungenauigkeiten oder gar Fehler gehen selbstverständlich allein auf mein Konto.

Großen Dank an das Team des Verlags Bastei Lübbe – voran meinen beiden wundervollen Lektorinnen – sowie an meine fürsorgliche Agentin und ihre Mannschaft.

Von Herzen danke, danke, danke an meine Familie und Freunde – für euer Verständnis, eure Geduld und wertvollen Ratschläge. Und dafür, dass es euch gibt.